画眉奇缘

壹

童亮——著

江苏凤凰文艺出版社
JIANGSU PHOENIX LITERATURE AND ART PUBLISHING, LTD

目录

第一章 小米

在无尽之海上，有一个叫骜江大陆的地方。骜江大陆由九个州组成，从最东边到最西边大约一万里，从最南边到最北边大约三万里。

据说，一只巨龟浮游于无尽之海上，龟壳露出海面，便形成了骜江大陆。

在九州之上，有无数修行的生灵隐藏其间。

画眉村是骜江大陆上一个不知名的小村庄。

那里的人将外曾祖父叫作“姥爹”。

在画眉村，几乎没有人不知道阿亮是马老少爷的曾外孙。说到马老少爷的时候，画眉村的人都会竖起大拇指，说马老少爷是个了不起的人物。哪怕是小孩子，也必定听家里大人说起过马老少爷的故事。

年长的人见了阿亮，都会跟阿亮说：“你的眉毛和鼻子特别像你姥爹！”

可阿亮不记得姥爹的样子，无法评判他们说得对或不对。

他们有的还会说：“你知道吗？要不是你姥爹，你都活不过十二岁！”

这个阿亮当然知道。哪怕是十二岁之后，他仍然受姥爹的庇佑。

马老少爷第一次保护阿亮，大概是在阿亮四岁的时候。那时候阿亮在姥爹家长住。

有一天，大人们都出去干农活了，只留下年幼的阿亮和年迈的马老少爷在家。

淘气的阿亮在大门口玩小石头，而他的姥爹在堂屋里的老竹椅上打瞌睡。

那把老竹椅跟他姥爹的年龄一样大，竹片经过长期地摩擦，变得澄黄澄黄，好像是铜片做的。椅子的靠背可以调高调低，可以坐着，也可以躺下。

他姥爹去世后不到一个月，历经数十年未坏的老竹椅突然开裂，竹片散落，再不能使用。阿亮的外公在他姥爹坟头将它烧掉，希望他姥爹在那边也能用到它。当然，那都是后话。

姥爹打一会儿瞌睡就叫一下阿亮的名字。

门口的阿亮就回答一声“哎”。

姥爹听到阿亮回应之后继续打瞌睡。那时候姥爹已经老得走路都要人扶着了，他怕阿亮走太远，所以过一会儿喊一声。

阿亮还记得那天早上的阳光很好，但快到中午的时候突然一片乌云从天边扑过来，不一会儿就将整个天空盖满。世界就像一个清水池塘，那乌云仿佛是滴进来的一团巨大的墨汁，汹涌翻腾，要浸染整个世界。

阿亮抬头去看的时候，感觉乌云已经压在了门前那棵枣树的尖儿上，压在了前面那间房子的屋顶上，好像随时就能冲到屋里来，将他和他的姥爹淹没。

阿亮有点害怕，想回屋里，回到姥爹的老竹椅旁边。

就在他扔下小石头站起身的时候，前面的巷道里走出来一个五六岁的小姑娘。

那个小姑娘的脸有点黑，但不是正常的黑，而是像谁在她脸上抹了一把稻草灰。她脑后一对小辫子，但辫子不是软软的，而是如冻住了一般硬邦邦。她的脑袋转动，脑后的辫子跟着硬邦邦地转动，没有一点韧性。那是炎热的夏季，她穿着红色的小棉袄，但没有出一点汗。

她径直走到阿亮身边，伸出手对他说："我们去后面的园子里玩吧。"

由于时间隔得太久，阿亮现在记不起当时她是以什么表情面对他的。他只记得她那只伸出来的手。那是一只异常苍白的手，白得像瓷，好像敲一下就会碎掉。

姥爹的家后面确实有个园子，园子里面种了各种各样的菜。菜园里的黄瓜和西红柿都是阿亮偷吃掉的。每次到了姥爹家，阿亮首先会去菜园看看黄瓜尾巴上的花掉了没有，看看西红柿红了没有。菜园四周被围住，门口放了一捆刺，防止鸡鸭或者小狗小猫跑进去糟蹋青菜，但防不住他。

阿亮不认识这个小姑娘，自然不想带她去屋后的小园子。

"就在这里玩不行吗？"阿亮说道。

"不行，我怕你姥爹。"小姑娘小声说道，指了指屋里。

阿亮回头去看屋里，姥爹仰躺在老竹椅上。

因为这时候乌云密布，堂屋里昏暗一片，他看不清姥爹的脸，不知道姥爹是不是睡着了。

半年后，阿亮的姥爹去世，也是以这样的姿势躺在老竹椅上，亲人们在旁边哭成一片，而阿亮不懂死的意义，爬到他身边不停地喊“姥爹”。虽然姥爹经常坐在或者躺在老竹椅上喊阿亮的名字，怕阿亮跑远，但阿亮总记不住姥爹的容貌。

可是这个小姑娘的容貌阿亮只见了一次就没再忘记。或许小孩子的记忆就是这样，零碎，散乱。有的不见得有意义的片段记得很清楚，有的可能重要的事情却记不起。

“跟我一起玩嘛。我叫小米，你叫什么？”她抓住了阿亮的手。

阿亮感觉到她的手冰凉冰凉。

阿亮不想告诉她名字，也不想跟她一起玩。因为她的样子让阿亮觉得不舒服。

阿亮想回到屋里去，可是她的力气很大，握住阿亮的手不松。

“你叫什么名字呀？”她又问道，语气有点不耐烦了。

阿亮还是不敢说话。

阿亮的外公说，阿亮小时候胆子很大。有一次外公他们在外面收割稻谷，只留了阿亮一个人在家。同村的一个乡亲带了三四个人来到外公家要搬走堂屋里的打谷机，阿亮死活不肯，抱着他的脚不让他把打谷机搬走。那个乡亲无奈解释说，他已经跟阿亮的外公说过了，外公答应了借他用一用。可阿亮还是不肯，他又哭又闹，生怕乡亲偷走外公家里的东西。后来那个乡亲只好将在水田里割禾的外公喊了回来，阿亮这才让他们搬走打谷机。外公特别高兴，说阿亮是个守家的家伙。

可是连三四个大人都不怕的阿亮在这个小姑娘面前战战兢兢，连名字都不敢说。

阿亮隐隐感觉如果说出了自己的名字，这个小姑娘就能从他这里偷走什么东西。

“我把我的名字都告诉你了，你为什么不把你的名字告诉我？”她凶巴巴地说道。她用力地拽了一下手，差点将阿亮拽倒。

她越凶，阿亮越不敢说。

阿亮将牙齿紧紧咬住，生怕一不小心将名字说出口来。

这时，堂屋里传来严厉而沙哑的声音。

“快给我滚！”

阿亮吓了一跳。

小米的脸上也露出惊恐之色。

阿亮再次回头看去，只见姥爹已经坐了起来，一脸的愤怒，嘴唇在抖，两眼几乎要冒出火来。姥爹的手抓在老竹椅的扶手上，青筋一条条突起，仿佛是盘旋在他手上的小青蛇。

姥爹一直很喜欢小孩子，只要看到小孩子就乐呵呵的。小孩子不懂事，在他房间里撒了尿，或者打坏了什么东西，他都不会生气。

阿亮很不解，姥爹为什么对其他小孩和和气气，但看见小米了这么愤怒，还叫她滚。

“滚”这个字对一个小孩子来说，未免太过严厉了。

虽然阿亮知道姥爹不是吼他，但听了姥爹刚才的声音，看了姥爹刚才的神情，他也感觉到害怕。

小米急忙松了阿亮的手，浑身哆哆嗦嗦，几乎要哭出来。

见她这样，阿亮突然同情起她来，觉得姥爹做得过分了，甚至为刚才没跟她玩，没告诉她名字而心怀愧疚。

“滚！”

姥爹又大喝一声，手里抓起他常用的拐杖举起来，作势要将拐杖砸过来。

阿亮看了一眼姥爹的拐杖，再回过头来看小米时，发现小米不见了。

阿亮没看见她转身跑掉的身影，也没听见噔噔的脚步声。

“亮亮，快进来。”姥爹恢复了往日的温和，朝阿亮招手。

阿亮在门口流连忘返，问道：“姥爹，小米怎么不见了？”阿亮以为她躲在哪个角落里，可是周围没什么可以藏身的地方。

“哦，她跟你说了她叫小米？她怕我，我一凶她，她就会跑掉。你没告诉她你的名字吧？”姥爹关切地问道。

阿亮摇头。

姥爹满意地笑了，说道：“这就对嘛，你要记住了，不要把你的名字随便告诉不认识的人。”

“为什么呀？”

“等你长大了我再告诉你。”

阿亮走进屋，扶着门框看了看小米出现的那个巷口，心想，如果小米再来找我，我一定告诉她我叫什么名字，这样的话，她就不会怪姥爹刚才凶她了。再说了，我已经知道她的名字了，她不算是不认识的人。

中午时候，大人们从农田里回来吃饭。

阿亮在饭桌上突然问外公：“小米住在哪里呀？”

外公吓了一跳，慌忙放下手中的筷子，摸摸阿亮的头，问道：“你看见小米了？”

其他人都愣住了。你看我，我看你。

只有姥爹不以为然，挥挥手说：“吃饭，吃饭，小孩子眼睛纯净，看见不干净的东西很正常。”

阿亮心想，小米的脸上脏兮兮的，确实不干净。

家里人都有点怕姥爹，又见阿亮没什么事，就没再多问。

让阿亮没有想到的是，小米在黄昏的时候又来了。

在她来之前，外面下了一场雨。一切都是湿淋淋的，屋里也有潮湿的味道。乌云渐渐散开，似乎不再压着屋顶和枣树了，但阳光还没有照下来。姥爹还是在老竹椅上打瞌睡，他的手里拿着一只喝完了的茶杯。茶杯在他的手指上钩着，好像随时都会落下来，但没落下来。

带着水气的穿堂风吹得人很舒服，吹得姥爹手里的茶杯微微晃动。

阿亮在姥爹的老竹椅旁看一只蚂蚁顺着老竹椅的脚往上爬，爬到拐弯的地方它就滑下来，摔到地面。因为拐弯的地方被姥爹摸得光溜溜的，蚂蚁到了那里就抓不住。

那是一只非常倔强的蚂蚁，摔下来了重新往上爬，如此往复好几次。

看了一会儿，阿亮就听见外面有“咯咯咯”的笑声。

阿亮循声看去，见小米坐在门槛上笑，脸上还是脏兮兮的，辫子还是硬邦邦的，还是那件红棉袄。

外面的泥土被雨水打湿了，一定非常黏脚，可她的鞋上没有一点儿泥巴。

她那双鞋让阿亮打量了很久，所以记忆犹新。

那是一双绣了花的红绸布鞋，鞋底是那时候常见的千针底。她将脚放在门槛上的时候，鞋底的缝纫线还看得一清二楚。可以说她的鞋底一尘不染，干净得让人害怕。

“小米？”阿亮怕吵醒姥爹，轻轻地喊了一声她。

她朝阿亮招手，示意阿亮到门口去。

阿亮离开那只蚂蚁，朝她走了过去。

她等阿亮走得足够近的时候，突然伸手死死拽住阿亮的衣服，既是央求又不容置疑地说道：“跟我一起去后面的园子里玩吧。”

“那里有什么好玩的吗？”阿亮问道。

她点点头，却不说好玩的是什么。

一个人待在堂屋里确实没什么好玩的，那只蚂蚁阿亮也看腻了，于是迈步跨过了门槛，准备跟她一起去后面的园子。

姥爹家大门的门槛有一尺来高，高得离奇。对于年幼的阿亮来说，跨进跨出特别费劲。每次他都要一手扶着门框才能勉强将一只脚抬出去。

阿亮曾问姥爹为什么要将大门的门槛弄那么高。

姥爹说这是为了挡住某些邪灵。

阿亮问，门槛高就能挡住邪灵吗？

姥爹说，因为有些邪灵是蹦着走的，腿不会打弯，所以高门槛可以挡住它，不让它进来。

此后一段时间，阿亮经常做梦，梦见一群腿不会打弯的邪灵在门槛外面跳来跳去。

阿亮刚跨出门槛就听到姥爹的声音。

“不要走！”姥爹喊了一声，不等阿亮反应过来就跑到了他身边。

小米见姥爹醒了，急忙松开阿亮的衣服，想要逃跑。

姥爹将手里的茶杯往小米的头上一盖，小米就跑不动了。她手舞足蹈，呜呜呜地哭得很凶很凄厉，不像是她这样五六岁的小姑娘的哭声。那怪异的哭声让阿亮起了一层鸡皮疙瘩。

姥爹的茶杯不是普通白瓷茶杯，而是紫砂的，外面刻了一些阿亮不认识的字，还刻了一个人、一棵树和一朵云。后来阿亮的妈妈说，要不是他小时候把那个茶杯打破了的话，留到现在就会很值钱。

阿亮见小米哭的声音很大，顿时很紧张，怕她家里人听到哭声找过来，怕她的家人会责骂姥爹欺负一个小孩子。

可是姥爹对小米的哭声一点儿也不在意，依旧很凶地吼道：“叫你滚你不滚！现在别怪我下狠手！”

小米哭得更厉害了，撕心裂肺的。

姥爹一手捏着茶杯的把，一手摁住茶杯的底，“嘿”了一声，使劲将茶杯往下按。

接下来的一幕让阿亮记忆尤深。

姥爹一个趔趄，差点摔倒，但他顺势蹲了下来，将紫砂茶杯摁在了地上。

小米不见了，但她凄厉的哭声从紫砂茶杯里传了出来。

阿亮像看变戏法一样看见姥爹将小米摁进了他的茶杯里。

这时，阿亮的外公提着茶壶从农田里回来了。外公是回来打茶水的。他见了这一幕，慌忙将茶壶往地上一丢，把阿亮抱进了屋，叫阿亮不要看，还捂住阿亮的耳朵不让他听小米的哭声。

晚上吃饭的时候，阿亮看见姥爹的老竹椅下面多了一个瓦罐。

阿亮端着饭碗心不在焉地吃着，眼睛总往老竹椅下面瞄。直觉告诉他，那个瓦罐一定有什么特殊用途。

外公外婆不断地给阿亮的碗里夹菜，想将他的注意力移开。

姥爹却无所谓地笑道：“让他看吧，没事的。”然后他对阿亮说：“小米在那个瓦罐里面，今天晚上我要你外公把它埋到后面的园子里去。你以后想看她，就去园子里看她。”

姥爹说这话的时候有气无力地坐在老竹椅上，估计是摁住小米的时候耗费了所有力气。

而那个紫砂茶杯又被他拿在他里喝茶了。

吃完饭之后，外公不想让阿亮跟着他去后园里看他埋瓦罐，说怕吓着阿亮。姥爹却将手一挥，说：“让他去看吧。你不让他去看，他在梦里也会去看。”

有了姥爹的准许，阿亮便跟在外公后面，看他在园子里挖了一个坑，然后将瓦罐放进去，再掩上土，最后从茅房里弄来一粪勺的大粪堆在上面。

阿亮问：“为什么要在上面堆大粪啊？”

外公说：“大粪是秽物，能镇住邪气，免得她又跑出来。”

阿亮又问：“她到底是什么？”

此时阿亮心里已经知道她不是普通小孩子了，普通的小孩子是不可能被一个茶杯装进去的。

外公说：“她是小米。”

阿亮知道外公是在敷衍他。在同样的事情上，外公对他总是遮遮掩掩，姥爹却好像无所谓。后来阿亮的妈妈说，外公怕他被不干净的东西伤害，所以有意让他远离，而姥爹熟读易经深通八卦，比外公强十倍百倍，对保护他有十足的信心，所以不在意他接触那些东西。

阿亮不高兴地说道：“我知道她是小米。我问的是她到底是什么东西。”

外公只好说道：“她是邪灵，骗走过很多其他小孩子。要不是你姥爹把她抓住，现在你也跟着她跑掉了。”

这便是阿亮记忆中第一次被姥爹保护。

那时姥爹八十一岁，阿亮四岁。

第二章 马脸长袍

小米被埋之后不久，有一次阿亮无意间看到姥爹鬼鬼祟祟拄着拐杖艰难地去了后园。

阿亮见姥爹神色可疑，就偷偷跟了进去。

阿亮看见姥爹站在小米被埋的位置，听见姥爹居然小声地喊小米“姥姥”。

小米是姥爹的姥姥吗？阿亮又惊又怕。

“姥姥，你先委屈着吧。”姥爹只说了这么一句话，站了一会儿就转身离开。

阿亮急忙在姥爹出来之前溜掉。

外公后来告诉阿亮说，小米在来找他之前，已经带走过附近村里好几个其他小孩，但她没带走过画眉村的小孩。

阿亮问外公，她以前不敢来画眉村吗？

外公说，不是的，她来过，但那次失败了。

让她失败的人，正是阿亮的姥爹。这恰好印证了阿亮在后园里看到那幕之后的猜想——他们之前早就认识。

姥爹从她手里救下的小孩外号叫长沙猪崽。

这个小孩之所以叫长沙猪崽，就是因为经历了这件事。

阿亮见过长沙猪崽好多次。他家离姥爹家不远，且只比阿亮大两岁，所以每次阿亮来姥爹家，他都会过来找阿亮玩。

外公和妈妈都叫他长沙猪崽，他自己的爸妈也这么叫。每次他跟阿亮玩得忘记了吃饭的时间，他的妈妈就会跑来喊："长沙猪崽，快回家吃饭！"

因此，阿亮也跟着叫他"长沙猪崽"，到后来反而忘记了他的真名。

长沙猪崽在四岁多的时候，也遇到了小米。

长沙猪崽的妈妈说，那次都怨她。那天中午吃完饭，她就去了别人家打麻将，将长沙猪崽一个人放在家里。

等麻将散场，已经是傍晚了。她回到家门口的时候看到长沙猪崽一个人玩得很开心。她没在意，去了厨房淘米准备做晚饭。

淘米的时候，她听见长沙猪崽好像在跟谁说话。她以为是长沙猪崽的爸爸干完活儿回来了，连忙走了出来，却发现屋里除了她自己和长沙猪崽之外，再没有其他人。

她奇怪地问她儿子："你刚才跟谁说话呢？"

她儿子回答道："小米。"

她没听说过村里还有叫小米的孩子，又问道："小米在哪里？"

她儿子回答说："小米躲起来了。"

"她躲起来干什么？"

"她跟我玩躲猫猫呀。"她儿子一边说一边从这间房跑到那间房，咯咯咯地笑得特别开心。可自始至终她只看到儿子一个人跑来跑去。

她心想或许是别人家亲戚的小孩来这里玩，又没在意，回到厨房切菜去了。

晚上吃饭的时候，长沙猪崽的妈妈发现长沙猪崽胃口不好，不想吃饭。她问长沙猪崽是不是不舒服，长沙猪崽不吭声。

长沙猪崽的爸爸见长沙猪崽两眼无神，便问道：“他是不是想睡觉了？”

她摇摇长沙猪崽的肩膀，问道：“你是不是想睡觉？”

长沙猪崽还是一声不吭，表情恹恹的。

还是长沙猪崽的奶奶懂些非同寻常的事情，她推开儿子儿媳，蹲在孙子面前，摸了摸孙子的耳朵，发现耳朵蔫儿了吧唧的，又摸了摸孙子的头发，发现头发有点黏，然后说道：“这孩子可能走家了！”

“走家？”长沙猪崽的爸爸妈妈都不懂这是什么意思。

奶奶问道：“你们下午有没有发现孩子不正常的地方？”

长沙猪崽的妈妈回想了一下，这才觉得长沙猪崽一个人玩的场景有些诡异。她不敢隐瞒，忙将下午她看到的情形说了出来。

奶奶听完狠狠地拍了一下手，说道：“糟了！孩子的魂魄被小米带走了！”

长沙猪崽的妈妈诧异地问道：“小米是谁？”

奶奶唉声叹气道：“我哪里知道小米是谁？孩子说他在跟小米玩，小米肯定是专门骗小孩子魂魄的邪灵。”

长沙猪崽的爸爸妈妈顿时失了主意，忙问奶奶应该怎么办。

奶奶立即抱起长沙猪崽往外走。

长沙猪崽的爸爸妈妈面面相觑，然后问道：“妈，你要去哪里？”

奶奶说道：“快去老秀才家，或许孩子还有救！”

阿亮的姥爹是前朝的秀才，要不是姥爹的父亲阻挠，姥爹还可能轻松考上举人。村里老人大多叫姥爹为老秀才。

长沙猪崽的奶奶将长沙猪崽抱到姥爹家后，姥爹又将他的头发耳朵眼睛还有手指检查一遍，说道："孩子确实走家了。他头发黏，耳朵蔫，眼睛没神，手指头发皱，都是走家的表现。"

长沙猪崽的妈妈两眼一闭，人如被突然砍断的树一样往地上倒。他的爸爸急忙扶住她。

"还有办法把魂魄找回来吗？"他的奶奶一双眼睛迫切地看着姥爹。

那时候姥爹的身体还不坏，他把手一挥，说道："幸亏发现得早。要是过了明早鸡叫的时间，纵使我有再大的能力，也没有办法让他的魂魄回来。"

他的奶奶一双干瘦如鸟爪的手抓住姥爹，颤抖着说："那就是还有救，是吧？"

姥爹说道："是的。你别激动，先把孩子的生辰八字告诉我，然后拿把剪刀把孩子的十个手指甲和十个脚指甲都剪下来，再剪一小撮头顶的头发。剪好了给我。"

长沙猪崽的奶奶急忙按照姥爹吩咐的去做。

姥爹则找来一块红布，用毛笔在上面写下长沙猪崽的生辰八字。待他的奶奶将手指甲和脚指甲还有头发拿来之后，姥爹将那些东西一并包在红布里。

姥爹将那个红布包交给长沙猪崽的奶奶，说道："你拿着这个去铁匠家里，把这个东西偷偷丢进烧铁的火炉里烧掉。最好不要让铁匠知道，这东西会使他打出来的铁变形，他会生气的。但这么做可保你孙儿平安无事。"

于是，长沙猪崽的奶奶揣着红布包去了铁匠家。

铁匠白天也要干农活儿，烧铁打锄头镰刀耙齿的事儿只能在吃完晚饭后做。因此，长沙猪崽的奶奶去的时候并不算晚。铁匠正在家里敲得叮叮当当响。长沙猪崽的奶奶按照姥爹的吩咐将红布包偷偷扔进了铁匠的火炉里。

铁都能烧成铁水，火炉的温度自然非常高。红布包一丢进去就立刻烧透了，很快成了粉末。

长沙猪崽的奶奶刚从铁匠那里回来，长沙猪崽就已经好多了。他的眼睛渐渐有了光，头发散开了，手指变得饱满，耳朵恢复正常。

长沙猪崽见他奶奶进来，喊了一声“奶奶”。

他奶奶立即扑在他身上，抱着他一边摇一边喊：“我的心肝儿啊！你可回来了！”她哭得老泪纵横。

他的爸爸妈妈也哭着向姥爹道谢。

他的奶奶搂着他哭了好一会儿才松开手，然后问道：“你告诉奶奶，你刚才去哪儿了？”

长沙猪崽说：“小米带我还有几个小孩子去猪圈里玩了一会儿。”

“你们去猪圈里玩什么？”奶奶问道。

“玩躲猫猫啊。小米叫我们躲在猪肚子下面。”长沙猪崽说道。

长沙猪崽的话似乎点拨了姥爹，姥爹忙问长沙猪崽的奶奶：“你们家猪圈里的猪是不是快生小猪崽了？”

长沙猪崽的奶奶说道：“是啊。肚子已经滚圆滚圆的了，估计就在这几天出栏。”出栏就是猪生猪崽的意思。

姥爹转头去问长沙猪崽：“你说还有几个小孩子，到底是几个啊？”

长沙猪崽掰着指头算了算，说道：“八个。”

姥爹问道：“八个算不算你和小米？”

长沙猪崽点头说：“算。”

“你认识其他的小孩子吗？”

“不认识。”

姥爹叹息道：“还有六个孩子救不回来了！”

深明大义的奶奶急忙说道：“老秀才，你只要能救下其他孩子，我的猪婆生不生猪崽都没事的。我不在乎这点钱。”

姥爹摇头道：“没有用。其他小孩只能用同样的方法救回来，但是没人知道那些小孩是谁家的，弄不到生辰八字。就算弄到了他们的生辰八字，也没有那么多铁匠和那么多火炉。要是把好几个红布包丢进一个火炉里，火炉都会熄掉。”

第二天早晨，猪圈里的猪生出了小猪崽，一共生了七个，其中有一个生下来就是死的，刚好符合长沙猪崽说的六个孩子。

又过了几天，附近村庄相继传来小孩子过世的消息，姥爹打听了一下，刚好六个。

长沙猪崽的奶奶不敢养那六个猪崽，偷偷将它们背到山上放了生，又将那个死猪崽埋到了山上。

那只猪婆是由当时非常受饲养户欢迎的“长沙仔猪”养大的，所以经过此事之后，画眉村的人都叫他“长沙猪崽”。

铁匠听说此事后大吃一惊。

铁匠说，那晚长沙猪崽的奶奶来了铁匠铺之后还来了一个人。当时想想以为没什么，现在想来心惊肉跳。

长沙猪崽的奶奶进铁匠铺之后，铁匠并没太在意。因为平时有不少邻里乡亲来他的铁匠铺，有的来买铁具，有的纯粹看热闹。特别是小孩子，对拉风箱和烧铁水还有敲热铁非常好奇，常常坐在铁匠铺后屁股就像被粘住了似的不肯走。好多家里有小孩的大人来铁匠铺是来找晚了没回家的小孩。

长沙猪崽的奶奶来铁匠铺后左顾右盼，铁匠以为她是来找她孙子的，就没搭理她。

长沙猪崽的奶奶在火炉旁边转悠了几圈之后离去了。铁匠以为她在这里没找到孙子，要去别的地方找。这情景在铁匠铺太常见，所以铁匠也没在意，更没有伸长了脖子去看看火炉里是不是被扔了什么东西。他的注意力集中在大铁墩上面的热铁上，俗话说趁热打铁嘛，要是过了热度，铁的形状就难打出来。他一手握着小铁锤，一手握着铁钳，将红色越来越暗的铁块翻来覆去地敲打。他儿子两手握着大铁锤。他在某个地方敲一下，他儿子就在指定的地方重力捶打一下。

锤子下面的铁还没有打好，门口又一个人来了。

铁匠瞥了一眼那人，心中一惊，小锤敲错了地方。

“停停停。”铁匠急忙制止，可是已经晚了。铁匠的儿子一大锤敲下去，铁片就走了样。

铁匠的儿子很少见父亲出现错误，见父亲喊停，惊讶得两眼瞪得像铜铃一样大。

铁匠用铁钳夹着走样的铁片，将它放回火炉重烧，顺手抓了一点炭粉撒在铁片周围。

他儿子还没将大铁锤放下，质疑地问道：“爹，以前不是这样打的啊？怎么打到一半就停了呢？”

铁匠指了指门外，说：“有客。”

他儿子一惊，慌忙收了铁锤进了里屋。

“有客”是铁匠跟他儿子的暗语，意思是有不干净的东西来拜访的意思。铁匠的眼睛经过火炉的淬炼，已经跟小孩子的眼睛一样透彻清明，能看到常人看不到的事物。他儿子跟他学打铁的年头还不久，眼睛还浑浊。铁匠能看见的，他儿子不一定能看见。

铁匠曾跟儿子讲过，人生三苦——打铁，撑船，磨豆腐。撑船的，船行风浪间，随时都有翻船丧命的危险，如同在生死苦海，所以苦。打铁的，日夜在炼炉旁忍受炎热，活着就如同身在火炼地狱，所以苦。磨豆腐的，三更睡五更起，围着磨盘转，做驴子的工作，赚仅能糊口的小钱，如同在畜生道，所以苦。

因为这个特点，有些不干净的东西错把铁匠铺当作阴间的地狱，常常出现走错门的现象。弱的邪灵怕火，往往被火红的铁吸收，被凝固在铁具里。这样的铁往往成为废铁，怎么打都打不成农具的形状，只能丢掉。有的邪灵很强大，不怕火焰和红铁，铁匠只好想办法将它哄走。

这次门口来的“人”跟铁匠以前遇见的不一样。这“人”身高太高，站在门外走不进来。铁匠只看到了它的身体，没看见它的头。它比门框要高出一大截，像踩着高跷的戏子一样。

铁匠见儿子躲起来了，便对那“人”说道：“你把头低下来就能进来了。”

那“人”果然低下头钻了进来。

铁匠这才看到它的全貌。它穿一身青色长袍，如同过去的私塾先生，青色长袍上有暗藏的纹路，在火炉的光下忽明忽暗，像是花纹，像是云纹，又像是活的。它的脸很瘦长，如马脸。

“请问你是不是找错了地方？我这里是打铁的。”这是铁匠遇到类似情况后常用的第一句话。很多误闯而入的邪灵听了之后立即发觉确实走错了，一言不发便离去。

但这个马脸长袍的“私塾教师”反应不一样，它看了看四周，最后将目光定在那个散发强热的火炉上。

“我要找的就是这里。”它说道。火炉的光映照在它的眼珠上，跳跃不止，仿佛那是从它眼睛里发出的光芒。

虽然它的回答出乎意料，铁匠并没有方寸大乱。以前不是没有这样的邪灵。有的性格倔强不愿认错的邪灵即使看出这里的风箱火炉明明是打铁的，仍然一口咬定这里就是它要来的地方，非得坐到天明再走。

铁匠好声好气道："那你是来这里买我的东西呢？还是找我有什么事？"铁匠知道有的邪灵怕恶人，遇到一些蛮不讲理的，他便大喝一声或者破口大骂，加上他多年打铁使得身体阳刚十足，一般的邪灵伤不得他一毫半分。因此，邪灵在被大骂后大多会悻悻离去。

铁匠心里跟明镜似的。这个马脸长袍的衣装和举止非同一般，看来不是寻常的邪灵，是不能用寻常方法驱赶的。

"我不买东西，也不是找你有事。"它说道。

"那你来做什么？"铁匠诧异道。

"我来找一个忘记了回家的孩子。"它的眼睛一直盯着火炉，没有找人的意思。

铁匠说道："刚才有个老太太来这里，好像也是找没回家的孩子，但是这屋里除了我之外什么人都没有。我看，你去别的地方找一找吧？"因为马脸长袍太高，铁匠只能仰起头来跟它说话，一会儿就觉得脖子受不了。马脸长袍则明显束缚得很，低头含腰，好像彬彬有礼的谦逊模样。

马脸长袍说道："那个孩子就在这里。麻烦借你的铁钳子用一下，可以吗？"说完，它将一双手从长袖子里伸了出来。

铁匠见它的手比自己常年打铁的手还要粗糙，纹路很深，指甲边沿一线漆黑如污垢的东西，指甲很厚并发黄，还一层一层的。个别指甲还如烧坏的龟壳一样裂开。

铁匠将手中的铁钳子递给它。

马脸长袍接过铁钳子，走到火炉旁，用铁钳子在通红的火炭中拨来拨去，像是寻找什么东西。

铁匠心想，就算有什么东西落在里面，也早烧成了灰烬。

出乎铁匠意料的是，一个黑色如老鼠的影子突然从火炭中窜了出来，围着铁钳子团团转。马脸长袍另一只手立即朝火炭拍去，就如拍栖息在饭桌上的苍蝇一般。

铁匠心中一惊，冒出冷汗。

嗤……

马脸长袍的手上冒出一丈青烟，铁匠嗅到了肉被烤煳的难闻气味。这烤焦的气味顿时充斥整个房间，就连躲在隔壁的铁匠的儿子也忍不住咳嗽起来。

马脸长袍将手缓缓缩回，那个老鼠一般的东西在它的指缝间挣扎。

它的视力似乎很差，它将手伸到鼻子下面的地方看了看，这才露出一丝淡淡的满意的笑，然后将铁钳子还给铁匠。

“就是他了！”马脸长袍说道。

接过铁钳子的铁匠发现铁钳子冰凉冰凉的，连刚才还有的热度都一点儿不剩下，何况马脸长袍还用它在高温的火炉里拨弄了半天。

马脸长袍小心翼翼地抓着那个挣扎的小东西，转身弯腰要钻出门去。

它的脑袋刚伸出门外，又缩了回来，然后扭头对铁匠说道：“我要拜托你一件事情，不知道你可不可以答应。”

铁匠巴不得它快点走，立即点头道：“请说。”

它说道：“拜托你跟你们村的老秀才说一下，以后不要动不动就驱使我来办这些蝇虫小事。”

铁匠说：“好的。”

马脸长袍这才走了。

铁匠见它走了，忙叫儿子出来继续打铁，因为第二天要跟订了物件的人交货。可是之后的铁块变得像砖石一样脆，捶打的时候不是断了，就是粉成了渣，怎么打怎么不成。铁匠只好停下来，决定第二天早点起来再打。

因为第二天忙于补上头天晚上没打的铁具，铁匠将马脸长袍的交代忘记了，所以一直没有跟姥爹说这事。

长沙猪崽的事情传开之后，铁匠找到姥爹，请姥爹以后不要叫人往他的火炉里扔东西，这样影响他打铁交货，会打坏他祖传铁匠的招牌，会让他丢了以此为生的饭碗。

为了帮一个人而影响另一个人的事情不少发生，这是让姥爹有时候不得已拒绝前来求助者的原因之一。好在姥爹名望不错，有些人便谅解了姥爹。

长沙猪崽是救下来了，但姥爹得罪了铁匠。姥爹叫长沙猪崽的父母给铁匠送了点东西作为补偿。

长沙猪崽的父母给铁匠送了一条上好的烟。铁匠舍不得抽，将烟藏在衣柜里。

几天后的一个傍晚，马脸长袍又来到了铁匠铺。

这次它嘴上叼了一个长长的烟斗。

铁匠问道："又有忘记回家的小孩子吗？"

马脸长袍摇摇头，将烟斗从嘴上抽了下来，在打铁的大铁墩上敲了敲，说道："我是来借火的。"

铁匠忙拿出一盒火柴来，刺啦一声将火柴梗划燃。

马脸长袍摇摇头，说："你这火太小了，只有你家火炉上的火才行。"

铁匠便道："那你去火炉上点吧。"

马脸长袍又借了铁匠的铁钳子，在火炉里拨弄了片刻，然后突然记起了什么一样愣了一下，说道："光想着点火，我忘记烟斗里没有烟叶了。"说完，他斜眼看了一下铁匠。

铁匠吓了一跳，以为它这次来意不善，说不定是老秀才故意让它来找麻烦的。他上次责备老秀才使人往火炉里扔了东西，老秀才肯定生气了。老秀才自己不便出手，免得邻里乡亲说闲话，便指使这马脸长袍来找碴儿。

铁匠后悔不迭。

"我听老秀才说，你这里有上好的烟。我能不能抽一点？"马脸长袍说道。

听了马脸长袍的话，铁匠更坚定地认为它是姥爹派来报复的。

他急忙去里屋从衣柜里取了那条烟来，拆开之前舍不得拆开的纸壳包装，然后递给马脸长袍。

马脸长袍从拆破的纸壳里抽出一根烟，说："用不了这么多。"

铁匠不敢收回，仍将整条烟举起。

马脸长袍懒得劝他，自顾捏碎了烟条，将里面的烟丝搓成一团塞在烟斗里，然后用厚指甲的手指往里摁了摁，将腰弯得更低一些，屈下身子，将烟斗往火红的炉火里送。它的嘴巴用力一吸，脸颊的皮肉往里凹陷得很深，像个小坑一样。这样它的马脸显得更加瘦长。

恍惚间，铁匠真以为是一匹马在他家里吸烟。

马脸长袍每吸一口，火炉的火炭就暗淡一分，仿佛里面的热量都被那个烟斗吸了去。多吸几口就会将火炉吸灭了。

它是要让我家的火炉烧不起来吗？铁匠忧心忡忡地想。

马脸长袍吸了几口之后停了下来，将烟斗从口中拔出，然后将烟斗的大头拿在手里，将烟嘴对准火炉中央。

它要干什么呢？铁匠想阻止却不敢。

马脸长袍将烟嘴插进了火炉，然后将整支烟斗插了进去，最后用铁钳子拨动火炭将烟斗掩盖住。

“谢谢你的烟。”马脸长袍说道，然后离开了铁匠铺。

马脸长袍走后，铁匠急忙用铁钳子扒开火炭，可是没有找到烟斗的影子。铁匠急忙叫儿子出来拉满风箱，也没见火炉熄灭。他试着打了两把锄头，捶打和淬火都没有出问题，没有变形，刚度恰好。铁匠甚至认为这是他打得最好的两把锄头。

但将锄头拿到鼻子下闻了闻，闻到一股浓烈的烟味，有点呛鼻子。

自那晚之后，铁匠打出来的所有铁具都有烟味，但是质量比以前要好了很多倍。锄头锄两三年不卷刃，镰刀砍两三年不崩缺。除了菜刀因为烟味有点影响销量之外，其他的农具颇受欢迎。原来跟他竞争的几个铁匠铺生意一落千丈，幸好还有菜刀这一项勉强支撑为生。而他获得了响当当的“烟铁匠”的称呼。

铁匠到姥爹家登门拜访，感谢姥爹。

姥爹笑推不知实情，叫铁匠不用挂念。铁匠送的东西一概不收，叫铁匠拿什么来就带什么回去。

从此铁匠对姥爹的钦佩又多了三分。礼品姥爹不收，他就送他亲手打造的铁具，耕田的时节送耙齿，种地的时节送锄头。凡是应季节需要的铁具，他没有不送的。

后来有一次姥爹主动要求铁匠送他一样东西——九连环。那是姥爹将小米抓起来之后的事情了。

铁匠问，您要这个干什么啊？

姥爹说，小米喜欢跟小孩子玩也是因为寂寞，我把她禁锢起来了，她就像坐牢一样。我送一个九连环给她，让她排遣寂寞。什么时候她能将我给的九连环解开，我就放她出来。老话说，解不开的歧中易，摘不下的九连环。倘若她解不开，也能打发打发时间。

姥爹画了一张九连环的样图，叫铁匠照着做。

铁匠给姥爹做了两个九连环。

姥爹将其中一个埋在小米的旁边，另一个挂在墙壁上。

姥爹曾将墙壁上的九连环取下来让阿亮玩，阿亮从来没有解开过。外公妈妈试过，也解不开。

可是姥爹三两下就解开了。他说："总想着解决问题的话，或许会越来越麻烦；要是退一步避开问题，或许问题就会消失。"

阿亮央求姥爹告诉他解开的办法，姥爹不肯。他有他的理由："人生很多道理你知道是正确的，但不会理解。所以，告诉了也是白告诉了。只有你自己经历了悟到了的道理，才是好道理。"

有一次，阿亮问外公："姥爹那些本事是从姥爹的爸爸那里学来的吗？"阿亮知道外公从姥爹那里学了一些本事，想当然地以为姥爹的本事也是从他的爸爸那里学来的。

外公说："不是。你姥爹原来是读圣贤书的秀才，十二岁就是秀才了，当时少见。孔圣人说过，子不语怪力乱神。意思是读书人不要谈论神仙和妖怪。所以你姥爹开始是完全不接触这些东西的。"

"那他为什么后来又学了呢？"阿亮问道。

"唔……很多原因。"外公说道。

姥爹的父亲是前朝的粮官，颇有权势。起初，粮官大人希望他的两个儿子都好好读书，将来金榜题名，像他一样登上仕途，出官入相。所幸他的两个儿子小时候就表现出异于常人的天赋，大儿子十四岁考上秀才，后乡试考上举人；小儿子更胜一筹，十二岁就考上秀才。姥爹比他哥哥小了八岁，但考上秀才之后，他的名气比哥哥却大了许多。

粮官自然沾沾自喜，极爱这两个有出息的儿子。

那时候考上举人就意味着有资格做官了，但姥爹的哥哥显然不满足于此，他考上举人之后第二年便入京参加更加重要的考试——会试。

谁料姥爹的哥哥进京之后得了重感冒，头晕目眩，体力不支。匆匆考完之后，他自认为这次考试败北，无缘金榜，于是在没有放榜之前就往家里赶。

家里人不知道这些事情，认为姥爹的哥哥必定中榜，光耀门楣。

不久之后，省城那边有报喜的官员来到了画眉村，说是姥爹的哥哥中了二甲进士。二甲进士是什么意思呢？金榜分为三甲，一甲只有三个，状元，榜眼，探花；二甲只有七个，跟一甲加起来刚好十人；剩余的就是三甲，有两百多个。

粮官听了这个消息，高兴得不得了，家里人也人人自喜，以为荣耀。

可是两天之后，噩耗传来。

姥爹的哥哥在回家途中竟然因为过度劳累而病故了！

这大喜之后的大悲让粮官昏厥了三天三夜，全家沉浸在巨大的悲痛之中。

外人以为粮官日后的期望都落在小儿子身上，会鼓励他超过他的哥哥，再次金榜题名。

让所有人意外的是，粮官勉强恢复精神之后，辞掉了家里的老师，烧掉了家里的所有书，将姥爹叫到面前，说道："我以后再也不要看到你吟诗作对，挑灯夜读。此后的乡试会试，我再也不允许你参加。"

许多人为姥爹的才华可惜，纷纷劝粮官改变决定，可是粮官只字不听。

君为臣纲，父为子纲。读四书五经的姥爹自然不敢违背父亲的意思，对他来说，父亲就是天。

放弃了追求功名的姥爹天天无所事事，以前用来苦读的时间现在都空了出来。他突然感觉到前所未有的无聊。

他想了很多方法打发时间，跟走镖的拳师学过武术，跟出名的画师学过画画，跟云游的和尚学过佛经，也跟游方的道士学过道术。

粮官知道小儿子一身的精力没地方使，便给了他一些盘缠，说道："我不让你读万卷书，那就让你去行万里路吧。"

于是，姥爹在哥哥病逝之后的五六年里游遍了大江南北，访遍了千古名山。

后来前朝灭亡，天下不太平，姥爹才停止游历，回到家乡。

这一次毫无目的地"行万里路"之后，姥爹对"子不语"的东西兴趣大增。孔子说的东西他读得太多，也懂得太多，所以当不被允许谈论这些的时候，他自然会对孔子没有关注过的东西感兴趣。

他在游历的过程中遇到了一些难以解释的事情，这也是促使他对道术异术感兴趣的重要原因之一。

阿亮的姥爹曾到过熙沧。那是鹜江大陆的最西边，那里有世界上最深的峡谷——雅布大峡谷。他正是要去看雅布大峡谷而去那里的。

去那里之后，姥爹发现一个非常奇怪的现象，那里民房的门都特别矮，比他以前看到的正常的门至少要矮三分之一。哪怕是华丽的楼阁，其底楼的门仍然这么矮。这样的门不但看起来不美观，走进去也非常麻烦，除非是小孩子，一般的人进去必须低头弯腰。

姥爹刚到那里的时候非常不习惯，进门或者出门的时候经常忘记了低头弯腰，将额头撞在门框上，撞得眼冒金星。

他忍不住问当地人为什么要把门做得这么矮。

当地人告诉他，这是为了防止"弱郎"进来。

姥爹又问“弱郎”是什么。

当地人解释了一番，姥爹却没有听明白。

但是有一天晚上，姥爹亲眼见到了“弱郎”。

那是姥爹到熙沧之后的第八天晚上。姥爹当天白天去了雅布大峡谷游玩，晚上回到住房后又累又乏，没吃晚饭就早早睡觉了。他的向导朋友住在隔壁，也很早睡下了。

半夜姥爹饿醒了，起来想找点吃的，却听到外面似乎有敲门的声音。他早听说了“弱郎”，但不知道“弱郎”是种凶猛的动物还是其他东西，既然当地人宁愿各种不方便也要把门做得那么矮来防“弱郎”，说明“弱郎”不是那么好对付。

姥爹留了一个心眼，并不急于走出去查看，于是悄悄走到了门后偷听。

这一听就听出怪异了。

那声音不单纯是敲门的声音，还是撞门的声音。

“咚，咚，咚……”

声音很有节奏，并且比较沉闷。

姥爹心中纳闷了，如果门外是人，他为什么不喊？如果门外是迷惑人的邪灵，它为什么不敲门而要撞门？如果门外是夜间行动的野兽，为什么没有呼哧呼哧的气息？

难道门外的既不是人，也不是邪灵，更不是野兽？

如果都不是，那它会是什么？

姥爹不敢轻易开门，他连忙走到隔壁房间，将白天带他去大峡谷的向导朋友摇醒。

那夜的月光很明亮。向导朋友睁开眼一看是他，便问他要干什么。但他很快听到了外面的撞门声，立即坐了起来。

“弱郎来了。”向导低声说道，表情神秘，示意姥爹不要大声说话。

“弱郎？”

“是的。只要你不发出声音，它撞一会儿门就会走。”

姥爹问道：“它到底是什么？”

向导说道：“明天再跟你说吧。你快回到屋里去，不要多说话。”

姥爹回到了自己的房间，可是听着这古怪的声音怎么睡得着？他想出去看一看弱郎，可是开门太危险，开窗又看不到。

于是，姥爹蹑手蹑脚地爬到了小阁楼上。小阁楼的窗户就在门的正上方，如果将脑袋从窗户伸出去，就能看到门前的情形。

到了小阁楼，姥爹轻手轻脚打开只有一尺来宽一尺来长的小窗户，慢慢将脑袋伸了出去。这回他终于知道是什么东西在撞门了。

那是一具浑身僵硬的尸体！

那僵硬的尸体身上穿着的衣服与本地居民的服饰没有任何区别，只是手脚僵硬，眼神痴呆，皮肤紫黑，毛发蓬乱。它朝矮门蹦去，然后撞在门和门楣上，发出沉闷的“咚”的一声。

原来弱郎是这个样子！姥爹心里说道。

弱郎被撞了回来。它不甘心，又朝门撞去，再次撞在门和门楣上。如此往复。那弱郎撞得鼻子平了，额头破了，却不知疼痛。

姥爹顿时领悟了门做这么矮的原因。倘若门是正常高度，恐怕此时经受不住弱郎锲而不舍的撞击。屋内的人如果不能及时惊醒，恐怕会被闯入的弱郎咬死。幸亏这门很矮，而僵硬的弱郎不能屈腿，不能弯腰，所以接二连三地撞在门楣上，不能撞坏门。哪怕门被撞坏了，弱郎也不能从矮门进入房间，加害屋里的人。

小阁楼的窗户平常不打开的，窗台上落了厚厚一层灰，灰里还有窗台上面剥落的石灰块。姥爹将窗户推开的时候，灰尘和石灰块被窗户挤了下去，落在正下方的弱郎头上。

弱郎感觉到上面有东西落下来，停止了撞门，抬头朝小阁楼的窗户看去。弱郎的脖子也非常僵硬，不能像正常人一样抬起那么高的角度，只能稍稍往上仰起一点，然后将眼珠子使劲往上翻，借以弥补角度的不足。

这样一来，弱郎的面目变得更加可怖！

姥爹在上面看到弱郎翻着白眼朝他看来，顿时感觉后脊背一阵凉意，忍不住打了一个寒战。弱郎的眼神就像一阵刺骨的冷风，瞬间将姥爹吹了个透心凉！

那时候姥爹还没有深度接触玄黄之术，看到这番场景自然恐惧不已，急忙关上小窗，回到楼下的房间。

撞门声又响了一阵，然后消失了。

姥爹听到哒哒哒的声音渐渐远去，像马蹄声一样。

第二天早上，向导发现姥爹浑身哆嗦，额头冒虚汗，脸色不好看。向导忙问姥爹怎么了，姥爹将昨晚偷看弱郎的事情说了出来。

向导大吃一惊说："这下可糟糕了！你只要被弱郎看一眼，弱郎便会像影子一样追着你，非得把你也弄成弱郎才善罢甘休。它还会来找你的，你以后可要小心！晚上要早点回屋，并且必须住这样的矮门房子。"

姥爹原本只想满足一下好奇心，没想到会造成这样的后果，大为诧异地问道，那我离开林芝之后它还会找我吗？

向导忧虑道："就算你跑到天涯海角，它也会找到你的。但凡被它看见的人，它都不会放过。"

姥爹问："那怎么才能让它不追找我呢？"

向导说："除非你把它杀死或者制伏，没有其他办法。"

姥爹在老家听说过蛇的报复心极重，见到蛇要么不打，要打就打死，绝对不能打伤之后让它有机会逃走。因为被打的蛇一旦逃走，它一定会回来报复。交配中的公蛇和母蛇也是不能随便打的，倘若打死了其中一条而另一条逃走，活下来的那条蛇也会回来报仇。画眉村曾有一老头上山砍柴的时候看到两条蛇纠缠在一起，他用镰刀杀了其中一条，另一条趁机逃走了。几天之后，老头死在了床上，被窝里有一条刚刚蜕掉的蛇皮。

向导说："弱郎的报复心比你们老家的蛇还要强烈。"

姥爹忙问弱郎到底是个什么样的存在。

向导倒了一点水给姥爹擦脸，说道："弱郎既不是复活，也不是诈尸。本地人所说的'弱郎'，是指有些邪恶或饥寒之人死去后，其余孽未尽，心存遗憾，所以死后起尸去完成邪恶人生的余孽或寻求未得的食物。不过这必须在其躯体完好无损的状态中才能实现。本地的习俗给起尸提供了极好机会。因为在这里，尤其在城镇，不管什么人死了，先在其家中安放几天请僧人诵经祈祷，超度亡灵，送往生等一系列葬礼活动，尸体在家至少要停放三至七天才就葬。倘若发生起尸，大多是在这期间。"

向导给姥爹擦完脸，又说："普通的弱郎不会讲话，不会弯腰，连眼珠子都不会转动，只能直盯前方。但是你昨晚看见的弱郎不一样，它既然能微微抬头，还能翻起眼珠子，说明它是活了数百年的弱郎。动物修行数百年可能成精，弱郎经历数百年而不被人发现制伏，也算得上是弱郎精了。不过本地人不叫弱郎精，叫作弱郎大王。"

"弱郎大王？"姥爹一惊。

向导点头道："是的，一般的弱郎晚上出来要么是为伤人，要么是为找吃的，但弱郎大王不一样，它除了找吃的和伤人之外，还能给人摸顶。"

“摸脑袋吗？”姥爹问道。

向导说：“嗯，假如弱郎大王遇到了活人，它只需用僵硬的手摸顶，活人就会立刻死亡的同时也变成起尸。当然，这种离奇而可怖的作用只限于活人之身，对别的动物无效，不然这世界上的猫猫狗狗都变成了弱郎，人就没办法防备，没办法活下去了。”

姥爹恐惧道：“你的意思是说，如果僵尸大王找到我，或许会把我变成弱郎？”

向导叹气道：“最好别让它找到你。”

早知道是这样，姥爹那晚就不会去小阁楼上看外面的情况了。可世间没有后悔药可吃，既然于事无补，只能想其他办法。

姥爹没心思去观光旅游了，央求向导帮忙想办法让弱郎大王不再找他。

可向导哪里有办法，只能再三强调晚上不要出去，看到动作僵硬的人要远远避开。

姥爹见向导确实没有能力帮助他，便自己去挨家挨户询问当地人，寻求解救方法。

那一年姥爹还不到二十岁。而阿亮到了二十岁的时候仍然活在姥爹的庇佑之下。

那时候姥爹虽然没有再上一层，但已是功成名就。他第一次遭遇生命危机，为了生存下来而奔走。阿亮二十岁的时候还在校园里虚度时光，不知所以。

姥爹经过几天的拜访询问，终于得知附近有一个捕捉弱郎多年的法师，法师住在一座荒废的寺庙里。

姥爹问到了寺庙的方位，赶紧找了过去。

到了寺庙之后，姥爹在大门口撞到一个小沙弥。

姥爹忙询问法师在不在。

小沙弥告诉姥爹，法师不在庙里，他去一个偏远的村庄捉拿弱郎去了，不知道什么时候能回来。

姥爹大失所望。

姥爹见法师住的寺庙破破烂烂，便问小沙弥，法师既然法术高强，为什么不修一座华丽的大寺庙，而要住在这么简陋的地方呢？

小沙弥说："修大寺庙要很多钱，法师没有这么多钱。"

姥爹诧异道："法师帮人捉拿弱郎，难道不收钱吗？"

小沙弥听姥爹这么说，也非常诧异，反问道："如果是为了赚钱，念经度亡就好了，干吗要捉拿弱郎？法师捉拿弱郎是为了救人，不是为了钱财。"

姥爹顿时萌生崇拜之情，决定跟随法师学习捕捉弱郎的法术。

小沙弥又说："其实法师住在这里还有一个原因。这个寺庙在鼎盛时期有好几百位僧众，但这数百位僧众一夜之间全部变成了起尸。法师要将每个变成起尸的僧众念经超度，所以没有离开这里。"

姥爹吃惊道："几百僧众都变成了弱郎？"

小沙弥说："是的。"

那是很久以前了，那时法师还是一个小僧，他在这寺庙里学习经文。有一年，寺庙的住持死了，全寺僧众将其遗体安放在经堂里，然后大家排坐在殿内日夜诵经祈祷，连续三天三夜不曾合眼。就在第三天晚上，那些念经念得筋疲力尽的僧众忍不住一个接一个倒地睡去，鼾声如雷。只有一个小僧——他就是后来的法师——因为害怕而毫无睡意。这是他第一次给死人念经，好几次念到半途忘记了后文，只好从头开始念。他念一会儿就忍不住瞟一眼住持的尸体。第三天晚上下半夜，他突然发现住持坐了起来。他吓得连滚带爬逃出了寺庙，忘记了喊醒熟睡的众僧。

结果非常严重，全寺数百位僧众一夜之间全部变成了起尸，也就是本地人常说的“弱郎”。

或许是住持的修为本身太高，所以死后起尸的话能直接变成弱郎大王。起尸的住持给每个熟睡的僧人都摸了顶，就像他生前给前来祈福的人摸顶一样。

第二天有个苦行僧来这个寺庙求落脚之处，打开门一看，里面全部是蹦跳行走的弱郎！幸亏那苦行僧没有逃跑，而是在寺庙大门前站定，手拿法器，口念咒语。那些蹦跳的弱郎听到法器摇响，都朝他蹦了过来。

苦行僧见弱郎靠近，急忙转身往回走，不快不慢。快了怕弱郎跟不上，慢了怕弱郎抓住他。

昨晚逃出来的小僧并没有走远，他躲在寺庙前面的河边，看见了苦行僧所做的一切，顿时觉得非常羞愧。

苦行僧带着弱郎走到了河边，然后领着数百位弱郎走到了跨河的木桥上。

苦行僧奋力一跃，跳进了河里。

弱郎们紧跟着纷纷跳进河里，再也没有起来。

那位苦行僧在水中惊险躲过好几个弱郎的追咬，终于游到了岸上，气喘吁吁。

躲在河边偷看的小僧从草丛里钻了出来，跪倒在苦行僧面前，磕头求苦行僧教他法术。

于是，苦行僧在寺庙住了下来，将毕生所学传授给小僧，然后在寺庙中老去。

姥爹听小沙弥说完这段往事，欣喜不已，他认为当年的苦行僧能以一己之力对付数百位弱郎，那接收了苦行僧全部秘法的法师自然能轻松对付弱郎大王。

小沙弥接下来的话又给姥爹兜头泼了一盆凉水。

小沙弥说："小僧叫附近居民帮忙打捞淹死在河里的弱郎，打捞完毕之后，结果发现淹死的弱郎里面并没有住持的尸体。"

姥爹问道："难道住持并没有跳进河水里？"

小沙弥说："弱郎大王毕竟不同一般弱郎，可能识破了苦行僧的法术，趁乱逃脱了。苦行僧留在这里不走，或多或少也是怕弱郎大王回来寻仇吧？"

姥爹心中不安，暗暗猜想那晚看见的眼珠能转动的弱郎会不会就是回来寻仇的住持。不过，住持弱郎就算要寻仇，也应该来这座寺庙才是，虽然苦行僧已经作古多年，但他唯一的弟子还住在这里。他怎么会找到我住的地方呢？

聊了一会儿，小沙弥说他还有其他事情要办，于是撇下姥爹走了。

姥爹想着回去也是无聊，不如在这破寺庙里逛一逛。因为寺庙里经常有来访者，所以寺庙的门不像其他居民的门一样矮，不用弯腰进去。进了寺庙之后，他发现里面每个房间的门槛都非常高，一不小心就会绊倒。这些门槛显然是后来加高的，门槛与两边门框的缝隙有大有小，小的缝隙没人管，大的缝隙间还塞了小木片填充，然后刷上红漆。可见加高门槛是在应急情况下进行的，没来得及细细丈量每个门框的宽度，就将长短不一的木条钉在门槛位置。

他想问问为什么门槛做这么高，可是一时半会儿小沙弥不见回来。姥爹继续往里走，走到了最后一间房见无路可走了，便在那间房里坐下歇息。

姥爹发现这间房比其他房间要考究一些，画比其他房挂的画要精致鲜艳，墙粉比其他房间要白，朱漆比其他房间要红。

这个房间的墙体用块石砌成，墙体厚而窗子小，给人浑厚稳定的感觉。底层用朱红色棱柱，柱头部分雕刻立体图案，上面托着粗大替木。在墙体上方，多用棕红色的饰带，上面缀上鎏金铜镜等装饰物。房檐四周竖有镀金金幢，上有风铃，房顶正面中间是金法轮，两面为护法兽。

姥爹心想，这必定是这座寺庙最重要的场所。可是他猜不出这个房间到底是用来干什么的。他见靠窗的一个桌子上放着一个茶壶和茶杯，忽然觉得口渴，便走过去提起茶壶往茶杯里倒水。倒满水之后，姥爹想将茶杯拿起来放到嘴边喝，可是茶杯重若千斤，怎么使劲都拿不起来。

这个茶杯说是茶杯，实际用茶碗称呼更为妥当，茶碗是瓷的，但杯托和杯盖是铜的，上面有很精美的花纹。

抱着试一试的心态，姥爹握住茶杯，轻轻扭转。

这一扭没有用多少力气，可是茶杯居然乖乖地旋转了！

与此同时，姥爹听到背后传来轰隆隆的声音。

姥爹回头一看，惊呆了。

背后的墙体裂开来，露出一个昏暗的密室。

密室里面竟然密密麻麻地站着一群人！

这群人肢体僵硬，表情痴呆，纹丝不动，看似一群雕塑，但眼睛偶尔眨动一下。诡异之极！

姥爹见了这场景，吓得跌坐在地上。

可是这群人见了姥爹仍然一动不动，眼睛虽然眨动，但并不去看他，仿佛他不存在一样。

姥爹不敢凑过去仔细看，急忙爬起来将茶杯转了回来。那堵墙又轰隆隆地闭合，恢复了原来的模样。由于这墙壁是由块石砌成，本身就不平整不规则，所以闭合之后根本看不出任何破绽。

姥爹不小心偷窥了法师的秘密，心里扑通扑通直跳。他将杯盖盖了回去，然后急急忙忙出了寺庙。

接连几天晚上，姥爹住的地方没有任何异样。虽然如此，姥爹还是放不下心。弱郎今晚不来，明晚不来，不说明以后也不会来。

向导也怕他出事，太阳快落山的时候就催着姥爹回屋，怕晚一点弱郎就会循着他的气味出现。

不久，邻村传来消息，说是三个晚归的小伙子遇到了弱郎，那弱郎将两个小伙子咬断了脖子，一个小伙子被咬掉了半边脸。

消息传来的第二天，寺庙的法师主动找到姥爹住的地方来了。

姥爹没想到救星自己找上门来，自然非常高兴，但他也略微忐忑。自从看见密室里的一群人之后，他不知道这个法师到底是好还是坏。

法师的脸皲裂得厉害，仿佛是因为缺水而裂开的南方水田。而他一双眼睛如姑娘般水汪汪的，仿佛是能灌溉的清泉。可惜脸上即使有两汪清泉，也没能让皲裂的皮肤好一点。他身材比较高，一米八左右，剃着光头。那光头发亮，太阳光在上面反射，却因此有点佛相。

法师找到姥爹后问道："你去我的寺庙找过我，是吧？"

姥爹点头道："是的，是小沙弥告诉你的吧？"

法师摇头道："我刚从偏远的地方回来，还没有去寺庙。"

姥爹惊讶不已，问道："那你怎么知道我去找过你？"

法师微微一笑，说道："我师父临终前告诉过我，二百三十四个月之后会有一个人来寺庙找我。我按照师父说的时间推算，应该就在这几天。而我回来的路上听到有人说一个外地人到处询问哪里有可以对付弱郎的人，便知道师父当年说的人就是你了。我问别人你住在哪里，别人便给我指了路。"

姥爹在心中一算，二百三十四个月换算起来就是十九年半。这恰恰是他的年龄！

“对，我一直在找你，我去过寺庙了，可是刚好你不在。你能救救我吗？”姥爹顾不得想法师的师父为什么说多少年后有一个人会找到这里来，他只想尽快消除弱郎的隐患。这是他心里的一块石头，整天悬着放不下。

“你遇到什么麻烦事了？”法师问道。

姥爹便将那晚偷偷观看弱郎的事情说了出来。

法师听了沉默了半天，一言不发。

姥爹以为他在想应对的办法，便安安静静地坐在旁边等着法师回话。

可是法师坐了一会儿之后，突然起身朝门口走去。

姥爹着急了，一把抓住法师的僧衣，问道：“请问法师为什么不留一句话就走？”

法师却说出一句奇怪的话来：“你比我的法术更强，已经知道如何对付那个弱郎，又何须我来帮你对付弱郎呢？”说完，他挣脱姥爹的手，低头钻过矮门，扬长而去。

向导和姥爹愣在原地，不知道法师说的话是什么意思。

半晌之后，向导对姥爹说道：“我看法师也对弱郎大王没有办法，所以找这种莫名其妙的理由来搪塞你。要不你早点离开这里，回到你的家乡去吧。”

姥爹问道：“弱郎大王已经看到了我，不管我逃到哪里去，它都可能尾随而至啊。”

向导说：“那也比留在这里安全。”

姥爹摇头道：“不行，我还是要央求法师帮忙。可能是我诚心不够，他才不愿意帮我捉拿弱郎。”

午饭过后，姥爹又赶往法师所在的寺庙。

这次一出门，姥爹就感觉与上次出门大有不同。远的青山，近的湖水，白的墙壁，红的屋顶，矮的门，小的窗，一切变得非常熟悉。昨天还有的异域风情，此时却有种故地重游的异样感觉。之前以为是随性而行的游山玩水，此时却觉得是这个地方吸引着他一步一步走到这里。

他恍惚记得曾经在这里生活过，可是自己明明来这里一个月还不到。

这种感觉越接近寺庙变得越强烈。再次来到寺庙前的时候，他似乎想起曾经无数次这样回到寺庙前面。再次看到高高的门槛时，他恍惚看见另一个自己在往缝隙里塞木片，然后在木片上刷红漆。

抬腿跨进门槛之后，姥爹甚至记起了密室里面那群人的每一张脸孔。可他又清清楚楚记得，上次看到那群人的时候吓得不敢多看一眼，没来得及看清任何一张脸就关上了机关。

此时姥爹不但记起了那群人的脸，还记得里面有三十六个人，每个人叫什么名字。但在他的记忆里，那些脸一直是冷冰冰的，从来没有笑过，也没有哭过。

姥爹无意识地走到了最后一间房前，发现法师已在门口等候多时。

法师见了姥爹失魂落魄的样子，微微一笑，说道："相信墙壁后面的那些东西，你也看过了吧？"

姥爹回过神来，反问道："你怎么知道的？这也是你的师父临终之前说过的吗？"

法师答道："不是。因为那个茶杯里装满了水，扎巴说只有你进来过。"扎巴指的是那个小沙弥。

姥爹想起慌忙之中离开时没有将杯子里的茶水倒掉，相信法师由此也可推出他发现了墙壁后面的秘密，尴尬地笑了笑。

既然自己偷看了法师的秘密，而法师已经知道自己偷看了他的秘密，那就不用遮遮掩掩了，还不如开诚布公。姥爹说道：“请问法师，你平时是不是有收集尸体的癖好？”

这话一点就破，所以法师也没躲避，哈哈笑道：“你不是已经看过了吗？他们可不是尸体，至少眼睛是可以动的。实不相瞒，他们就是弱郎。”

姥爹虽然心里已有准备，但是听他这么说的时候还是忍不住倒抽了一口冷气。这法师是公认的追捕弱郎的高手，为什么还偷偷藏这么多弱郎在寺庙这种清净之地？

“法师既然是捉弱郎的高手，为什么还要在家里养这么多弱郎？”姥爹问道。

法师又说出一句让姥爹不可理解的话来。他说道：“你应该比我清楚啊！

姥爹愣了一下。

法师请姥爹进屋坐下，说道：“是你当初教我把门槛加高，说寺庙的门不能太低，因为弱郎的腿不能打弯，跳得不高，所以除了矮门可以阻挡他们之外，高门槛也可以阻挡他们。他们知道高门槛可以绊倒他们，不会进来。”

桌上此时比上次多预备了几个茶杯。法师提起茶壶，倒上一杯茶，然后恭恭敬敬地递给姥爹，说道：“当初也是你教我在寺庙里偷偷藏着这些弱郎，说捉蛇的人要养蛇，为的是摸清蛇的性情，以便攻其弱点，避其长处。”

姥爹呆呆地接了茶，拧眉沉思了片刻，问道：“我跟你说过这些？我以前没有来过这里，更不记得说过这番话。”

法师在姥爹对面坐下，温和说道："听说你是丁未年考取的秀才，上知天文下知地理，不知道你听说过转世灵童没有？"

姥爹立即领悟了法师的暗示，窃窃问道："法师的意思是……前世我就住在这个寺庙，而你是我的弟子？"

法师见姥爹有所领悟，又卖起了关子，双手合十微笑道："不生生不可说，生生亦不可说，生不生亦不可说，不生不生亦不可说，生亦不可说，不生亦不可说。"

姥爹问道："为什么不可说？"

法师说道："这也是你教给我的，无故不可说，甚深故不可说，能引无义故不可说，法相法尔之所安立故不可说。"

姥爹顺着法师的话说道："人不可能理解所有的事情，好多事不能说出所以然的，一些复杂的事情与其痛苦地纠结于寻找原因，还不如淡然地接受？"姥爹说得非常自然，如同背诵经文一般顺畅。说完之后，姥爹被自己的话吓了一跳。

"我怎么会说出这样的话？"姥爹瞪着法师，期待法师给他一个解答。

法师的笑意变得更加深不可测。

姥爹见他如此，便如实奉告道："不瞒你说，在你告诉我你师父临终前预测十九年半后我会来到这里之后，我突然感觉沉睡的记忆被唤醒了一样，这里的一切都那么熟悉。仿佛这里是我的故乡，我这些年是离乡游历，最后又回到故乡一样。刚才跨进门槛的时候，我还想起了将木片塞进门槛缝隙里的情形。"

法师默默听着姥爹说话，就如恭顺的弟子聆听师父教诲。

"上次我不小心扭开了茶杯中的机关，意外地看到那些一动不动只眨眼的弱郎，吓得两腿直不起来。可是就在刚才，我却记起了那些弱郎的样子，每一张面孔我都记忆深刻。”

法师连连点头，仍然如闷葫芦一般不说一字。

姥爹想了想，接着说道：“这么说来，我的前世确实在这里生活？我就如那些转世灵童一样，短时间内能想起前世的一切？”

法师不说话。

姥爹自言自语道：“我上次听……扎巴……对，扎巴……我听他说了这座寺庙里曾经有数百僧众起尸的往事，那个苦行僧用特殊的方式引诱弱郎们跳入寺庙前的河中淹死，后来打捞尸体却发现独独少了住持的尸体。莫非……”

姥爹瞥了一眼法师，干咽了一口，说道：“莫非我上次见到的弱郎大王就是住持的起尸？他也认为我是苦行僧的转世，所以那晚来找我？”

法师沉默不语，但姥爹从他安静祥和的表情中看到了回答。

这时外面的阳光透过狭小的窗子进入房间。阳光一缕一缕的，仿佛长发一般可理可数。

姥爹叹了一口气，说道：“就算你认为我是苦行僧转世，但投胎转世也有胎中之谜，灵魂从入胎到出生要经历极大痛苦，这种痛苦大到能忘记一切。哪怕是绝世高僧，经历这种痛苦后多多少少会遗忘一些，需要通过第二世的重新学习来弥补记忆缺口。古往今来的转世灵童也得在前世生活过的地方闭关数月数年才能无师自通，无一例外。或许我前世对弱郎了如指掌，但现在我对弱郎的了解少得可怜，你该帮助我才是。”

“我能怎么帮你？”法师问道。

姥爹道：“芸芸众生中，每个人都经历过胎中之谜，每个人都可以通过回到前世居住的地方，经过有目的的引导而记起前世。可不是每个人都有这样的机遇，所以绝大部分人随着年龄的增长忘记了前世记忆。只有极少被关注的转世灵童才被人精心照顾，令他们有机会恢复前世的聪慧。一般的转世灵童在出生之后不久便被送到前世居住的地方。因为那时候离胎中之谜不久，恢复记忆的可能性最大。哪怕今生的事情，随着时间推移大多被遗忘，何况前世记忆？所以要恢复前世记忆，越早越好。”

法师点头。

姥爹继续说道：“可我已经二十岁了，丧失了恢复记忆的最好时机。因此，我对这里的一切只有模模糊糊的熟悉感。虽然有了突如其来的熟悉感，可是对于怎么对付弱郎我忘得一干二净。况且苦行僧当年都没能收拾住持的起尸，转世的我对于制伏弱郎大王又有几分把握？倘若我像前世那样懂得对付弱郎的法术，再次遇上弱郎大王的时候即使不能制伏它，至少能保全自身。所以……请法师详细说明弱郎的情况，万一能引发前世记忆再好不过，退而求其次的话也能知己知彼，不至于遇到弱郎的时候手足无措。”

法师觉得有理，便扭转上次姥爹碰过的茶杯。块石砌成的墙壁轰然拉开一道裂缝，裂缝越来越大。三十六个弱郎露了出来。

三十六个弱郎站成四排，前面三排各十个，最后一排六个。最后一排的弱郎比其他弱郎高出一个头。

法师走进密室，指了指第一排和第二排的弱郎说：“死人起尸变成的弱郎有五种类型，第一种是肤起弱郎，第二种是肉起弱郎。这两种类型的起尸是由其皮或者肉起的作用，也是最为常见的起尸。”

然后，法师指着第三排的弱郎说：“第三种是血起弱郎。这种起尸是由体内的血液所为，力量和速度比前两种起尸要强一倍。不过这三种起尸比较容易对付，只要用刀枪剑之类利器戳伤它们的皮肉，让血液出就能使起尸即刻倒地而不再危害人了。”

法师走到明显比其他弱郎高的第四排，说道：“第四种叫作骨起弱郎。导致它们起尸的主要因素在于骨髓，只有击伤它的骨头才能将它制伏。由于骨头比皮肉难破坏，所以对付起来相当困难。因为它的骨髓发生了变化，导致人死后骨头和指甲还生长，所以骨起弱郎比其他弱郎要高出一截。亏得身高拉长，使得它的骨头比普通人要脆弱一些，我制伏它就得以轻松点。”

姥爹见法师将所有弱郎介绍完了，忙问：“那第五种呢？这里没有吗？”

法师走出密室，说道：“第五种是痣起弱郎。”

“起尸是因为死者身上的痣吗？”姥爹问道。

法师点头道：“正是这样。这是最难对付的一种起尸，要制伏它，必须挖掉引发起尸的那颗痣。”

“可难度在于你不知道是哪颗痣引发起尸的。”姥爹顺着法师的意思说道。

“是啊，所以这个密室里没有第五种弱郎。”法师的语气中不无遗憾。

姥爹一眼从弱郎们的脸上掠过，不以为然。“或许这三十六个弱郎之中就有这第五种。”

“哦？”法师颇为惊讶。这一刻仿佛法师还是一位刚入门的弟子，而姥爹是在此修行多年的高僧，最熟悉这里的是姥爹，而不是他。法师又将那些弱郎查看了一遍，意图在姥爹给出答案之前找到答案。可是看过之后，他还是没有办法在那些熟悉到不能再熟悉的弱郎的身上找出不同之处来。

姥爹笑道：“你不用找了，从表面看是看不出哪个是痣起弱郎的。有些肤起、肉起、血起、骨起弱郎实际上就是痣起弱郎。有时候你用利器戳伤它们的皮肉，恰好碰到了让它们起尸的痣将它们制伏，从而错把痣起弱郎认作了肤起肉起血起骨起弱郎。”

“骨起弱郎里面没有痣起弱郎吧？”法师问道。

姥爹摇头道：“前四种弱郎能有的特征，痣起弱郎都可能拥有。它不但让你不知道那颗重要的痣在哪里，还让你不知道它是不是痣起弱郎。所以要对付它，那是难上加难。”

“原来如此。可是为什么我师父生前没有给我说这些呢？”法师迷惑不已。

姥爹道：“可能觉得时机未到吧？”

法师默然。

姥爹又问道：“这三十六个弱郎是活还是死？”

“半死不活。”法师从沉思默想中回过神来。

“你可以控制他们吗？”

“可以。有时候我遇到棘手的弱郎，会操控他们帮我对付其他弱郎。”法师说道。

姥爹灵光一闪，惊喜道：“你说只有我自己才能解救自己，而前世记忆引领我来到这个房间，不经意打开这个密室，是不是暗示这三十六个弱郎可以帮我对付弱郎大王，让我摆脱它的追杀？”

法师不言不语。

姥爹欣喜道：“那就有劳法师帮我驱使这三十六弱郎捕捉弱郎大王了！”

“我从来没有同时驱使过这么多的弱郎。”法师说道。

姥爹听他这么说，刚要作罢，又听得法师说道：“既然你是师父转世，又来到了这里说了这番话，此时应该是师父生前认为的时机成熟之时。我今晚就试试作法，看能不能将师父的死敌拿下。”

姥爹见法师终于改口答应，心中大喜，生怕法师反悔，忙说道：

“赶得好不如赶得巧，不如我们今晚就动手吧？”

法师转身要出门。

姥爹以为法师马上反悔了，拉住法师的衣角问道：“法师要去哪里？”

法师道：“要将弱郎引到这里来，必须知道弱郎生前的名字和出生时间。你看到的弱郎应是之前在这座寺庙起尸的住持，要知道它的名字和出生时间，我得去查查以前的寺庙名册。”

那天晚上，法师在寺庙门口念起了当初苦行僧引诱庙中弱郎的咒语，不过当年苦行僧是要将庙中的弱郎引出来，而现在法师是要将外面的弱郎引进去。在寺庙大门的后面，三十六个弱郎排成了一个古怪的阵型。那是天网阵，三十六个弱郎中有二十八个仿照二十八星宿在天空的位置排列，剩余八个弱郎按照四方四隅站立，将二十八个弱郎围绕其中。

法师作法的香烧到一半的时候，弱郎大王在寺庙前面不远的桥上出现了。就是苦行僧曾经领着寺庙里的几百个起尸跳入河中的那座桥。

法师见弱郎大王出现，念咒语的速度立刻再快一倍，嘴巴如炒豆子一般翻飞不停，脸颊的肉被声波震得不断抖动，好似被一只无形的手连续地扇耳光。

弱郎大王在桥上站定，朝寺庙这么看了许久，两只眼睛发出淡淡的绿光，如同荒漠里伺机搏杀的恶狼的双眼，又如两团飘浮在空中的鬼火。

法师将咒语的速度又加快了一倍，嘴角两边冒起了白色泡沫，脸颊好像被人扇耳光扇得更加厉害。

似乎是咒语的力量显示了，又似乎是弱郎自己主动往前的，它轻轻蹦起，轻轻落下，仿佛纸片人一样从桥上往寺庙移动。这显示了弱郎的实力。有的动物在决斗前会努力展现自己的力量，而弱郎会展示它的轻盈。弱郎本身是僵硬死板的，所以蹦起来非常沉重，甚至一步一个坑。只有实力强大的弱郎才能让动作看起来非常轻盈和灵活。

而被法师引来的这个弱郎看起来太轻了，仿佛一阵风吹来它就会像风筝一样飞起。

当弱郎离法师只有十几米远的时候，法师急忙撤步退回到寺庙里。

“东方苍龙七宿！角！亢！氐！房！心！尾！箕！北方玄武七宿！斗！牛！女！虚！危！室！壁！西方白虎七宿！奎！娄！胃！昴！毕！觜！参！南方朱雀七宿！井！鬼！柳！星！张！翼！轸！”姥爹按照法师事先吩咐的咒语大声喊道。

每个星宿对应一个弱郎。姥爹每喊出一个星宿的名字时，就有一个弱郎应声而动。姥爹喊完之后，二十八个弱郎全部蹦离原位，蹦出大门，朝弱郎大王蹦去。

“苍！变！玄！幽！颢！朱！炎！阳！”姥爹又大喊，声音在寺庙里来回振荡。

代表四方四隅的弱郎如激活了一般也个个朝外面蹦去。

法师见三十六个弱郎全部动了起来，结出一个奇怪的手势，然后大声喝道：“天网恢恢！疏而不漏！啵！”

在寺庙外的平地上杂乱无章地蹦跳的弱郎顿时重新摆起了天网阵，然后像一张移动的天网一般朝桥上下来的弱郎大王扑去！看那阵势和气势，似乎要将弱郎大王变为网中之鱼！

弱郎大王好像没有意识到危险，视若无睹地朝法师布置的天网中蹦来。它的表情比当晚的月光还要平静，虽然那来自弱郎本身的面部僵硬，但仍有一股慑人的气魄。

接着，让法师和姥爹想不到的一幕出现了。

弱郎大王所过之处，其他的弱郎立即如脚下绊了绳子一般扑倒在地。

鹜江大陆上有一种鸟是没有脚的，它只能一直飞呀飞呀，飞累了就在风里面睡觉，这种鸟一辈子只能下地一次，那一次就是它死亡的时候。弱郎的遭遇跟这种鸟类似。弱郎起尸之后只能蹦的，不能扑倒。它只能扑倒一次，那一次就是它死亡的时候。

弱郎大王轻易地就让那三十六个弱郎全部扑倒。三十六个弱郎在地上挣扎了一会儿就没了动静，如同三十六节木头。

法师的天网此时变成了脆弱的蜘蛛网，而他想网住的是一只老鹰！蜘蛛网如何能网住老鹰？

法师和姥爹见势不妙，急忙往屋里逃。

弱郎大王见法师和姥爹往回跑，飞一般地朝他们扑来。它的速度快得惊人！眼看着还要好一段距离，转眼就近在面前了！

就在弱郎大王的手要碰到姥爹的时候，弱郎大王突然停止了前进。

姥爹低头一看，它的脚已经碰到了高门槛。

门槛就如一道比铜墙铁壁还要厉害的阻碍，让弱郎大王望而生畏。它能将其他弱郎绊倒，使得那些弱郎如木偶一般失去战斗力，自然它也害怕被高门槛绊倒。

化险为夷的姥爹惊出一身冷汗，跌坐在室内的椅子上，捂住扑通扑通直跳的心脏，生怕那颗心脏跳得太剧烈，从身体里跳出来。法师也早没有了刚才的威风凛凛，面如土色，眼神慌乱，哆哆嗦嗦。弱郎大王的实力远远超乎他的想象。

那晚，弱郎大王就在那条刷了红漆的高高的门槛外来来回回蹦了好几个时辰，直到天际泛白太阳要出来的时候才离开。

弱郎大王离开后许久，法师和姥爹还躲在屋里不敢出来。等到第一缕阳光到达地面之后，他们两人才犹犹豫豫地迈出门槛。

从那之后，姥爹再也没有想过单凭自己去主动对付弱郎大王。他回到画眉村的第一件事便是在家里人的质疑声中把家里所有的门槛加高。再后来姥爹实力大增，已经不担心弱郎了，可他还是没将高门槛换掉，即使年老体衰了，走路摇摇晃晃，他宁可跨过门槛的时候像年幼的阿亮一样艰难，也绝口不提换门槛的事。

告别法师之后，姥爹由熙沧进入丽川。

由熙沧入丽川，要经过一个叫巴安的地方。

姥爹离开熙沧一是为了游历，二是为了逃避弱郎。所以他日夜兼程，走到巴安的地界时，天色已经很暗了。

姥爹能听到山上有风吹动树的沙沙声，但是看不清一棵树；能听到山脚下有水流动的潺潺声，但是看不见小溪小河在哪里。

太阳下山之后，这里的气温降得很快。姥爹感到越来越冷，越来越累，越来越困，一边走路一边忍不住打哈欠，只想找个地方歇歇脚，最好能烤烤火，让身上暖和点。

真是想什么就有什么。姥爹拐了一个弯之后突然看见前面不远的地方有一堆火，火堆旁有五个人伸开了手掌烤火。

那五个人虽然聚在一块，但是不说一句话，很沉默。

姥爹见了火，如岸上的鱼见了水，如饥饿的狼见了肉，立即奔跑过去。

那五个人仿佛没看见姥爹，不主动问问他是不是要烤火，都自顾伸了手掌暖和自个儿，表情冰冷，没有一点儿人情味儿。

姥爹问道："我可以跟你们一起烤烤火吗？冷死了。"

没人回答。但是他们挪了挪身子，在姥爹面前空出足够坐一个人的位置。

“谢谢，谢谢！”姥爹连忙在空出来的地方坐下，双手贪婪地伸向中间的火焰。借着火光，姥爹打量了一下这几个人的模样。他们从衣着和面容上看都不是本地人。

“你们都是路过这里的吗？”姥爹问道。

没有人回答他。

姥爹心想，我这问题也问得太笨了，他们都不是本地人，肯定是路过这里的啊。

姥爹一边烤火一边又问：“那你们是从这里出熙沧呢，还是从这里去丽川啊？要是去丽川的话，我们可以一路。”

这一带人烟稀少，走夜路的时候难免有点害怕，加上心里还担忧可能如影子一样跟随的弱郎，姥爹确确实实想找几个同行的伴儿。万一出现点什么小状况，相互之间也好有个帮衬。哪怕中途被弱郎赶上，有个三长两短也有个帮忙送信回去的人。

那几个人像没有听见他说话一样没有任何反应，还是默默地烤火。

姥爹心想，莫非他们听不懂我的话？

坐着静静地烤火，一个聊天的人也没有，这样确实无聊得很。

幸好不一会儿又来了一个人。

那个人跟姥爹一样，先怯怯地问能不能让他借个地儿烤烤火，说自己冻得不行了，想烤一会儿等身子暖了再走。

姥爹刚要回话，心想自己也是借火烤，没有资格邀请别人，于是闭了嘴。

那五个人还是不说话，但像对待姥爹一样挪开了足够坐一个人的位置。

那个人自然高高兴兴地坐下了，伸开手掌去烤火。

他可能也想找个一起走的伴儿，于是问大家：“请问你们是要去熙沧，还是要去丽川啊？我是去丽川的，如果你们有谁也是去丽川的，我们可以同路哇。”那人的嗓子像个破锣，声音大得很。

那五个人依然对热情的邀请充耳不闻。

姥爹觉得奇怪了，莫非这五个人都是聋子不成？他又将他们一一仔细打量，发现他们有点不对劲。可是哪里不对劲他也说不上来。

姥爹怕新来的那个人冷场，于是接口说道：“我是去丽川的，可以和你同路。”

那五个人一起扭头看了姥爹一眼。

那个新来的人见姥爹可以跟他同路，高兴地点头示意，说道：“那歇一晚，明天我们一起走吧。”

姥爹点头答应。

可能是风比较大，可能是地气潮湿，也可能是夜间气温太低，姥爹跟他们烤了好久还是没有一点暖和的意思，反而觉得比刚才更冷了。

鉴于这种情况，姥爹更不敢离开这堆火，怕离开这里之后就会冻死在路上。

姥爹瞥了一眼新来的那个人，他来的时候好像还不是很冷，只是抱臂哈气而已，现在双手对着火焰反而缩着身子哆哆嗦嗦了，像只被逮住的小刺猬。

那五个人则仿佛不冷不热，温度刚好。其中一人脸上浮现出一丝诡异的笑意。另一个看起来年长许多的人朝那人斜睨了一眼，那人立即将笑意收起。那丝诡异的笑就像落在他脸上的雪花一样融化了消失得不留痕迹。

姥爹朝前面看了看，看不到灯火或者房屋；朝后面看了看，来时的路淹没在一片黑暗之中；朝上面看了看，一轮孤月悬挂，仿佛是一只偷窥的眼睛，这只眼睛跟那五个人的眼睛一样空洞无神，冷冷冰冰。姥爹又朝下面看了看，火焰像无数条蛇信子一样舔舐着空气，火焰下面的柴火噼噼啪啪地响。

往左边看了看，漆黑的山矗立，挡住了半边天，肯定攀爬不过去。往右边看了看，潺潺的水声一如既往，肯定渡不过去，打湿了衣裳的话不淹死也会加速冻死。姥爹这才觉得烤火的地方有些微妙。前不着村后不着店，左右没有可走的路。万一这五个人是杀人越货的盗匪之徒，自己和那个新来的人就成了砧板上的鱼肉，陷阱里的小兔，只能任人宰割。

心里这么一想，姥爹就觉得这五个人暗藏杀机。说不定他们宽大的衣服下面就藏着锋利的藏刀，屁股下面坐着分赃的麻袋，手指缝里残留着变黑的血迹。

说不定他们就是被通缉的杀人犯。他们之所以对别人不搭理不回话，是因为怕来者识破他们的身份。

这时，姥爹背后响起了对话的声音。

姥爹如同盼到救星一般急忙扭头去看，希望他们也加入进来。这样的话，人数更有优势，那五个人就算想做点什么，也不会轻举妄动。

说话声越来越近，脚步声越来越清晰。终于，在一片黑暗中走出两个人来。那两人显然是本地的，穿的是本地服饰。

可是那两人发现围在火堆旁的人之后似乎突然害怕了，脚步突然慢了下来，指指点点，低声叽里呱啦地说了一些姥爹听不懂的话。他们说的是本地土语。

新来的那个人兴奋地朝那两人招手，喊道："朋友，过来一起烤火啊！"

那两人像躲避瘟疫病人一样向后缩了缩，连连摆手。

然后他们两人像是因为什么争执了起来，一个要做什么，一个反对做什么，拉拉扯扯，推推搡搡。

姥爹看得云里雾里。

最后一个人说服了另一个人，他们绕开了姥爹他们，好好的大路不走，偏偏踩着路的边缘躲着走了。

他们走过去之后，一个人还频频回头来看，另一个人拉着他疾步向前，生怕他的伙伴走回来。

姥爹心想，他们是怕这五个人吗？难道他们认识这五个人？

姥爹心里不踏实了。他站了起来，拍了拍身上的泥土，假装难受，抓着腰间的裤带说道："哎哟，这尿憋得急，我去林子里撒泡尿再来。"说完，他跑到左边的山脚下，躲在一棵树后面。

姥爹抱着树看了看火堆旁的情况，那六个人都没有怀疑他是来小解的，都在安安静静地烤火。

姥爹急忙轻轻巧巧地踮起脚尖朝刚刚经过的两个本地人跑去。

姥爹踩着猫一样轻的脚步追上了那两个本地人。

那两个人见姥爹追来，十分惊讶。

"你们为什么不一起烤火啊？"姥爹问道。

本地人见只有他一个人过来，没有先前那么恐惧，警告道："你要跟他们一起烤火，就永远离不开这里了！"

姥爹早猜到答案七八成是这样，但仍吃了一惊，忙问缘由。

本地人说道："你没有发现你越烤火越冷吗？"

姥爹深有同感，连连点头说："是啊，是啊。可是那不是因为气温太低吗？不烤火的话会更冷啊。"

那人神秘兮兮低声道："那不是气温低，而是那五个人有问题。他们是冻死骨！"

“冻死骨？”姥爹惊讶道。

那人慌忙捂住了姥爹的嘴，紧张地朝姥爹身后看，害怕那几个冻死骨听到姥爹说话的声音。

那人将声音降得更低，说道：“别让他们听到了！刚才我们经过你身边的时候不敢揭穿他们，就是怕他们报复。原则上他们只会迷惑路过这里的外地人，但是把他们惹怒了，也会对本地人下手。”

姥爹点点头，那人才将手放开。

“他们怎么迷惑人？像刚才那样让人越烤火越冷，最后冻死吗？”姥爹问道。

那人点头道：“是的。他们会想方设法从活人的身上夺取热量。他们会在偏僻寒冷的地方假装烤火，引得路过的人加入他们。烤火的活人会越烤越冷，热量被一点点吸走，最后像他们一样冻死。”

“那里还有一个像我这样的人，我要去救他出来！”姥爹着急道。

那人急忙拉住他，劝道：“你既然出来，就不要回去了！我们本地人都不敢当着别人的面揭穿他们的把戏，你去的话岂不是自投罗网？”

姥爹频频回头，心中不忍。

那人又道：“今晚去救他是不可能的了。你刚刚离开，现在又回去带另外的人离开，这样必定引起冻死骨的怀疑。到时候你不但救不了他，你自己也逃脱不了。要想救他，可以明晚再说。”

姥爹听出话中还有希望，问道：“明晚再说？明晚还能救他出来吗？”

那人说道：“那就要看他命大不大了。你注意没有，那五个烤火的冻死骨的眼睛跟活人是不一样的。他们烤火的时候，眼睛里没有火焰反射的光。”

这句话一下子点醒了姥爹。姥爹早就发现他们有些不对劲儿，可是不知道哪里不对劲儿，现在想想，他们的眼睛里确实没有跳跃的火光！他们的眼睛像深不见底的枯井一样镶嵌在脸上！

那人见姥爹木然，知道姥爹已经有所发觉，便继续说道："如果你不怕冒险，真心想救那个人，那么明晚再来这里，假装今晚突然有事离开，或者说迷了路没找回来。明晚你继续假装找他们借火烤，看看你要救的那个人的眼睛里是不是有火光。如果有，说明他虽然快成冻死骨了，但还有些许挽救的希望。如果没有，说明他已经完全没有热量了，没有任何希望活过来了。"

"那人明晚还会跟他们一起烤火吗？"姥爹问道。

"只要他今晚没有发觉那五个冻死骨的真面目，他就离不开那个火堆，就会一直烤到他冻死为止。好在火堆吸收热量有快有慢，只能看他自己的运气了。"

姥爹决定先跟本地人回到村里去休息，第二晚再来这里救那个可怜人。

一路上那两人苦劝姥爹不要再回来。

姥爹说道："我答应了他歇一晚之后要一起走的，我不能失信于人。"

到了本地人的房屋里烤火之后，姥爹立即感到身上暖和起来。好心的本地人要请他们村里会一点法术的人来给姥爹驱邪，毕竟姥爹在那里烤了一段时间的火，身上的阳气被吸取了一些。

姥爹执意不肯。

本地人问："阳气亏损对身体有害，你为什么不肯呢？"

姥爹说道："你的好意我心领了。你知道的，我明天晚上还要去那个地方救出我的同伴，倘若现在驱邪，明晚我再去的时候岂不是会被那五个冻死骨识破？倘若我还是以这种阳气不足的样子过去，或许他们以为我还没有发现他们的破绽，便会多信我几分，我也好将那位同伴带出来啊。”

本地人觉得姥爹说得在理，便只好作罢。但那个会驱邪的人还是主动来见了姥爹，跟姥爹说了一个多时辰的话。

第二天晚上，姥爹独身一人返回昨晚烤火的地方。

看到昨晚那个火堆的时候，姥爹吓了一跳！

此时围在火堆旁烤火的居然有了九个人！多出来的几个人肯定是后来加入的，或许是昨晚姥爹走了之后，或许是今晚姥爹走来之前。姥爹一眼就看到昨晚认识的那个人。

看到那个人的时候，姥爹心底一凉。那人的眼睛里已经没有了跳跃的火光，空洞漆黑如两个探不到底的窟窿。

本地人说过，如果那人的眼睛里已经没有跳跃的火光，说明那人已经没救了。

可姥爹不甘心，仍然朝那个火堆走了过去。

走到火堆面前的时候，他拂了拂衣袖，说道：“哎呀，昨晚去小林子里撒了一泡尿，结果回来的时候迷路了，七弯八拐地走到了附近一户人家借宿了一夜。没想到今晚还能在这里碰到诸位，真是缘分！”

九个人都不说话，默默地伸手烤火，仿佛听不到姥爹的话。

姥爹走到了近前，看得更加明确。原来这九个人的眼睛都空洞洞的，没有一丝闪烁的光。也就是说，昨晚的五个冻死骨今天变成了九个。

姥爹假装没发现那人变成了冻死骨，对着那人喊道：“喂，朋友，你不是说歇一晚跟我一起走的吗？”姥爹曾听说有些入了魔的人听到熟悉的话就会醒悟过来，所以故意选了昨晚的话来说，希望将他唤醒。

果然，那人居然抬起头来看了姥爹一眼，冰冷的表情在脸上融化，嘴角抽搐了一下。有那么一瞬间，姥爹恍惚看到他眼睛里的火光一闪而灭，仿佛是夜风中划燃的火柴，刚刚燃着却立即被吹灭。

昨晚的那五个冻死骨显然也听到了姥爹的这番话，纷纷扭头来看姥爹，面露愠色。

姥爹连忙补充道："反正今天已经这么晚了，路上什么都看不清，不如我陪你在这里多休息一晚，等明天早上再上路吧。"

姥爹这番话是故意迷惑冻死骨的。姥爹这么说了之后，冻死骨不但不担心他今晚逃走，还期盼今晚将姥爹也冻死在这火堆旁。

冻死骨见姥爹在火堆旁坐下，张开两手将手掌伸到火焰上方烘烤，顿时放下心来。

姥爹则一边烤火，一边想着怎么将昨晚遇到的那人带离此地。昨晚，那个驱邪人教给了姥爹救回冻死骨的方法。姥爹在心里回忆了一遍。

"这个火不够旺，烤了这么久还是不够暖和，反而有点发冷呢。我去捡一点柴火加上来吧。"姥爹说道。

先前那五个冻死骨立即同时将窟窿一样的眼睛对准了姥爹。他们的柴火是障眼法的假火，是加不得实实在在的木柴的。冻死骨见姥爹要捡柴火，怎能不着急？

驱邪人交代过，这句话一来可以引起新冻死骨的注意，让他们感觉到身体在烤火过程中逐渐变冷的事实，让他们发觉不寻常。妖术骗人，多用迷惑的方法。如果迷惑的方法被人说破，或者被迷惑的人有所发觉，那么就难以作祟。这句话二来可以给冻死骨警告，让冻死骨以为姥爹突然有所觉悟了，反过来给冻死骨施压。

看起来最年长的冻死骨终于打破了沉默，他从手边拿起几根木柴加在火堆上，用沉闷嘶哑的声音说道：“柴火这里还有，不用劳烦你去捡了。”他的声音就如得了重感冒的人发出的一样，透着凉意，让人害怕跟他多说一句话就会染上风寒而不得不远远避开。

木柴加在火堆上之后，火焰腾地生高了两尺。看起来火焰是更旺了，但姥爹感觉到身体冷得更快。

姥爹意识到，冻死骨是想以更快的速度吸走他身上的温度，让他尽快变成冻死骨的一员。冻死骨加上的柴火自然不是真正的柴火，这都是障眼法而已。

在回到这里之前，驱邪人给了姥爹一个布袋，布袋外面包了一层纸。驱邪人说，只要从布袋里挤出一点水分，然后抹在眼皮上，就能看破冻死骨的障眼法。那布袋里储存的是麦朵的眼泪，至于“麦朵的眼泪”到底是什么，驱邪人并没有说。

姥爹偷偷将手伸进口袋，捏了捏布袋，一点点湿润的液体流到了手指头上。姥爹假装揉眼，将手指头在眼皮上抹了一下。一股腥味弥散开来。

姥爹看到中间燃烧的木柴的真面目原来是一堆白骨！燃起的火焰并不是红色的，而是绿色的鬼火！那个最年长的冻死骨身边还放了好几根白森森的骨头！原来它们是用骨头做木柴的！

麦朵的眼泪很快就干了。姥爹的眼睛又看见了一堆旺盛的火焰。

姥爹对着昨晚说要一起走的那个人说道：“我要去小解，你能不能陪我去一趟，免得我又迷路？”说完，姥爹走到那人身边，将他的一只手搭在肩膀上，不管他同意不同意就将他搀了起来，一步一步朝旁边的树林里走。

冻死骨见姥爹走了又回来，少了一份戒心，见他要帮忙捡木柴，又少了一份戒心，见他说怕迷路，再少了一份戒心。所以在姥爹搀着那人走向树林的时候，没有一个冻死骨前来阻拦。

那人由于体温极低，手脚变得非常僵硬。姥爹搀着他的时候就如搀着一根木头。他的脚根本迈不开，姥爹只好拖着他走。

他的两只脚在地面磨蹭，发出沙沙的声音。如果就这样搀着他离开，冻死骨必定能听到沙沙声由近及远，发现他们逃跑的意图。

到了树林的阴影里之后，姥爹干脆将他扛了起来。然后，姥爹再次施展他的猫脚功夫，神不知鬼不觉地逃往昨晚歇息的村庄。

回到村庄之后，姥爹急忙叫来驱邪人帮忙救人。

驱邪人扒开那人的眼皮看了看，说："他的瞳孔已经扩散，恐怕救不活了。"

姥爹苦苦哀求。

驱邪人只好点头道："看你救出他来不容易，那就死马当活马医吧。"

他将那人捆在吊床上，然后在吊床下面堆了一堆木柴，将木柴点燃，将那人像熏制腊肉一样烘烤。驱邪人说，冻死骨用人骨升起的火焰吸走他的体温，所以要用人间烟火给他提供温度。这火不能太小，小了不起作用：这火也不能太大，大了会把他烤熟。

火小的时候，驱邪人就拨弄木柴，弄出一个空心，对着空心吹气。火大的时候，驱邪人就压一压火，火就变成了烟，熏得姥爹直流眼泪。

驱邪人拍拍姥爹的肩膀，说："烟高不烟低。"

姥爹蹲了下来，果然没有这么熏。

后来阿亮在外公家烤火的时候，外公见阿亮被没晒干的柴熏得泪涕俱下，便笑着说："烟高不烟低呢。"

那句话就是姥爹教给外公的。

吊床上的人熏了好久，还是没见有什么动静。

这时，一个老人走了过来，在驱邪人耳边说了一些悄悄话。老人虽然凑在驱邪人耳边说话，但声音还是不小，都被姥爹听到了。可听到了也没有什么用，因为老人说的都是本地方言，姥爹一个字也听不懂。

姥爹担心那位老人叫驱邪人放弃，见他们说完，马上说道："再烤一会儿吧！说不定多烤一会儿就见效了呢！"

驱邪人知道姥爹的心思，微笑道："你不用担心，他不是叫我放弃，而是告诉我一个秘方。"

驱邪人跟着那位老人离开了，留下姥爹一人小心翼翼地控制火焰大小。

不一会儿，驱邪人回来了，手里多了一把枯草。

驱邪人将枯草塞进火堆中，一股难以忍受的怪味扑面而来，呛得驱邪人和姥爹咳嗽不已。

姥爹抹着眼泪问道："这是什么东西？"

"返魂草。"驱邪人说道，"这东西我们这里很少见，是那位老人从别的地方带来，并且晒干储存的。"

"返魂草？还有这种东西？"姥爹难以置信。

驱邪人摊手道："我跟你说了，我也只能死马当作活马医，那位老人说这是秘方，我就拿来使用。我也不知道这种草到底是什么，是不是有效。"

后来姥爹回到画眉村研究药草，发现有一种名叫"返魂草"的中药。它学名叫紫菀，别名又叫小辫、返魂草、山白菜，属多年生草本，是一种常见菊科植物，也是一味著名中药。药典上有"返魂草"的绘图，外形如一朵小野菊花。

可惜当时巴安老人给驱邪人的是晒干变形的枯草，看不出原来是什么模样。所以多年后再次见到返魂草图片，姥爹仍不知道巴安老人说的返魂草是不是就是紫菀。

返魂草烧完之后，吊床居然左右微微摇晃起来。

姥爹惊喜不已，忙和驱邪人一起将那人从吊床上抬了下来，灌汤灌水。驱邪人再扒开那人的眼皮，发现瞳孔渐渐恢复成正常模样。

驱邪人将火堆移到附近继续烤火，一面烤火一面跟姥爹聊天。

那晚姥爹和驱邪人聊了许多。

第二天，那人终于醒来，听驱邪人将前因后果说给他听之后，感激涕零地跪在姥爹面前，发誓做牛做马也要报答姥爹的再生之恩。据他自己说，他名叫李贵，是贵垣人，在熙沧做点小生意，这次经过丽川回贵垣，想到过遇到劫匪强盗，没想过遇到这事。他在贵垣还有老人小孩一大家子要养，要是自己出了什么意外，家里人也就失去了经济支柱，失去了主心骨。

八年之后，李贵从贵垣找到画眉村，说是他早想追随姥爹，可是家中老母年迈，不便携带外行，而今家中老母已经去世，他就带着妻儿来了画眉。

自此之后，李贵在不远的小镇上买了一块地做起了生意，隔三岔五便来画眉拜访姥爹。他确实是个做生意的料，很快发家致富，成了镇上呼风唤雨的人物。后来画眉方圆数百里遇到大饥荒，有人活活饿死，有人吃观音土胀腹而死，有人乱吃草叶中毒而死，吃糠喝清汤粥已经是难得。而姥爹一家由于李贵的救助没有饿死一人。

那时候要是有谁知道谁家多了一袋大米或者米糠，那不被千百人围堵才怪。

所以大饥荒时期姥爹没有告诉家里其他人是李贵暗中送米。外公见家里米缸干干净净，缸底一颗米都没有，可是每天还能偷偷吃一小碗香喷喷的米饭，便问姥爹米从哪里来的。

姥爹怕外公走漏风声，便胡诌说以前救过一只狐狸，现在狐狸报恩，把它储备过冬的粮食送到家里来了。

外公知道姥爹跟怪力乱神打过交道，信以为真。逢人问起他怎么渡过难关的时候，他便说家中父亲曾经救过一只狐狸，是报恩的狐狸每天送粮食来给他们充饥。

别人听了虽然羡慕，但自恨曾经见了狐狸就打死剥皮，肉煮汤，皮卖钱，狐狸不可能给他们家也送吃送喝，便只道是“好人有好报”罢了。

在阿亮出生之前，李贵便去世了。姥爹携了一家子去他的葬礼跪拜。

在阿亮出生之后姥爹去世之前，李贵的儿子还常来姥爹家叙旧。姥爹去世之后，李家跟马家的联系少了许多。虽然外公跟李贵的儿子认识，但毕竟感情没那么深厚了。

走出巴安之后，姥爹和李贵分道扬镳。

李贵要尽快回贵垣，姥爹则改道去了骛江大陆人人皆知的修眉山。

姥爹到达修眉山后非常兴奋，将修眉的著名景点和寺庙看了个遍。除此之外，姥爹遍访高僧，与高僧彻夜长谈，说禅论佛，天文地理，无所不至。

姥爹在修眉山逗留了半月。

最后一晚，姥爹去了修眉山的洗象池。那晚刚好是十五，月亮最圆，是欣赏洗象池最好的时机。姥爹站在洗象池旁边，举目四顾，云收雾敛，苍穹湛蓝，万山沉寂，秋风送爽。圆如碗碟的明月悬挂在洁净无云的碧空，英姿挺拔的冷杉树林萧萧瑟瑟，低吟轻语。茂密墨绿的丛林中光影斑驳，如同被筛子筛过一般，条条缕缕。大雄殿、半月台、洗象池、初喜亭、吟月楼，沉浸在朦胧的月色里，显得庄严肃穆、淡雅恬静。月光下，古刹酷似大象头颅，蓝天映衬，剪影清晰；大殿似额头，两侧厢房似双耳，半月台下的钻天坡石阶，又好似拖长的象鼻。

正当姥爹沉浸在良辰美景中时，吱吱的叫声突然响起。

姥爹朝那破坏氛围的声源看去，只见一只灵猴在那里朝他招手，仿佛叫他过去。

修眉山上灵猴颇多，还不怕人，所以姥爹见怪不怪，没有搭理它。

可那猴子不依不饶，居然走到姥爹面前来，抓住姥爹的衣衫，将他往一条小道上拖拽，似乎要带他去一个什么地方。

如果在别的地方，姥爹自然会多一个心眼，免得被精怪幻象所骗。可修眉山据说是仙人居住之地，估摸邪灵精怪不敢在这里放肆，于是，姥爹干脆让灵猴领路，跟着它走上了山间小道。

说来也怪，灵猴见他跟着走，便放开了衣衫，在前面领路，援树攀枝，蹦蹦跳跳，如一个未开窍的小孩一般。

姥爹心想，这修眉山人能去的地方，他都去了，但灵猴作为向导的地方，不一定是人人都能去的。今晚跟着灵猴夜游修眉山，或许会有另一番常人不能见的稀奇景象吧？人出生时最具灵性，入世之后渐渐变得世俗污浊，追名逐利，灵性越来越少。加上日食五谷杂粮，破坏身体的纯净，以至于眼鼻耳口聋聋，更是不如出生之时。而动物畜生虽然出生时灵性远不及人类，但心思单一，灵魂纯净，在生存过程中眼鼻耳口日益进化，灵敏之极，所以对某些事物的灵敏远超常人。

姥爹又想，佛堂常受香火熏陶的蜘蛛也能成佛，道观常受人跪拜的香鼎也能驱邪避鬼，这修眉山的灵猴说不定也有常人难以觉察的修行之道。因此，这灵猴要带我去的地方是它们修行的世外桃源也未可知。

倘若能在灵猴的圣地染得半分仙气灵气，以后遇见弱郎大王或者冻死厉鬼，它们也不敢近我身。

如此宁静的夜晚已经让人无限遐想，加上这只通人性的灵猴在眼前腾上跃下，姥爹也一时控制不住，思绪纷飞。

山路越走越难走，可灵猴的速度越来越快。姥爹渐渐感觉体力不支，脚步迟缓。

“等等我！”姥爹抓住路旁的树枝勉强支撑身体，对着前面领路的灵猴喊道。姥爹心想，它既然学人一样朝我招手，又拉扯我的衣服，应该也听得懂人的语言。

可那灵猴手脚并用，行走如飞，不做丝毫停留。

姥爹只好咬牙追上。任他有堪比猫脚的功夫，可怎么跑得过灵猴？灵猴跟他拉开的距离越来越远。

不知跑了多久，那灵猴一个转弯，消失不见。

姥爹追到灵猴消失的地方，左看右看，再无灵猴的踪影。

姥爹在原地等候了许久，也不见灵猴回来。

莫非这灵猴只是逗我玩而已？姥爹不解。

所幸这个新鲜地方的风景也不错，姥爹便忘了灵猴，随意走动，边走边看风景。不经意间，姥爹抬头一看，只见方才还圆圆满满的明月现在只剩了半边。姥爹以为是树枝遮挡，往前走了几步，可是月亮仍然是半月。此时天空无云，不可能是另外半边被云遮住。

在来修眉山之后，姥爹听老僧说修眉山有阴间阳间之说。在修眉山的半山腰有一阴阳界，下面称为阳间，上面称为阴间。如果人站在阴间，能听见雷声轰鸣，却见不到一滴雨水。耳此刻阳间却是风雨大作。

老僧只提了阴阳之说，却不曾提及圆月半月之分。

难道修眉早有这种奇景，只是老僧忘记跟我说了？或许这种奇景只有灵猴知道，常人哪怕在修眉山住了一辈子都无法发觉？姥爹看着天空的半月，疑虑重重。

不知不觉间，姥爹走到了一个洞旁边。藤萝倒植，下临绝壁。洞口呈“人”字形，高约四米，洞内漆黑一片，略微阴森。

吱吱……

灵猴的声音居然从洞里传了出来。

姥爹一惊，莫非灵猴是要我进洞去？于是，姥爹摸黑进了洞。

进洞之后，眼睛渐渐适应，借着外面照进来的月光能勉强看清洞壁。洞内有一石床，像是谁曾在这里居住过。

可灵猴的声音来自更深处。

姥爹走过石床，往更深处走去。他心想，反正有月光映照，待会儿循着有光的方向走回来就是了，应该不至于迷路。

谁知往里走了一段之后，姥爹听见灵猴的声音来自更深的地方。于是姥爹继续往前。走了两三里，洞越来越小，仅容一个人弯腰行走。走到姥爹认为身体无法再缩小的时候，洞复又大了起来，越来越宽。

如此走了不知多久，姥爹忽然听到了流水的声音，叮叮咚咚，好不悦耳。姥爹低头一看，脚边居然有一条小流水，应该是地下暗河渗出来的。

继续往前走，不但洞越来越宽，水流也越来越大，最后竟然变成了一条小河，河水哗哗作响。河边有白森森的沙，有五颜六色的鹅卵石，还有偶尔可见的闪着磷光的野兽骷髅。光线越来越足，仿佛前面还有一个更大的洞口，那里有更多的月光照射进来。

再往前，白森森的沙不见了，河边长了许多青苔绿草；五颜六色的鹅卵石不见了，河边有供人休息的小石凳；闪着磷光的野兽骷髅不见了，居然听到了猴子吱吱的喧闹声。这时听到的不再是一只猴子的叫声，而是许许多多猴子此起彼伏的叫声。

再看两边的洞壁，已经消失不见。此处大得看不到边际。

难道我走出来了吗？姥爹心中疑惑。

此时想要原路返回已经太远，姥爹干脆硬着头皮继续往前走，希望碰到一个人问问这是哪里，怎么回去。

又走了两里多路，姥爹终于看见了一个小亭子，亭子里有一老僧正提笔写字。那老僧胡须银白但脸冒红光，穿一身朴素的僧衣，脚踏粗布僧靴。

姥爹见他写得非常认真，便没有自报姓名打扰，轻手轻脚走入亭子，站在老僧旁边看他写字。老僧写的是一首诗：

山雨不可晴，秋径没蒿莱。
大坪何兀兀，九老尤奇哉。
洞古潜蚑螭，风云时徘徊。
松翠自波涛，半空起层台。
此中有驯猿，时时清啸哀。
老僧唤之来，饲之以青梅。
相依两摩挲，情好如婴孩。
我叹天地间，万物何相催。
人与物无违，物与人何猜。

老僧写完收笔。姥爹鼓掌赞美道：“好诗啊！好诗啊！”

老僧见了姥爹，也不意外，微微颔首道：“多谢夸奖，不过这诗不是我写的，我只是练练字罢了！”

姥爹考取功名之前读了不少诗词，对诗非常熟悉。他听老僧这么说，便弯腰问道：“师父，这么好的诗我以前怎么没有读到过？敢问这首诗的作者是谁？我以后有机会一定登门拜访。”

老僧哈哈笑道：“该诗的作者还没有写出这首诗呢！”

姥爹以为老僧跟他开玩笑，便笑道：“师父说笑了！您说这首诗不是您写的，又说作者还没有写出这首诗，这不自相矛盾吗？”

老僧放下毛笔，双手合十道：“出家人不打诳语。这首诗确实不是我写的，其作者确实还没有写出这首诗。这作者是位大器晚成的人，要到七十五岁才能大放异彩，在此之前，世人难以知晓他的名声。”

姥爹大为惊讶，忙也双手合十，问道：“如此说来，高僧可以预知未来？”

老僧哈哈大笑，摆手道：“贫僧并不能预知未来。”

“高僧如果不能预知未来，如何知道这首还没有写出来的诗呢？又如何知道这首诗的作者会在七十五岁之后大放异彩？”姥爹问道。

老僧将宣纸收起，卷成一个卷，说道：“我只是知道过去而已。过去，现在，未来，看似不同，实则循环往复而已。”

姥爹知道老僧道行匪浅，忙求教道：“如何说来？”

“倘若我经历了去年的春花秋月夏风冬雪，便能知道今天春夏秋冬是什么状况，什么景象，也能知道一棵树什么时候开花，什么时候结果，什么时候落叶。这便是知过去则知未来。”

“高僧说得不错，可是人的一生有许多春夏秋冬，每个春夏秋冬经历的事情不一样，这又是如何知道的呢？”

老僧将卷起的宣纸用小绳系住，抚着银白胡须说道：“春夏秋冬是小范围循环。倘若你看过顶天雪山，看过奔腾河流，看过万川入海，看过雷云风电，便知道水从何处而来，在哪里汇合，在哪里流淌，在哪里归宿，又如何蒸腾成云，又如何云凝成雨。这小小一滴水的循环，便如人间轮回。这是大范围循环。这也是九九归一的诀窍所在。”

老僧再次拿起毛笔，在砚台上蘸饱了墨，在新的宣纸上画了一个圈。

“这些万物都遵循九九归一的道理。人在时间上如春夏秋天小轮回，在运程上如由川入海大轮回。诸多轮回组合，便是单个人的人生。”

姥爹似有所悟，忙问道：“莫非高僧已经通晓轮回奥秘？”

老僧慈悲地笑道：“轮回也说不上轮回，通晓也说不上通晓。如面见镜子一般，在某个节点上，过去即是未来的映照，未来即是过去的重复发生。”

“高僧说得深奥，我才学浅薄，似懂非懂。”姥爹自惭不知道。

老僧返身走出小亭子，说道：“贫僧认为你天资聪敏，博学多知，若不是时运不济，必是金榜题名，出相入将之才。以你的能力来学这大轮回小轮回，只需七日便可通透。”

姥爹听出他有传授的意思，喜上眉梢，拱手道：“如果高僧肯教授，那是我的前世修来的福气！”

老僧站住，侧头道：“这话说得对！刚才我说了，过去即是未来，未来即是过去。你今生能得到我的真传，正是因为前世修福。”

姥爹急忙跪拜，认其为师。

老僧急忙将他扶起，说道：“师即是徒，徒即是师。切莫跪拜！”

“贫僧法号迷海，你不要叫我师父，叫我迷海则可。”

“是。”姥爹恭恭敬敬道。

于是，姥爹在迷海的庵庐学习大轮回小轮回，将游历的心思暂且搁置一旁。

过了一天，姥爹发现这迷海和尚非同寻常。这里既没有田地，也没有存粮。姥爹由于游历的习惯，进洞之前身上就携带了少许干粮，肚子饿时便吃一些充饥。可迷海和尚这一整天里不曾开火做饭，庵庐里也不见有锅碗瓢盆。姥爹没见他吃过饭，倘若他需要吃饭，吃饭之时必定邀请姥爹同桌才是。倘若他不吃饭，那怎么在这里保持生命呢?

姥爹百思不得其解。

姥爹本不想问他这些，可是自己带进来的干粮分量实在不够吃，一天过后，干粮就所剩无几。第二天，姥爹便是忍饥挨饿扛过来的。

第三天清晨，老僧在给姥爹讲授轮回概义的时候见姥爹不停地干咽口水，不停地舔嘴唇，便问道：“你是不是生病了？”

姥爹摆手道：“不是。”

“既然不是生病，你为什么脸色这么难看？浑身这么不自在？倘若生病的话，我这里没有医药，那就麻烦了。”老僧的庵庐连锅碗瓢盆都没有，更别提医治病痛的草药了。

“那高僧您就从来不生病的吗？”姥爹忍住饥饿问道。

“俗话说，人食五谷杂粮哪有不生病的？五谷杂粮虽然给人能量，但也给人带来病痛。我不食五谷杂粮，自然也不会生病了。”老僧抚着银白胡须说道。

姥爹终于引出了他想问的问题：“高僧不食五谷？莫非高僧懂得辟谷之术？”

老僧点头笑道：“辟谷，即是避开五谷，我当然不吃五谷。你这番难受模样，原来是饥饿所致。贫僧许多年不吃五谷，倒忘记你还要吃饭了。”

姥爹敬佩羡慕不已，说道：“我看古书中说，食肉者勇敢而悍，食谷者智慧而巧，食气者神明而寿，不食者不死而神。依此看来，高僧已经是神仙了！”

老僧哈哈大笑，摆手道：“贫僧不敢自称神仙！辟谷也并非什么都不吃。我等生而为凡夫肉胎，什么都不吃，能量从何而来？”

姥爹迷惑道：“可是我不见屋里有任何可以食用的东西啊！难

道高僧吃的是地生木耳，林中野菜？”外面有一条河水，或许那里能生长出一些人能食用的天然食料。那些灵猴行走速度极快，或许可以出洞寻找吃的。但老僧行动缓慢如龟，要是他也出洞找吃的，恐怕一天一个来回还不够。姥爹猜想，唯有附近生长了可以充饥的东西，老僧才能从容不迫地住在这里。

老僧又摆手，说道：“地生木耳，林中野菜，不过是比五谷纯净一两分而已，实际上也是五谷之列。倘若天天吃这些，那也不叫辟谷了。”

姥爹更加好奇了，追问道：“那您吃的是什么？”

老僧反问：“我看你对鬼神颇为了解，你知道鬼吃什么吧？”

姥爹点头道：“妖魔吸取人的精气，也吸取饭食的元气。”

老僧对姥爹说道：“我这种吸食的方法跟妖魔差不多。”

老僧带着姥爹出了庵庐，走到河边一个大坑旁。坑里有蛇有青蛙。老僧一跃而下，站在坑底，朝姥爹招手，那招手的方式简直跟那晚的灵猴一模一样。不知道灵猴就是他，还是灵猴模仿了他。

姥爹看到坑底的蛇，不敢跃下。

老僧宽慰道：“这蛇连眼前的青蛙都不咬，怎么会咬你呢？”

青蛙和蛇是天敌，可是坑底的蛇确实不咬身边的青蛙。哪怕青蛙蹦到了蛇身上，蛇也懒洋洋的不搭理。

姥爹信了老僧的话，跟着跃进坑里。

“难道这世外桃源的动物也不喜争斗吗？”姥爹问道。

“人为财死，鸟为食亡。世间的一切争斗，都是因为利益冲突。世外桃源之所以成为世外桃源，并不是人虫鸟兽善良，而是没有利益之争。”老僧说道。

姥爹的肚子咕咕地叫起来，他咽了一口口水，说道：“这蛇不会饿吗？饿了的话肯定会咬青蛙吧？它现在不咬，或许是之前吃饱了。”

“待会儿你就明白了。”老僧笑得意味不明。

不一会儿，清晨的阳光渐渐从远处射过来。

这时，姥爹注意到蛇和青蛙都将头转向斜射下来的阳光。蛇和青蛙的嘴巴张开来，让阳光照进嘴里，仿佛要将阳光吞食下去。

再看那位老僧，他居然也迎着阳光张开了嘴，一脸的舒坦。

此时的姥爹已经饥肠辘辘，出于饥饿也出于好奇，他也试着模仿蛇和青蛙将嘴张开。可是嘴巴张开了许久，姥爹并没有任何异常的感觉，不过是跟以前晒太阳差不多而已。这种无聊枯燥的动作，为什么蛇和青蛙还有老僧都要做呢?

姥爹闭上嘴巴，再朝动物和老僧看去。

姥爹看见老僧有吞咽的动作，喉结一上一下。

蛇和青蛙都有吞咽的动作。

于是，姥爹再次对着阳光张开了嘴，然后干咽了一口。奇怪的感觉随之而来，迅速弥漫全身!

那是饥饿消退的感觉。

姥爹每吞咽一次，就感觉饱了几分。

早已饥肠辘辘的姥爹连忙不停地吞咽，可谓狼吞虎咽。很快，姥爹便感觉浑身充满了力量，腹中不再饥饿。

半炷香的时间过去后，青蛙闭上了嘴巴，随后蛇闭上了嘴巴，最后姥爹和老僧也闭上了嘴巴。

老僧拉姥爹跳出深坑，抚着腹部笑道：“这种辟谷方法非常简单，一旦被人知道，也非常容易学会，可是普天之下没几个人知道，极少数人知道也不一定能完全这么做。你知道为什么吗？”

“为什么？”

“世间诱惑太多，能排开所有诱惑而坚持本性的人世上罕见。”老僧说道。

此后数日，老僧都领着姥爹来这个深坑里以阳光为食。姥爹学习大小轮回期间再没有挨饿。

不知不觉，七天就过去了。

老僧在第七天晚上送姥爹走。姥爹抬头一看，天空的月亮圆溜溜的，与他被灵猴引入洞的那个晚上一样。

老僧将姥爹送到来时遇见他的那个小亭子旁，便不再往前送了。老僧拉住姥爹的手，依依不舍，老泪纵横。这让姥爹十分意外。

姥爹自认为老僧乃是世外高人，出世神仙，不应该像普通人一样为悲欢离合而动情，而应该大气潇洒，宠辱不惊，得失淡然。

可老僧最后竟然抑制不住，哭出声来。

姥爹见他这样，忙问："大师，是不是我离开这里之后会遭遇横祸？以至于大师这样为我悲恸？"

老僧毫无大师风范地抬臂抹了一把眼泪，仍然带着哭相说道："我想起许多许多年前经历过同样的场景。那时我送师父出去，此后再也没有见到师父归来。许多许多年前，是他在这里教给我许多知识和道理，让我了解到生命的浩大如海，又将生命的脉络如秋后落叶的脉络一样展现在我眼前。"

原来是触景伤情，姥爹心中稍稍释然。师徒之间的情谊不亚于父子之情，自然是难舍难忘，牵心牵肉。

可老僧接下来的话让姥爹如后脑勺狠狠遭了一闷棍。

老僧说："想那时，师父对我说他要去熙沧的一个寺庙救人，倘若他不去，那个地区将会遭受人间地狱一样的灾难。我问他何时回来。师父说那寺庙有个住持，修为深不可测，所以此行不一定顺利。倘若真不顺利的话，就不再回来了。"

姥爹的脑海里顿时想起那个苦行僧引着一群起尸的弱郎跳入河中的情景。难道那个苦行僧原来住在这里？还有这样一个徒弟？

不等姥爹想清楚，老僧又说道：“师父还说，某年某月某夜会有一个人来修眉山，叫我倾其所有地给那个人传授毕生所学。师父嘱咐说，那个人学了也不一定能懂，因为他只有‘知’，没有‘行’。只有‘知行合一’了，他才能真正懂得你教给他的妙用。在以后的生活磨砺中，他会如豆子发芽一般渐渐醒悟，渐渐体会，渐渐掌握，渐渐融为他自己的本事。”

姥爹一脸茫然，一如那轮苍白的明月。

“走吧！送君千里终须一别！后面的路那只灵猴会引领你！”老僧双手合十，居然给姥爹深深地鞠了一个躬。

灵猴从老僧身后跳出。

姥爹连忙双手合十还礼，将身子鞠得比老僧还要深。

灵猴才不管这两人是否不舍，兀自先向原来的路返回了。

老僧再次催促：“走吧，走吧。”

姥爹只好返身跟着灵猴离开亭子。

走出不远，姥爹听到背后老僧以一种类似唱戏一般的古怪腔调唱道：“过去即是将来，将来即是过去！师即是徒，徒即是师！圆即是缺，缺即是圆！来来往往，往往来来，轮轮回回，回回轮轮，是为大人生——”

最后一个“生”字拖得很长很长，长过了月光下的影子，长过了潺潺的流水，长过了姥爹无穷无尽的思绪。

老僧的声音仿佛缠绕在姥爹的耳朵上一样，迟迟不散。姥爹的思绪放空，脚步却不停，行尸走肉一般跟着灵猴。

等思绪缓过来，姥爹回头看去，老僧的身影已经消失不见了。

姥爹想起刚见老僧的时候，老僧不让他施礼，此时又说“师即是徒，徒即是师”。莫非迷海大师自始至终把我当师父看待？

一时千头万绪理不清，姥爹干脆撇下这些思绪，将目光集中在前头的灵猴身上。

走出来比走进去似乎要容易得多，也快得多。

不消一个时辰，姥爹就走出了山洞，回到了洗象池。

姥爹抬头一看，天空的月亮圆如玉盘。云收雾敛，苍穹湛蓝，万山沉寂，秋风送爽。茂密墨绿的丛林中光影斑驳。再看那引路的灵猴已经隐匿在树影之中，仿佛不曾出现过。

姥爹正要追过去，一位僧人从洗象池前面的台阶上走了下来。那位僧人问道："施主，这么晚了为何还不歇息呢？是不是迷路了？"

姥爹返身施礼，说道："我在这里看洗象池的风景，没有迷路。"

僧人说道："此处地势高，气温低。施主还是尽早回屋休息的好，免得感染风寒。"

姥爹谢过僧人，又问道："不知师父是否听过迷海大师的法号？"

僧人一愣，脸色极不自然道："施主问这个干什么？他是我们这里有名的妖和尚。我出家已有四十多年，年轻时听一百多岁的师祖说起过，但从来没有见过他。师祖也从不曾见过，只道是身在佛家却偷习道术的违规和尚，被师门驱逐，后来含怨而死。施主见过？"

姥爹讶异道："身在佛家却偷习道术？他既然已死，那该害怕阳光才是，怎么能……"姥爹看了僧人一眼，将后面的话咽了回去。

僧人以为姥爹害怕，便宽慰道："迷海虽为妖和尚，但从未害过人。以前有人在修眉上碰到过他，问他法号，他便说法号迷海。"

"他会不会没死？"姥爹随口而出。

"不会吧。佛家修的是来世，道士修的才是今生。倘若他长生不老，那就不是和尚，而是道士了。"僧人道。

"师父刚才不还说迷海虽然身在佛家，却偷习道术吗？"姥爹质疑道。

僧人不以为然道："既然是偷习，自然难以精进。世间那么多专门学习道术金丹的道士终其一生也无法长生不老，他偷偷学习就能达到？”

姥爹连连点头，但心里想着迷海和尚以阳光为食的景象。姥爹还记得他说的那句话：“这种辟谷方法非常简单，一旦被人知道，也非常容易学会，可是普天之下没几个人知道，极少数人知道也不一定能完全这么做。”

说不定对迷海来说，长生之术也非常简单，非常易学，只是除了他之外，普天之下没几个人知道，极少数人知道也不一定能完全这么做罢了。

姥爹辞别僧人，再也寻不到那只灵猴，也找不到原来的路，只好回到住宿之处休息。睡觉前姥爹问同住一室的游客今天是什么日子，回答居然是十五，而同室的游客并没发觉姥爹失踪七日的迹象。

“傍晚时你说早去早回的，为什么这么晚才回来啊？”同室人问道。

“看完洗象池夜景之后，我又进了一个很深的洞，摸索好久才出来。”姥爹不想同室人盘根问底，所以这样掩饰。不过，即使把自己的所见所闻说出来，同室人也未必相信。

“哦？你去了九老仙洞？我早听说这里有仙人居住，就在那仙洞里！”本来昏昏沉沉的游客顿时没了睡意，兴奋地问。

“那洞是九老仙洞？”

“不知道你去的是不是就是九老仙洞。据说那个洞里住着神仙，还说那是道教财神赵公明修炼的洞府。”

说者无心，听者有意。姥爹忙问：“这修眉山不是佛教重地吗？怎么会有道教的财神在这里修炼呢？”

游客摇头道：“我不清楚佛教道教的区别。”

姥爹盯着游客的脸看了片刻，说道：“你现在不清楚道教佛教，但是你以后会成为一名出色的和尚。”

游客吃了一惊，又由惊变成笑，说道：“你真是会开玩笑！我来这里游玩的目的跟你一样，只是看看风景而已，又不是要进寺庙当和尚！再说了，我家境不错，回去马上要娶我们那里最漂亮的姑娘做妻子，怎么可能剃度出家？”

姥爹胸有成竹，没有半点开玩笑的意思：“你不会成家的，你一定会出家。不久之后，你会回到这里，以青灯古壁为伴。”

那人恼怒了，拍桌道：“你这是诅咒我吗？”

“不是诅咒。我前几天学过大小轮回，能预测未来。”

那人更加愤怒，吼道：“这几天白天你不在这里游山玩水吗？我跟你同住一室，晚上也没见你读什么稀奇古怪的书，你从哪里学的什么大小轮回？我看你是翩翩君子，认为你还读过不少圣贤书，没想到你骗人不打草稿！谎话张口就来！”

姥爹这才知道自己失言，忙道歉不已。

好在那人还算宽宏大量，见姥爹认错，便不再追究。

不一会儿，那人居然坦承这次来修眉山就是为自己寻找出处的。他家境确实不错，可即将入门的青梅竹马突然病重去世，他万念俱灰，有意遁入空门。

“你是不是会看相？”那人问道。

姥爹摇头，又点头。

那人苦笑。

睡觉之前，姥爹找来几截和尚劈好的木头，叠加在门槛上。木头比门槛要稍稍短一些，码放在门槛上容易散落，也不好用钉子固定。姥爹灵光一闪，来了几个木块在门框与木头的间隙中插好，然后用木头敲击木块，使得木头两头被抵住，不容易散落。

加高门槛之后，姥爹突然想起在寺庙里看到的情形。原来那些缝隙里的木块不是没有作用的！

面对着加高的门槛，姥爹呆住了。倘若自己前世真是那位苦行僧，那么此刻的想法与前世不谋而合，殊途同归！这难道就是迷海和尚说的过去即是未来吗？

那人见姥爹将门槛加得奇高，好奇地问道：“你把门槛弄这么高干什么？”

“有弱郎追我。”

“熙沧那边的僵尸？”那人是丽川的，丽川与熙沧交界，所以他知道弱郎是什么并不稀奇。

“是的。”

“那你应该去一下谋霓沟。”

“去谋霓沟干什么？”

“谋霓沟北部有一个无余海，无余海的西南边有一个驻岁湖，相传那是九天仙女煮珠炼泉所营造出的祛病沐浴池。你在那里洗一个澡，就如脱胎换骨。弱郎就认不得你也找不到你了。”那人说道。

“真的吗？”姥爹大喜。

那人叹一口气道：“你知道我是心灰意冷即将出家的人，我骗你干什么？不过我也是听人这么说而已，不知道是不是真的可以让弱郎认不出来。”

“谢谢你指点。不管是不是真的，我都要去试一试。”

“我觉得有几分可信。那个驻岁湖其实是个硫黄含量很高的温泉，温度比较高。估计人的皮肤被硫黄洗过之后，就多了一股淡淡的硫黄味，掩盖了以前的气味。这样的话，弱郎就很难分辨了。还有，道士驱邪或者做丹药的时候不是常用到硫黄吗？或许邪物本身就怕硫黄的。”那人说道。

第三章 阿爸许

听了那个有意出家的人的话，姥爹随后去了谋霓沟的所在地。

这次去谋霓沟让姥爹再次大开眼界，甚至差点以为自己可以完全摆脱弱郎大王。不过这个希望像谋霓沟驻岁湖里从地下冒出的地热泡沫一样，升腾到最高点的时候突然破灭了。

刚到谋霓沟，姥爹便碰到了一个奇怪的人。

那人每天都来驻岁湖，将十多个瓦罐浸在温泉里。那些瓦罐刚进温泉里便像活了似的乱颤，仿佛被温泉烫伤了一般要从他手里逃脱。那人则死死摁住瓦罐，将罐口保持在水面以下。

姥爹想弄清楚那人瓦罐里的秘密，便找能沟通的人打听。

一打听，姥爹得知那人是本地赫赫有名的“阿爸许”。“阿爸许”在本地土语里就是巫师的意思。此地的人遇到比较邪的事情基本都会请“阿爸许”来解决。因此，他在当地民族中的地位比较高。

姥爹打听阿爸许的瓦罐为什么会颤动。

别人却不知道。

姥爹又问，如果有人被弱郎追，阿爸许能不能解决。

别人说，凡是与邪灵有关的事情，还没有见过阿爸许不能解决的。

姥爹惊喜不已。来这里泡硫黄温泉只是出于侥幸心理，能不能让弱郎无法辨识本就不确定。但如果阿爸许能帮助彻底解决问题，那自然再好不过。

姥爹打算去阿爸许住的地方跟他会一会面。

经过询问，姥爹得知阿爸许住在离这里不远的瓦兹格，瓦兹格在本地土语里是萝卜的意思。外地人都叫那个地方萝卜寨。

进萝卜寨之前，姥爹从高处往下看，发现寨子的形状像条鱼。进了寨子之后，姥爹发现萝卜寨寨门相当特别，门上有太阳形状的图形和白石。其中，白石在萝卜寨的每家屋顶上都能看到。

由于地方闭塞，很多人只会土语，无法与外地人沟通。姥爹见人便问："阿爸许？阿爸许？"

寨子里的人便给他指明方向。

姥爹在一堵黄泥筑成的围墙外站住。这时，围墙里面走出一个人来，那人正是姥爹要找的阿爸许。

"是你要找我吗？"阿爸许问道。

姥爹惊讶道："你怎么知道的？"

阿爸许将姥爹往大门方向请，回答道："你进寨子大门之前，我就知道了。"

"有谁给你通风报信吗？"姥爹问道。

"竹溜子告诉我的。"阿爸许伸开手掌，一只小老鼠躲在他的手掌里。

"老鼠？"

阿爸许点头，手掌一翻，小老鼠跌落在地，像个小球似的滚出了好远，然后突然四肢伸展开来，倏忽一下就溜走不见了。

所谓老鼠过街人人喊打。姥爹来谋霓沟不过几天，就知道这个地方的人特别厌恶竹溜子，视其为不祥之物，就像画眉的人视乌鸦为不祥之物一样。可是身为阿爸许，他却养一只不祥之物为他通风报信。

于是，姥爹不解地问他："阿爸许，你怎么会养这种不祥之物呢？"

阿爸许半边脸扯出一丝笑，半边脸表情僵硬，说道："要想控制它们，就要借用它们本身的力量。驱邪也一样。我无须亲自出手，自有我指派的邪灵去对付它的同类。这就是有些事情别的巫师办不到但是我能办到的原因。"

"原来如此！"姥爹恍然大悟。

阿爸许问道："你来找我，也是为了类似的事吧？"

姥爹点头道："无事不登三宝殿。我在熙沧的时候被弱郎大王看过一眼，据说被它看过的人它一个都不放过，它会一直追踪被它看过的人，一旦有合适的机会就会杀死他。我来找您，就是问问您能不能让我摆脱弱郎大王。"

阿爸许面露难色。

姥爹怕他畏惧麻烦而拒绝，急忙借用别人夸他的话来奉承他，说道："我知道这件事比较难，本不打算来找您的。但是谋霓沟的人说，凡是邪灵之类的事情，阿爸许您还从来没有不能解决的。所以我才来找您的。"

他听了这话果然很受用，爽朗地笑道："当然！当然！我既然身为阿爸许，就要给大家解决所有难题！别的寨子的阿爸许能办到的事，我必定能办到。别的寨子的阿爸许办不到的事情，我也能办到。别的寨子有些阿爸许背后说我的坏话，那是他们自己无能，羡慕我的能力的表现！"

每个寨子里都会有一个阿爸许。所以阿爸许与阿爸许之间也有竞争，常常暗暗较量，真应了同行是冤家这句话。

萝卜寨的阿爸许是谋霓沟这一带最有名的，自然免不了会有对手在其背后说一些闲话破坏他的威望名声。

“如果追踪你的是弱郎大王，这确实比较麻烦。所以你要在我们萝卜寨多待几天，我要做够准备才能帮你解决你的问题。”阿爸许慎重地说道。

于是，姥爹在到处都是黄泥巴墙的萝卜寨住了下来。

有一天，寨子里有个人来找阿爸许，说最近他家里半夜总是听到敲门声，打开门后却没有看见人，如此反复几天之后，他妻子神色越来越憔悴，好像被烟熏过一样。

阿爸许拿上他常用的兽骨封和羊角卦，便跟着那人出了门。出门之前，他自然不会忘记拉上姥爹。

姥爹跟他去处理过一些寨子里的事情，大多是找一找丢失的东西，或者对着窗户墙壁念念咒语，跟姥爹在老家看到的道士画符念咒没多大区别。这次难得有件听起来就奇怪的事，姥爹自然乐意跟着去。一为凑凑热闹，在这寨子里确实无聊得很。二为验证阿爸许的真实实力。

到了那户人家门前，姥爹发现门上挂了红纸条。这是萝卜寨的习俗，家里有病人便会在门前挂红纸条。阿爸许将兽骨封放在门槛外，然后对着兽骨封念念有词，那兽骨封竟然像活了似的，旋转一周之后，紧紧贴在门槛上。阿爸许念完咒语之后对姥爹说，这是为了挡住外面的影响，好让他的羊角卦占卜得准确。有些精明的邪灵会在门外看着他占卜，在他丢下羊角卦的时候作祟干扰羊角卦落下的方向和姿势。这样的话，他占卜出来的事情就不准确。

兽骨封放好之后，阿爸许走到房屋中间，将手一撒，羊角卦就掉在了地上。

羊角卦有两片，一正一反，合起来是完整的羊角。姥爹早就对卦象有所了解，知道掷出两个平面向上的卦象，叫阳卦；掷出两个弧面向上的卦象，叫阴卦；掷出一个平面向上一个弧面向上的卦象，叫圣卦。

地上的羊角卦两片都弧面向上，阴卦。

阿爸许的脸色顿时一沉。

姥爹也猜测这次的问题比较难解。

“大凶。”阿爸许先对姥爹说了一遍，又用本地土语对那个人说了一遍。然后，他跨出门槛看了一番，似乎在想象晚上的敲门声因何而起。不一会儿，他又跨进门槛，看了看躺在床上悄无声息的女人。巫医不分家。他像医生一样翻看女人的眼睛，扒开她的嘴看了看她的舌头，又摸了摸手腕处的脉。

阿爸许似乎被难住了，半天没有说话，眼神凝重。

“昨晚有谁在这个门前经过？”阿爸许站在门口对着外面的大街问道。

这话显然不是问姥爹的，姥爹昨晚跟阿爸许聊天地阴阳聊到深夜，就在阿爸许家借宿了一夜。

这话也显然不是问这家户主的，那人说过，听到敲门声开门之后，他并没有看到门外有什么人。

门外的大街上空空荡荡。

姥爹没听懂阿爸许的话，问阿爸许道：“你刚才跟谁说话呢？”

阿爸许幽幽道：“跟我一个朋友说话。”

一阵阴风从姥爹脸上掠过。

“什么朋友？”姥爹心里已经明白了七八分。

阿爸许见这里除了姥爹之外没人能听懂汉语，便直白说道：“别看我平时好像和邪灵不共戴天一样，实际上有些邪灵是我的挚交好友。在它遇到麻烦的时候，我会帮忙。在我遇到不能解决的事情时，它会还我的人情。”

“这么说起来不太像是好友，反而有点像相互利用。”姥爹说道。

阿爸许无所谓道：“有利益才成为朋友嘛，没有利益就没有来往，难以成为朋友。比如我这次答应帮你解决弱郎的事情，也是为了借你这个外地人来证明我的实力。等我做到了，别的寨子里的阿爸许便会心服口服。因为其他阿爸许从来解决不了弱郎的事情。”

姥爹哑然。

阿爸许见姥爹惊讶，皱眉耸肩道：“请你原谅我说得这么直白。有一句话叫作有钱能使鬼推磨，我驱使邪灵帮我办事，靠的就是给它钱，给它供养。所以，我必须从别人那里收取一定的利益。”

姥爹早就注意到，这个阿爸许每次给人办完事都要收一点东西。有时候是烟土，有时候是活鸡，有时候是酒，更多时候直接给钱。如果是别人，收钱收礼的时候或许会不好意思或者假装不好意思，而他收得理所当然，面不改色。要是别人送得少了，他还会摆出不高兴的表情。别人见他不高兴，怕他下次办事不力，立即再补上另外的礼品。

他收了礼品回家之后，会在自己家里再办一场法事，杀鸡舞剑，烧纸烧香。每当此时，家里便无故起风。

此时姥爹才知道，原来阿爸许是给暗中帮他办事的邪灵祭祀，让邪灵好吃好喝，以示孝敬。

阿爸许回到那人屋里，坐在椅子上做了个抽烟的姿势。那人急忙将屋里藏着的好烟恭恭敬敬地送上，任他抽吸。

那人见阿爸许畅快地吐出一个圆溜溜的烟圈，面露惬意，忙凑到他面前一边打手势一边叽里呱啦地说了一通。看那人的手势和急切的表情，姥爹猜测他问的大概是还要多久才能好之类的问题。

阿爸许不耐烦地说了一句话，大概是对别人的质疑表示愤怒。

他朝姥爹招招手，说道："可能要等一会儿，你也坐着歇歇。"

"等什么？"姥爹问道。

"等我朋友来告诉我到底发生了什么。"他说道。

他们三人对坐了两个多小时，终于门口起风了，卷起地上的树叶和渣土，呜呜地叫唤。阿爸许立即放下烟，小步跑到门口前。

他在门口站了一会儿，两耳倾听。

屋里的姥爹和那人都不敢打扰。

风渐渐弱了下去，树叶和渣土重新落在了地上。阿爸许转身回到座位上，对那人叽里呱啦地说了一通，说得那人面红耳赤。

姥爹好奇，刚要问，阿爸许就主动对姥爹说明情况了。

"原来是个獐子作祟！"阿爸许愤愤道，"那獐子把这里当它家了，晚上敲门进屋，进了屋之后就和他老婆睡觉。他老婆被獐子迷了，不知道进屋的是獐子，还以为是她男人。獐子在太阳出来之前就回到山里去。因此，他老婆染上了邪气，病成了这样。"

姥爹咋舌不已。

"怎么会有这样的事？"姥爹诧异道。

阿爸许不容别人质疑他，将手一甩，说道："你不信？她手臂内侧肯定有獐子的抓痕！我叫她给你看看！"

阿爸许对那人又说了一番话，那人也像姥爹一样惊讶。

那人走到女人床前，将她的手从被子里抽出来一看，果然两只手臂的内侧有数条破了皮的抓痕！

阿爸许解释说，獐子的体格小，不能抱住女人，两个爪子只能抓到人的手臂内侧。也正是因为这样，那人开门的时候没看到什么东西，而獐子早从下面的门缝里溜进来了。

姥爹目瞪口呆，心服口服。

阿爸许又问床上的女人有没有发觉异常。

女人这才似有所悟，叽里呱啦地说了一些话。

阿爸许翻译给姥爹听，说女人想起每天晚上会闻到满屋的清香味儿。那气味不但好闻，还令人意乱情迷。

阿爸许说，这是獐子分泌的麝香。麝香大多能起迷幻作用，让女人在朦朦胧胧中认错人。

姥爹以前听说过狐狸诱人，蛇诱人，黄鼠狼诱人，还未曾听说过獐子诱人，并且是以它独有的麝香手段诱人。

那男人知道是獐子作祟之后，气得在屋里直跳，嘴里哇哇地叫。虽然听不懂他的语言，但姥爹知道他是在骂骂咧咧。

阿爸许则无动于衷，或许是觉得这个男人的暴跳如雷没有任何意义，也或许是他对这种情况司空见惯，习以为常。他又抽起了他的烟，似乎在等待什么。

那男人稍稍平复心情之后，从后院里捉了一只活鸡来，翅膀和双脚被草绳绑住，丢在阿爸许面前。那只鸡飞又飞不得，跑又跑不得，像一块死肉一般跌在阿爸许面前。姥爹这才明白阿爸许是在等什么。

这种情况之下，受害者必定会想什么办法来报复作祟者。可受害者能力有限，自然只能借助阿爸许的力量来达到目的。可阿爸许不是想请就请得动的，阿爸许是在等待这个男人的礼品。他很清楚这个时候别人会做什么，他能得到什么。

他长于此道。

令人意外的是，阿爸许对眼前的活鸡视而不见。

那男人看了阿爸许一眼，领悟到他是什么意思，于是又去了后院，再提了一只捆绑了翅膀和双脚的鸡进来，扔在阿爸许面前。

阿爸许还是无动于衷，继续抽他的烟，将一个个烟圈吐得非常漂亮，圆滑细腻，粗细一致。

那男人再次去了后院，提了一只鸡来。

阿爸许见脚前躺了三只肥鸡，终于从座位下站了起来，手脚麻利地将三只鸡的脚绑在了一起。那三只鸡原本还算安静，可是阿爸许的手一碰它们，它们便发了狂似的挣扎翻滚，嘴巴也咯咯咯地叫个不停，好不聒噪。

阿爸许尴尬道："它们知道我的手有灵力呢，所以吓坏了。"

捆绑在一起的鸡无法消停，吵得人说话都听不太清楚。

姥爹毛遂自荐道："我曾经学过一个让鸡安静的方法。"说完，姥爹一手伸进鸡毛里，嘴里念念有词，然后另一只手在鸡脖子上做了个象征性的砍杀手势。再松开手，那只鸡便一动不动了，像死了一样。

给另外两只鸡做了同样动作之后，那两只鸡也躺在了地上，一动不动。三只鸡由于脚绑在一起，所以都两脚朝天，姿势古怪。

阿爸许见地上的鸡服服帖帖，第一回用惊讶又钦佩的眼神看了看姥爹。

在年迈后无数无聊的时间里，阿亮的姥爹给阿亮表演过无数次这样的绝活儿。每当有觅食的鸡走到他的脚底下啄食的时候，他便突然出手，抓住鸡的翅膀，然后笑眯眯地对阿亮说："来，阿亮，看我让鸡睡觉。"

他的那双手仿佛有瞌睡的魔力，到他手里的鸡很快就会陷入睡眠，睡得很深，深得像死了一般。只要阿亮不用手指去戳，不跺脚去吓，那鸡就会一直一动不动。

阿亮的外公说，你姥爹的手软绵有力，非常灵活，让鸡睡觉那是小菜一碟，更厉害的是能让麻雀在他手掌心飞不起来。一只灵活的麻雀，如果放在姥爹的手里，即使姥爹张开手掌，麻雀也无法飞出他的手掌心。因为麻雀无法在姥爹的手掌里借势。

可惜阿亮未曾亲眼见过。

“没想到你还有这一手。”阿爸许斜扯了嘴角笑道。

姥爹说：“雕虫小技，比不得您。”

阿爸许道:“等我帮你解决了弱郎大王,你就教我这一手,怎样?”如果他学会了这一手，确实以后收人家的鸡的时候就方便多了。

姥爹答道：“好。”

阿爸许转头对那个男人说了一番话。那个男人面露不满，但不满的表情转瞬即逝。他又走进后院，再次提了一只活鸡进来。

姥爹惊讶地问阿爸许：“不都收了三只鸡了吗？你还嫌不够？”

阿爸许掏出一把随身携带的刀来，在鸡的脖子上一抹，鸡血就飞溅而出。

他噘起嘴巴控制垂死挣扎的鸡，说道：“那三只是给我的，这只是给他们自己的。”

鸡血喷洒在地上，画出一个粗劣不堪的符文。

然后，他叫那个男人拿出一个瓦罐来，放在一摊鸡血上。他用鸡毛擦了擦手上的血，将鸡塞进瓦罐中。

他的手指在瓦罐上指画了片刻，然后在瓦罐前面坐在了地上。

不一会儿，一只獐子出现在门外的大街上。它扭头看见了门内的瓦罐，立即蹦进屋里来，围着瓦罐钻。

那男人见了獐子比见了仇人还要激动，急忙从屋后提了一把屠刀来，牙痒痒地要当场宰了它。

阿爸许喝了一声，示意那男人不要动刀。

那男人站住了，眼睛能喷火。

屋里突然开始弥漫清香，屋里的人如同置身于春季的花海中。那是獐子的麝香散发出来的香味。那男人却没有半点享受的意思，脸涨得如猪肝。手里的屠刀仿佛被风吹动的树叶，震动不已。

那只獐子用前腿抱住了瓦罐，浑身颤抖。看来它是将瓦罐当作了被它迷惑的女人。香气越来越浓。

獐子忽然一跃而起，跳进了瓦罐中，它那明显大于罐口的身子硬生生地挤了进去。

阿爸许见请君入瓮完成，不慌不忙地掏出一块四四方方的红布将瓦罐盖住，然后从他自己的腰上解下腰带，系在那块红布上。

看着盖着红布如酒坛一般的瓦罐，姥爹想起第一次在谋霓沟的驻岁湖看见他提着瓦罐的情形。那时他手里的瓦罐也是这样盖着红布，透着诡异的气息。姥爹如当头棒喝，突然明白了那些瓦罐为什么开始安安静静的，浸入温泉水中的时候像活了一样颤动。原来他将捉到的活物在温泉里活活溺死。

不用问也知道，阿爸许这么做是不想亲手杀死这些修炼了数百年的精怪，免得煞气缠身。他可以将死因归结于水。至于他为什么选择在驻岁湖的温泉里浸死它们，姥爹也能略知一二。既然驻岁湖的硫黄温泉可以让人的身上充满硫黄味，自然也可以让那些死去的精怪染上硫黄味。这样的话，或许可以让那些精怪的同类无法发现已经死去的同伴，从而不在他的身上找麻烦。这跟凶手作案后抹去留下的痕迹是一样的道理，一样的残忍而又高明。

再看阿爸许的时候，姥爹忽然感觉他身上散发出来的寒意比邪灵的还要凛冽三分！

阿爸许将酒坛一样的瓦罐提起来，满意地将瓦罐旋转一周，又用手指轻轻敲了敲，然后对那男人哇啦哇啦地说了一些话。

那男人满意地点头。

姥爹猜测阿爸许说的是要照例亲自将獐子浸入温泉中溺死。跟着迷海大师学习了七天大小轮回之后，姥爹暗暗觉得自己的理解能力有了飞速的提升。虽然来这萝卜寨时间不久，听的本地土语不多，但是姥爹感觉能听懂五六成了。

这是他自己完全没想到的。

或许，这就是迷海大师说的“知行合一”的效果。

捉到獐子之后的那个夜晚，阿爸许又杀了一只鸡给他的朋友们分享。姥爹见到三两个黢黑的影子从外面进屋然后离开。阿爸许特意交代，叫姥爹避开它们。它们如果见到生人，定然会不高兴。

姥爹猜测，帮阿爸许做事的那几个邪灵是害怕其他人知道它们是谁，免得走漏消息，让它们的同类知道是哪些邪灵在帮人办事。有钱能使鬼推磨，但是推磨的鬼未必就心不虚。它们如出卖同类的人类叛徒一样害怕，却又如贪婪的人类一样舍不得那点利益。

萝卜寨的阿爸许比其他阿爸许厉害就厉害在这里，而不是在法术上要胜出其他人一筹。难怪其他阿爸许会在背后说他的闲话。

那几个鬼鬼祟祟的影子离开后，阿爸许又烧纸焚香，再将它们供奉一番。

这时姥爹才看到他家里有专门给邪灵供奉的牌位，之前用一块绣了花纹颇具民族特色的布挡着。如果不细心看，还以为那里供奉的是祖先或者神仙。

把邪灵供奉在家里，姥爹倒是听说过鹜江大陆的北方地区有类似的风俗。

阿爸许见姥爹从躲藏的地方出来，忙重新将那块遮挡的布挂起，将漆黑如墨的牌位挡住。

见阿爸许这样，姥爹便假装没看见，顺口问道：“阿爸许，你说帮我解决弱郎大王的问题，到底要多久才能解决啊？”

阿爸许从旁边一个桌子的抽屉里拿出两个奇怪的帽子，说道：

"一切都在准备中。弱郎大王有多难对付，你不是不知道。我除了要我的邪灵朋友帮忙，还得做一些其他的准备。这两个帽子就是我最近做出来的。"

姥爹拿起帽子一看，类似官员帽子，以铁丝为框，外面蒙着一层布，冠后还有两个翅。

"你弄这种帽子干什么？这是官帽，要是被人发觉，小心告你图谋不轨！"姥爹说道。

阿爸许不以为然地抢过姥爹手里的帽子，给自己戴上，然后指指点点道："什么图谋不轨？我这帽子是给你和我预备的。"

"给我们预备的？预备干什么？"姥爹不解。

"你看，这种帽子有铁丝定型，在头顶之上还有一截帽冠。倘若弱郎大王以手摸顶，帽冠能隔开手和脑袋的距离，它就摸不到你的顶，就不会让你也变成弱郎。这是假如我们失败后的自保办法。"阿爸许拉起姥爹的手，让姥爹的手压在帽冠上，模仿弱郎大王以手摸顶的样子。

这种还没有开始就想着失败的准备，姥爹不知道该称之为未雨绸缪的聪明，还是自伤士气没信心。

阿爸许从姥爹的表情里看出端倪，笑着对姥爹说："我不是没有信心……话不能这么说……是我们跟它的实力差距太大。我的师父生前曾经给我说过巫师和邪灵的等级。由于各个地方各个法术流派不一，对巫师和邪灵的等级称呼不一。我师父自己重新划分了一个等级标准，就像你考取功名也分秀才、举人、进士、翰林之类的。

最弱的自然排除在等级之外，就像你们在没考取秀才之前没有任何功名一样，虽然这些人都读过书，但是不给与级别。最低等的叫作外甥，高一点的叫作舅舅，再高叫作姥姥，最高叫作祖宗。弱郎大王就是祖宗级别的，而我刚刚够得上外甥级别。你说我们跟它实力差距大不大？你说我该不该先想自保？”阿爸许说道。

阿爸许这些话倒是实话实说。他虽然比其他寨子的阿爸许有能力，但他多是借助邪灵的力量，所以自称外甥级别并不是有意贬低自己。

姥爹放下帽子的事情不谈，转而对这种级别区分十分感兴趣，忙问刚才捉的獐子算是什么级别。

阿爸许说这獐子也算得上外甥的级别。

后来，姥爹一直用这种级别来区分遇到的怪力乱神。

他曾偷偷告诉外公，埋在后园里的小米虽然看起来年纪小，但是它的能力远不止于此，小米是达到姥姥级别，几乎就要到达祖宗级别的邪灵。只是小孩子都是玩性太重，潜能还远远没有发挥出来。

姥爹又问了许多种类的邪灵各属于什么级别。

阿爸许一一回答，回答到不耐烦的时候，他拿出了一本线装书，叫姥爹自己看。在那本书里，阿爸许的师父总结了百余种邪灵等级的经验。

姥爹花了整整一夜时间将那本书草草浏览了一遍。

阿爸许要在天明之前收回他的书。他说那本书不能白天翻阅，不然会有不祥的事情发生。

姥爹虽然按照他的要求在天明之前合上了书，但不祥的事情还是发生了——弱郎大王找到萝卜寨来了！

在弱郎大王来萝卜寨的那天傍晚，姥爹已经有了几分不祥的预感。

那天傍晚，姥爹和阿爸许刚吃完饭。姥爹突然心神不安，好像丢了什么重要的东西一样，可是明明什么东西都没有丢。

阿爸许见姥爹坐立不安，问他怎么了。

姥爹说不出个所以然来。

阿爸许习惯性地掏出他的羊角卦，就地占卜了一卦，问是不是有不好的事要发生。卦象是两个弧面朝上，代表不吉的阴卦。

阿爸许对着两片弧面向上的羊角卦看了一会儿，然后安慰姥爹道："不要担心，就算有什么事，不是还有我在你身边吗？"

阿爸许的话音刚落，他们就听到了门外街道上传来"哒哒哒"的类似马蹄的声音。他们一同朝门外看去，只见僵硬如稻草人一般的弱郎大王在黄色泥墙的背景下蹦跳而来。

弱郎大王身上的衣服多年未换，已经破烂得如一块抹布。脸如同经历了风吹雨洗的花岗石，上面长出了薄薄一层类似绿苔的东西。即使它与姥爹上次见到的时候差别很大，但姥爹还是一眼就认出了它。

它的脸上多了一道醒目的伤疤，那道伤疤从它的眼角一直延伸到下巴。伤疤皮下的肉翻出，如同从它眼角爬出的一条肉虫。

那道伤疤让姥爹认定，弱郎大王是痣起弱郎，绝不会是肤起肉起，也不是血起、骨起。但当看到弱郎大王那双手的指甲时，姥爹犹豫了一下，那双手的指甲有三寸来长，显然是后来生长的。骨起弱郎的骨骼和指甲会继续生长，眼前的弱郎大王指甲在生长，骨骼却不见增长。

"我的祖宗！"阿爸许收起羊角卦，急忙返身去了牌位那里，掀开遮挡的布，抓了一把香灰抹在脸上，这样可以避免弱郎大王看到他的真面目。然后，他迅速从桌子的抽屉里拿出两顶乌纱官帽，一顶自己戴上，一顶递给姥爹。

姥爹戴好帽子，看了一眼阿爸许家的门槛。

他家的门槛太低了，可是现在加高已经来不及了。

"快跑！"姥爹见识过它轻易撂倒三十多个弱郎的场面，知道毫无防备的两个人不是它的对手，所以三十六计走为上策。

这时阿爸许却比较有定力。

“先不要跑。虽然这些天准备还没有做足，但是它既然来了，就让你见识见识我的厉害。”阿爸许的眼神里难得地闪过一道坚毅的光芒。

姥爹见他不肯撤退，只好跟他并肩作战，虽然不能帮上什么忙，陪在旁边做一下心理安慰也是好的。

“竹溜子！”阿爸许低喝一声。

一道黑色的影子便迅速从外面窜了进来，爬到了阿爸许的手掌心。它是姥爹第一次见阿爸许时看到的那只老鼠。

一只老鼠能做什么？姥爹心中打鼓一样慌乱。

阿爸许抬臂一甩，将老鼠甩到了房顶上。房顶有个小口，通向屋顶。

萝卜寨的屋顶跟鹜江大陆南方多雨地区的屋顶不一样，鹜江大陆南方的屋顶多为倾斜的，有密密麻麻如鱼鳞的瓦，是为排雨方便。萝卜寨的屋顶几乎都是平顶，常用来晒玉米或者木柴，有点南方晒谷场的意思。

老鼠上了屋顶之后吱吱吱地叫，老鼠爪子在上面抓得嗤嗤嗤地响。

当弱郎大王快蹦到门口的时候，突然无数圆溜溜的豆子从屋檐上滑落下来，如大雨倾泻。豆子蹦蹦跳跳，在门前撒了一大片。豆子有大豆、蚕豆、豌豆、绿豆、菜豆、小豆，种类混杂，难以分辨。豆子有黑色的、黄色的、青色的、红色的，不一而足，色彩斑斓。可能一种豆子数量太少，阿爸许才将各种豆子凑到了一起，早早地藏在了房顶上。而房顶肯定有一个活塞类的开关或者漏洞类的遮挡，只要老鼠从那里钻进或者钻出，就能让豆子漏出来。

姥爹看到倾泻而下的豆子敲打在地面和石头上，噼里啪啦，如同一支毫无章法却悦耳动听的曲子。

姥爹明白阿爸许这么做的意思。弱郎什么都不怕，但怕高门槛，那是因为怕绊倒之后无法爬起来。这些豆子晒得干干脆脆，踩上去肯定滑溜溜的，站立不稳。弱郎如果踩在上面，必定也难以保持平衡，这跟高门槛的作用殊途同归。弱郎忌惮高门槛，应当也忌惮这些豆子。

姥爹料定门外还有几个看不见的阿爸许的朋友在帮忙。因为豆子虽然撒得到处都是，但显然没有蹦出去多远，全部集中在弱郎大王和门槛之间的道路上。一颗颗的豆子停下之后，还在不停地旋转，并没有安安稳稳地躺在那里。这也应该是他的朋友作祟的缘故。

倘若是普通人帮忙，不可能腾出千万只手来将每颗豆子旋转。可是对邪灵来说，这是作祟的小把戏而已，自然不在话下。

旋转的豆子更增加了滑倒的概率，任是姥爹的猫脚功夫恐怕也无法安然无恙地走过去。

看着地上旋转不停的豆子，姥爹忍不住心生感叹——这阿爸许的能力还真不容小觑。

打蛇打七寸，打狼打豆腐腰。而打弱郎，只能将它打倒。

阿爸许的脸上不禁露出一丝诡异而又紧张的笑，仿佛小孩子拉满了弹弓对准了树上的麻雀儿，只等麻雀儿痛叫一声从枝头跌落。

姥爹经历了三十六个弱郎瞬间土崩瓦解的场面，自然此时心里不如阿爸许那样充满希望，但是谁不是在失望中又抱有一点希望？姥爹暗暗攥紧了拳头，眼睛如炬，死死盯着一蹦一跳的弱郎大王。

阿爸许扯了扯姥爹的衣袖，叫他看看接下来的精彩戏目。

弱郎大王面无表情地朝他们蹦来。它飘然而起，重重地落下，脚步所到之处，豆子如稀泥豆渣搓成的一般变得扁平如纸。别说失去平衡了，它连个晃都不打一下，径直朝门口蹦来。

姥爹又转身要跑。

阿爸许再次将他拉住。

“别急，我还有一招！”阿爸许神色严峻地说道。

姥爹紧张问道：“还有什么招？”

话刚说完，弱郎大王已经到了门口。

阿爸许奋力一震脚，两根手腕粗两米长的竹竿不知从什么地方飞了出来，直戳戳地朝弱郎大王刺去！

姥爹回头一看，与门相对的墙壁上有两个圆孔，竹竿是从那里飞出来的。竹竿如射出的箭，划破空气，发出凛冽的叫声，如一个在女人撕心裂肺地嘶叫。姥爹忍不住捂住耳朵。

姥爹原以为竹竿是奔着弱郎的胸口去的，要把弱郎刺穿。

竹竿到了弱郎近前的时候突然稍稍变向，分别从弱郎的两只袖子里钻了进去！

弱郎大王略有惊慌，它以前没有见过谁用这种奇怪的方式对付它，对这两根竹竿莫名其妙，眼神里居然闪过一丝茫然。弱郎大王这一掠而过的惊慌，让阿爸许欣喜若狂。与祖宗级别的邪灵争斗，倘若对方能有一点怯意，那是极度能令低级别对手骄傲的。这种逆袭的滋味让他血脉偾张！

“你看！你看！它害怕了！”阿爸许有些失态地拉着姥爹喊道。

姥爹明白了。阿爸许是想通过两根竹竿将弱郎大王抬起来，使它的双脚离地。一旦它的双脚离地，就无法蹦跳，无法移动，无法前进了。

想法很好，可是谁来扛竹竿呢？姥爹心想。

就在此时，阿爸许大手一挥，大声喊道：“快！你我各扛一边，将它抬起来！”

原来是要自己抬！

此时已经容不得犹豫再三了，姥爹和阿爸许立即如兔子一般蹦了过去，一前一后抓住从弱郎大王袖子中穿过的竹竿，硬生生将弱郎大王抬了起来！

弱郎大王的脚无法蹬地，便失了势，在竹竿上左右摇晃，意图将姥爹和阿爸许晃倒。

姥爹和阿爸许急忙双手抓住竹竿，防止竹竿从肩头滑下来。

可笑的是，阿爸许想到了用这种方法控制弱郎大王，却没想下一步该怎么做。他愣愣地扛着如活蛇一样暴动不已的竹竿，脸上冒出豆大的汗珠。

幸好他的朋友还在旁边，只要是他和姥爹抬脚踩向的地方，豆子都会往四处散开，留出足够容下一只脚板的平地。不然的话，这些豆子坑害弱郎大王没坑着，倒让自己摔得猪啃泥了。

“接下来怎么办？”姥爹感觉肩膀上破了皮，又被人泼了一碗辣椒水一样火辣辣地疼。要不是生命攸关，他早忍不住要撂担子了。

“我也不知道！”阿爸许懊恼地喊道。此时的尴尬已经将他刚才的小小得意冲得无影无踪。

姥爹一眼看到了对面的矮土墙，矮土墙旁边还有一棵分了叉的树。往日里，姥爹看见有人在这里晾衣服。

姥爹心生一计，喊道：“你我合力把它抬到矮土墙那里去！我把我这边放到土墙上，你把你那边放在树杈上！如何？”

“好！”阿爸许立即回答道。他已经疼得龇牙咧嘴，几乎要把牙齿咬碎。

他的朋友自然听到了他们的对话。“唰”的一声，豆子朝两边分开，露出一条宽敞的路来。

阿爸许急忙往矮土墙奔走，姥爹紧步跟上。

到了矮墙边上，姥爹急忙将肩上的竹竿移到矮土墙上，阿爸许同时将竹竿的另一头放在树杈中间。

放下之后，姥爹跌坐在旁边，一边仰头看弱郎大王拼命晃动身子，一边揉捏火辣辣的肩膀。

阿爸许则趴在地上喘息，如一条懒狗，只差要把舌头吐出来了。

“你就让他晾在这里？”姥爹踢了一脚懒狗一般的阿爸许。

嘴上虽然这么问，但姥爹觉得这还真是个好主意。如果长时间将弱郎大王晾在这里，说不定就晾成肉干了。这样倒是省事得很。

阿爸许还在喘气，根本没力气回答姥爹的问题。他一年四季只是念念咒语，舞舞大神，肩没挑过，手没提过，这突然一下用力过多，筋骨受不了。就算弱郎大王就此变成肉干，他也得花十天半个月才能养好那身娇贵的筋骨皮肉。

过了好一会儿，阿爸许才要死一般地弱声回答：“如果你是我寨子里的人，给我一百只鸡十只羊我都不会答应给你办这种事。”事已至此，他居然还想着鸡和羊。

然后，他抬起头来看了看竹竿上的弱郎大王，瘪嘴道：“原来祖宗也不过如此嘛！”

姥爹看了看街道两头，诧异地问道：“我们跟弱郎弄出这么大的声响，为什么左右两边没有半个人来看热闹呢？”

阿爸许窃笑道：“他们能听到响动，就是走不到这里来。”

“为什么？”

“我的两个朋友在路的两头堵住了，当有人听到声音想走到这里来时，我的朋友便略施小计，让他们走到另外一条路上去，或者在原地打圈圈。”

“鬼打墙？”姥爹问道。

阿爸许举手道："对对对，就是你们外地人常说的鬼打墙。要是他们跑到这里来，一不小心让弱郎摸了顶，那我们萝卜寨就别想安宁了！我也会被其他寨子的阿爸许取笑保不住自己的寨子。"

姥爹心想，这个阿爸许没想到扛起弱郎大王之后该怎么办，倒是周全地想到了左邻右舍的安全，看来还有点善良之心。

阿爸许又说道："要是被他们取笑，寨子里的人以后就不会来找我驱邪了，会找没出事的寨子里的阿爸许。我就不能天天往家里提鸡拿烟了。"

说到底，原来还是为了拿人钱财。

不过拿人钱财，替人消灾，自古以来就有，也说不得什么闲话。

阿爸许摸了摸头顶的官帽，不无遗憾地说道："我这个帽子算是白白浪费了，害我浪费了不少材料！要是先让它摸一下我的头又摸不着，那你就能看到我这帽子的妙用了。"他一边说一边缓缓站起来，要拿下帽子，全然没有注意自己的脑袋就在弱郎大王平伸的手掌下面。不用弱郎大王主动来摸他的顶，他却主动地将头顶送到了弱郎大王的手下面。

"阿爸许！小心！"姥爹连忙喊道，将他往外推。

这时，竹竿发出"咔嚓"一声。弱郎大王的身子一斜，在阿爸许头顶上的那只手直接压了下来。弱郎大王的手触到了帽冠。由于阿爸许自己松开了帽子，所以弱郎大王的手轻易将帽冠压歪了。

阿爸许的脑袋上顿时冒出了一丈青烟，仿佛头顶中央着了火。

姥爹奋力一推，及时将阿爸许推出几米之外。

一根竹竿断裂之后，另一根竹竿承受不住弱郎大王，随即也发出"咔嚓"一声，由笔直变成了弓状。

这样，弱郎大王的脚就重新落了地。

两根竹竿都弯了，弯得像弓，而弱郎大王就像弓上面的箭。它借着竹竿弯曲的力量，轻轻一踮脚便弹跳起来。再次落下，竹竿便再也抵抗不了重力的冲击，咔咔咔地裂成了好几片。这次弱郎大王稳稳当当地落了地，脚的周围灰尘腾起一片，然后落在了弱郎大王的脚面上。

此时姥爹与它的距离比阿爸许离它的距离要近。于是它撇下抹了香灰在脸上的阿爸许，朝姥爹蹦来。

姥爹前有弱郎大王，后有矮土墙，进退不得。

弱郎大王轻易接近姥爹，一手朝他的脑袋压去，意图摸顶，将姥爹变成像它一样的行尸走肉。

幸好姥爹的帽子戴得稳当，帽冠将它的手隔开。

弱郎大王见摸顶不成，双手转而掐住姥爹的脖子，然后龇出一口烟熏过一般的臭烘烘的牙，缓缓靠近姥爹的脖子。

常言道“屎臭还有三分香，人臭无抵挡”。姥爹以前对这句话很不理解，屎都那么臭了，怎么可能还有三分香气？后来他真正见识到人的腐烂臭味才知道，对比起来，屎的臭味真的可以算得上还含有三分香气。

弱郎是死尸，体内的腐烂气味都是从口里发出来的。很多人有口臭，大多是因为肠胃不好。弱郎的肠胃可想而知，所以它的臭味也可想而知。

姥爹被弱郎大王的臭味熏得涕泗横流。

应该是嗅到了姥爹身上的硫黄味，弱郎大王在咬合臭烘烘的牙齿之前有些犹豫。

也因为弱郎大王的迟疑，姥爹相信了谋霓沟驻岁湖的传说不是空穴来风。虽然那个硫黄温泉不能让弱郎找不到他，但能让弱郎找到他的时候不是十分肯定。

就是这稍稍的犹豫救了姥爹一命。

在它的牙齿咬合之前，阿爸许再次将两根竹竿塞进了弱郎大王的袖子中。

阿爸许是在那个树杈后面将竹竿插入弱郎大王袖中的，然后借助树杈的杠杆作用，将弱郎大王翘了起来。

弱郎大王不但一咬落空，还再次被晾了起来。

这次阿爸许学乖了，在竹竿再次破裂之前，他慌忙进屋拿了两根铁杆来，从竹竿捅过的位置穿入，替换不够结实的竹竿。

弱郎大王的双脚再次悬空。

阿爸许扶着树杈，喘着气对姥爹说道："刚才要是慢一点点，你的脖子就被它啃断了。不过你不用谢我，刚才要不是你把我推开，我也变成弱郎了。要是我变成了弱郎，那就跟和尚得了花柳病，猎人落在了陷阱里一样，闹大笑话了！"

姥爹看了看他的脑袋，问道："刚才你脑袋上冒了一阵烟，现在还好吧？"

阿爸许将歪歪咧咧的帽子取下，摸了摸头顶，微笑道："还好，还好，就是感觉头顶有点热，皮肉有点疼。"

姥爹说道："头顶有百会穴，归属督脉，意为百脉于此交会。百脉之会，百病所主。我想它是要从你的百会穴吸走你的元气。元气突然全部涌到头顶，自然会让你觉得头顶发热。全身的元气集中到了头部这一小片，皮肉自然胀痛。我刚才看到一丈青烟从你头顶冒出，应该是损失了些元气。"

"元气没事，可惜我的豆子被踩扁了好多。"阿爸许忧愁地望着地上的豆子说道。

"日后还是多休息补养的好。元气不足有伤身体，可以多吃点薏米、花生之类的东西补补。”姥爹的话还没有说完，就看见阿爸许像一摊稀泥一般从树杈上往下滑，脸色越来越苍白，手脚怕冷似的哆嗦不停。

姥爹急忙上前扶住他。

“你怎么了？”

阿爸许虚弱地说道：“没怎么，就是眼皮打架，两腿发软。我好像饿了。”

姥爹道：“你不是饿了，你是元气亏损了。来，抬脚，我把你扶到屋里去。”

于是，姥爹搀扶着虚弱无力的阿爸许往屋里走，将弱郎大王晾在那里。

那晚阿爸许一直哆嗦，嘴唇变乌，脸色变白，眼神变得暗淡，头发也如被霜打蔫了的草一样无精打采。

姥爹怕他死了，给他灌姜汤，给他敷毛巾。

半夜的时候，姥爹出来把抬着弱郎大王的铁杆两头用绳子固定，免得铁杆滑落，然后拿了阿爸许家的一个布袋将它的脑袋罩住，免得吓到过路的人。

此后三四天，姥爹再没精力管它，让它独自晾在那里，日晒夜露，风吹雨淋。

白天的时候有人看到如稻草人一般晾在那里的弱郎大王，忍不住好奇，走过来指指点点说说看看。由于他们向来忌惮阿爸许，知道他平日里都跟什么东西打交道，便也不会和弱郎大王挨得太近。再说了，弱郎大王的体味并不好闻。

动物就不一样了。

街道上别人家养的鸡经常跑到弱郎大王的脚下面，对着它的脚板啄来啄去。弱郎大王是光着脚的。或许那晚它踩碎豆子的同时有破碎的豆子渣粘在了脚板上，也可能因为它的脚板像它的脸一样长了新的苔藓，所以鸡喜欢去啄。

被牧羊人赶着从这里路过的羊也对弱郎大王感兴趣，总有几只羊从羊群里跑出来，跑到弱郎大王的脚下面蹭来蹭去蹭痒痒。牧羊人驱赶不动，只好甩起鞭子吓唬羊离开这里。

鸡和羊都是灵性不高的动物。

灵性较高的牛和猫见了弱郎大王便不一样。

本来走得好好的牛路过这里的时候会突然发狂奔跑，吓得牵牛的人只好跟着狂奔。而猫只会远远地看着它，绝对不会接近。但是猫的眼睛还关注着铁杆上的东西，时不时扭头看看。

再有不懂事的就是未成年的小孩子。

小孩子们喜欢打打闹闹，有时候会追到晾着的弱郎大王这里来。看到弱郎大王脑袋上罩着布袋，他们便互相争论这到底是个真人还是稻草人。胆子大的小孩还用手去捏它的脚，看看里面是裹着木棍，还是软乎乎的肉。

大人看到小孩子触碰它，便大声呵斥，叫他们离远一点。

小孩子们不敢碰了，但又舍不得离开，于是围在那里观看，直到家里人喊他们回家吃饭。吃完饭又来这里争论观看，反正他们时间大把，足够浪费。萝卜寨其他地方都玩腻了，好不容易见了个新鲜玩意儿怎么可能轻易放过？

姥爹想叫那些孩子远离弱郎大王，但是他不会说本地土语。他想过要不把弱郎大王抬到别的地方去，可是一个人扛不动。附近的大人们心存疑虑，不一定敢帮忙。就算肯帮忙，姥爹也担心移动的过程中再出差错。倘若它在这么多小孩中间蹦起来，那后果不堪设想。

姥爹听说过弱郎惧怕阳光。而接下来几天都是阳光普照，天气好得很，但他没见铁杆上的弱郎大王有什么异样。

在此之前，姥爹听人说弱郎一旦遇到阳光便会像纸张遇到了火焰一般燃烧起来，最后烧得什么都不剩下，连一点灰烬也不剩；还听人说弱郎遇到阳光皮肤会起泡，接着皮肉会像烧开的水一样沸腾，最后化作一摊臭水。

阿亮曾就这个问题问过姥爹，姥爹说，这是因为僵尸属阴，还是不是一般的阴，而是至阴之物。而光属阳，又是至阳之物。自古以来阴阳不相容，至阴与至阳那更是不可能相容，堪比水与火的不相容，因此弱郎是绝对不敢见阳光的。

阿亮又问姥爹，那就完全没有可以见光的弱郎吗？

姥爹说，世间没有绝对的事情。极少数弱郎也可以白天出来，但除非高明的道士或者和尚给僵尸下避光咒。

可惜这是姥爹回到画眉村之后歪道士告诉他的，那时歪道士正在专心研究弯弯扭扭的符。术业有专攻，就对弱郎的了解来说，那时候歪道士比姥爹强。后来姥爹在这方面超过歪道士，也拜歪道士指点所赐。

在此之前，姥爹并不知道避光咒是什么东西，自然更不会去猜想弱郎大王会不会避光咒。

被晾在铁杆上的弱郎大王静静地待在那里，简直真把自己当作虚张声势的稻草人了。

姥爹感觉弱郎大王的沉静非常可怕，觉得它应该在酝酿什么，或者在等待什么。

姥爹想过给它浇一身煤油，然后像烤肉一样在铁杆上将它活活烧死。可他是这个寨子里唯一的外来人，这样大张旗鼓地烧弱郎大王，必定会引起其他本地人的注意和阻止。如果这件事让阿爸许来做，就理所当然了。

可是阿爸许阳气大损之后连床都起不来，平时除了呼吸就没有别的动静。饿的时候勉强张开嘴巴哼哼两声，姥爹就把煮成了糊糊的烂粥一勺一勺地往他嘴里喂。他连咀嚼的动作都没有，直接吸进去。

元气本是无形之气。那晚姥爹看到阿爸许头上冒出的青烟，那是极多元气凝聚的形态。看似青烟一缕，实则失掉了大半元气。

元气衰弱的人也像弱郎一样不能见阳光，眼睛会受不了阳光的刺激。每当阳光从窗台上跳入时，阿爸许的两只眼睛就如喷涌的源泉一般拼命地流泪。开始姥爹不知道他为什么流泪，以为他为自己像一块死肉搁置在床上而悲伤自怜。可是当姥爹走到他面前，身子挡住阳光的时候，他的泪水就止住了。几次之后，姥爹便知道是阳光的原因了。

姥爹本想将阿爸许抬到弱郎大王面前，让他来发号施令点火焚烧，自己则倒煤油点火，这样也能让萝卜寨的人信服一些。可现在阿爸许一不能说，二不能动。倘若让萝卜寨的所有人看到阿爸许是这样一副模样，阿爸许醒过来后必定会觉得颜面尽失，担心此后再也没人给他鸡和烟了。因为他现在就像是中了邪一样，或者说就是中了邪。借他自己的话来说，这就是和尚得了花柳病，猎人落在了陷阱里。

为了阿爸许以后的生计着想，姥爹决定等待。

不过是时间迟早的问题，姥爹这么想。

可时间往往是最大的问题。

第五天的早上，姥爹洗漱完毕出门倒水，目光习惯性地往斜对角的矮土墙一瞥，结果脸盆差点从手里溜了。

铁杆上只剩了一件破破烂烂漆黑发臭的衣服，衣服里面空荡荡。在这里沉默了五天的弱郎大王消失不见了！

姥爹以为自己的眼睛发虚产生了幻觉，三步并作两步冲到铁杆前，伸手去捏那件几乎可以融化的破烂衣服，不相信里面的东西已经凭空消失。

可弱郎大王确确实实消失了。

姥爹又两头看铁杆上绑的绳子。果然树杈这一头的绳子是断的。

这弱郎大王实在聪明，在逃走的时候还不忘将衣服挂回来作为幌子，这样即使姥爹半夜扶着窗户就着月光向外看，看到朦朦胧胧的破衣服也必定认为弱郎大王还在那里。

既然它想到了逃脱的办法，为什么不趁我半夜睡觉的时候偷袭我呢？姥爹脑海里浮现弱郎大王偷偷潜入室内给他摸顶或者咬他脖子的场景，不禁一阵后怕。

转念一想，弱郎大王在外面晾晒了那么多天，虽然阳光没有将它晒死，但它必定阴气大伤，实力减弱不少，所以没有贸然偷袭。

弱郎大王突然消失的事情很快引起了萝卜寨人的注意。小孩子天天争论的目标没有了，鸡和羊再路过这里的时候都显得心神不宁。日复一日生活索然无味的人们突然发现好不容易得到的生活调料不见了。

仿佛弱郎大王在过去几天里成了大家公共拥有的东西。这次它不见了，便是大众的损失。寨子里有些好奇心强的人走到姥爹面前，指手画脚说了一大堆话。姥爹大概猜测他们是问铁杆上那个像稻草人一样的东西怎么不见了。

虽然勉强能听懂，但姥爹还不会说这里的话，只好连连摆手，摇头说不知。

有一位老者找到姥爹，指了指铁杆，又指了指街道上玩耍的小孩，叽里咕噜说了一堆的话。

姥爹知道他的意思，他是担心铁杆上的东西是不是逃走了，会不会伤害寨子里的小孩。

姥爹被问得心烦意乱，想起幸好之前给弱郎大王的脑袋上罩了一个布袋，应该不会看见在他周围说说笑笑的人。

可姥爹对逃走的弱郎大王不会伤害人这件事没有信心，只好暗暗祈祷阿爸许早点好起来，可以给自己一些建议，或者将目前正虚弱的弱郎大王抓回来。

在姥爹的照料下，阿爸许逐渐康复。当阿爸许能听能说的时候，姥爹将弱郎大王逃走的消息告诉了他。

阿爸许倒是洒脱，虚弱地一摆手，说："我已经掌握了它的弱点，下次抓它就像你抓鸡一样简单。"

姥爹知道阿爸许这句话有两重意思，第一当然是自认为可以轻松拿下弱郎大王，第二则是顺水推舟地提到抓鸡，提醒姥爹上次捉獐子时的许诺——抓到弱郎之后要教给他让鸡睡着的方法。当时他假装无所谓，其实心里一直惦记着。

阿爸许好起来之后，姥爹将让鸡睡觉的小技巧一五一十地告诉了阿爸许。阿爸许只花了一天工夫就学会了。

阿爸许好了才几天，萝卜寨又出了一件大事。

事情是这样的，有一个未出嫁的女孩在半夜被陌生男人污辱了。她不是在外面被污辱的，而是在家里被污辱的。

这个女孩性格比较刚烈，第二天就将此事告诉了寨子里的村长，要村长缉拿罪犯。

村长将此事公布，说捉到罪犯的人会大大有赏。

奇怪的是，公布刚发出来，竟然又有好几个女人来到村长家里，纷纷说自己也曾半夜在家里被人污辱。原来这种事已经发生好多次了，只是女人们不敢公之于众怕遭人笑话。可是考虑到万一罪犯被逮住，一旦将以前的事情全数供认出来，女人们自己想隐瞒也隐瞒不了，还不如早早来告状，至少赢得一个疾恶如仇的名声。

村长分别记录罪犯作案时间，推算了一下，恰好是从阿爸许门前矮土墙那里的稻草人失踪那天开始的。

村长立即来到阿爸许家，询问稻草人的去向。

阿爸许听了村长的阐述，也觉得事态严重，认为极有可能是弱郎大王逃离这里之后潜入女人房间，犯下兽行。

姥爹在旁听得心中愧疚不已，认为是自己带着弱郎大王来了这里，才给这里的女人带来灾难。

阿爸许跟姥爹相处的日子里，认识到姥爹是个极其善良的人。阿爸许在说到弱郎大王的时候，瞥了姥爹一眼，示意他不要内疚。

村长认为事态严重，语气咄咄逼人，非得叫阿爸许立即处理。

阿爸许道，这事情还没有完全弄清楚，女人也没有看见男人的面貌，不一定就是从铁杆上逃跑的那个人干的。

村长则说，倘若阿爸许将弱郎大王捉回来，污辱女人的事情不再发生，那就说明是弱郎大王所作所为。倘若捉回来后那种事情依旧发生，才可脱清干系。

村长虽然咄咄逼人，但也有几分道理，阿爸许和姥爹确实有几分心虚。于是，阿爸许只好答应去那些女人家里查看，寻找蛛丝马迹。

村长走后，阿爸许窃窃问姥爹，难道经过太阳的烘晒，弱郎大王突然转变了性情，对女人感兴趣了？

姥爹对这个问题思考了许久，犹犹豫豫道，这未必不可能，弱郎原来是至阴之物，经过阳光的照射，虽然没有烧死，但可能吸收了至阳之物的阳气。阳气对人来说是好事物，对弱郎来说就不是好事物。因此，弱郎大王急于将多余的阳气发散出去，才做了这些不堪的事情。

说到至阳之物的时候，姥爹不禁想起在修眉山里跟迷海大师学吸食阳光的情形来。自离开那里之后，衣食无忧，餐餐饱腹，所以没再那么做。

以后趁没人的时候应该再试试，姥爹心想。

在追查弱郎大王去向的第二天早晨，阿爸许由于头一天的奔波而疲倦，打破常规地没有比姥爹早起。

姥爹清晨起来的时候见阿爸许还在酣睡，便独自一人爬到了屋顶，对着清晨的第一缕阳光开始吸食。吸食的时候只有一种淡淡的比喝水还轻的感觉，却没有在修眉山里时候那种果腹的感觉。一种像是喝汤，一种像是吃饭。

姥爹认为这是不够饿的原因。之前身体几乎夺空，所以吸食的时候效果好。现在肚子里还有昨晚没有消化完的食物，所以吸食的时候效果差。

虽然如此，姥爹还是尽力让心宁静下来吸食。

既然效果不好，那我多花点时间好了。虽然不如吃饭那么饱，但喝汤也能喝个水饱。姥爹是这么想的。

姥爹吸食得忘记了时间。

突然，姥爹感觉阳光凝固了，像流动的水被极其寒冷的空气袭击之后瞬间冻住了一样。这一凝固，姥爹立即感觉口鼻被堵住，胸口闷得慌，几乎要窒息。身子也不能动弹了。他就像一条水里的鱼，水被突然冻住，鱼自然不能游动，不能呼吸。

他的呼吸已经完全断掉，胸腔疼得厉害，似乎里面的肋骨在努力往外撑，想获得一点呼吸的空间，可是凝固的阳光阻止了它，跟它抗衡。

姥爹的脑袋变得晕晕乎乎，几乎被闷死。

这样不知过去了多久，就像迷迷糊糊睡觉一样，或许睁眼才过去一分钟，或许睁眼一看半天都过去了。

恍惚之间，姥爹听到了迷海大师轻叹的声音。那不是消极的叹息，而是带着喜悦的叹息，仿佛是婴儿出生后接生婆的叹息，又仿佛是家中老父听到儿子归来的如释重负的叹息。

这叹息仿佛是一阵春风，迎着姥爹的脸吹来。冻住的水便像春季来临一般融化，又恢复了生机。眼前的阳光不再凝固，五颜六色的光在姥爹眼前忽强忽弱，给人眩晕的感觉。

世界恢复了舒畅。口鼻重新呼吸，胸口重新起伏。

这是一瞬间，也是许久许久。

姥爹闭上了嘴巴，害怕那种凝固的感觉再次出现，将他活活闷死。

身后有脚步声响起，姥爹转过头来，见是阿爸许上来了。

“你上屋顶来干什么？”阿爸许疑惑道。

“弱郎的事情会解决的，你不要太担心。”阿爸许以为姥爹在为弱郎大王的事情忧心，劝解道。上次他的独特办法确实取得了一定的成效，此时他的信心暴涨。

姥爹盯着阿爸许看了半天，一句话也不说。

阿爸许被他看得发毛，说道：“你别这样看我。我不是骗你，我一定能给你解决弱郎大王的。”

他不知道，此时姥爹的眼前出现了一种幻象。

姥爹忽然感觉换了一个世界，一切事物都有了一层青灰的底色，像是隔着一块质量不大好的玻璃看世界，又像是在三伏炎热季节的水汽里看世界。他看见阿爸许身体周围冒着一股淡淡的白色热气，好像天与地就是一个蒸笼，而他快蒸熟了一样。

“你不热吗？”姥爹问他。

他愣了一下，说道：“我不热啊。”

姥爹看屋顶下面的树，树的周围也有一股热气，再看其他的东西，发现凡是有生命的周身都有一圈热气冒出，凡是没有生命的都没有热气。

难道我看见的都是元气？姥爹心中自问。他抬起手来看自己的手，发现手臂上热气直冒，好像是从沸腾的水壶上蒸发出来的，比阿爸许的热气要强多了。

姥爹再看从屋前路过的人，个个身上冒出一寸来长的热气，都比阿爸许的要高要多，走动的时候，热气在身后拖出淡淡的影子。

姥爹心想，阿爸许大病初愈，元气是没有那么旺盛的。

下了屋顶之后，姥爹眼睛里的热气消失了，眼前的事物都恢复了正常。只有在长久地闭上眼睛，然后突然睁开的时候，那青灰的底色和白色的热气才会重新出现，但依然转瞬即逝。

寻找弱郎大王的第三天，阿爸许突然对姥爹说："你好像到外甥的级别了。"

姥爹一愣。

阿爸许笑道："我的感觉很准的。那天在屋顶看到你，我就感觉你突然到了外甥级别，只是到现在才跟你说。"

"你不是逗我吧？"姥爹说道。

"我说了，我的感觉很准的。"阿爸许重复道。

姥爹开玩笑道："那你用你的感觉去感觉一下弱郎大王到底在哪里，省得我们天天在寨子里转悠。"

阿爸许道："有些事情能感觉到，有些事情是感觉不到的。如果偷偷进入女人房间的是弱郎大王，那我们想找到它就更难了。"

"为什么？"

"它能潜入女人的房间，那就说明它的身体没有原来那么僵硬了。"

姥爹道："那不一定吧。"

阿爸许道："如果它能扑到床上又离开，那说明了什么？说明它已经不怕被绊倒了。弱郎最大的缺点的就是怕被绊倒，它克服了这个最大的缺点，就比以前还要厉害一个层次，我们就不是它的对手了。"

姥爹想起那晚要不是身上因为洗过硫黄温泉让弱郎大王稍稍犹豫，自己恐怕早已变成弱郎了。如果弱郎大王真如阿爸许所说不再惧怕绊倒的话，那自己死在它手里就跟蚊子被拍死一样简单。

"如果它再遇到我，还会不会像上次一样犹豫片刻？"姥爹问道。

阿爸许道："你以为洗了驻岁湖的硫黄温泉对你有益吗？"

姥爹听了这话，觉得不可理解。

"要不是在那里泡了几天，我上次就被弱郎大王咬死了。"

阿爸许淡然一笑，说道："被钓上来的鱼，当然要先让它吃一点好吃的诱饵。"

"哦？"姥爹听出话里有话。

"别人或许不知道，但是我清楚。很多得罪了邪灵的人来到这里洗浴，以为可以像传说中的那样避开邪灵的骚扰，实际上来这里泡过硫黄温泉的人最后几乎都被邪灵害死了。"

姥爹顿时头皮发麻，惊问道："这是为什么呢？难道硫黄温泉不但不能避开邪灵，还会吸引邪灵吗？"

"不是。硫黄本身就有辟邪作用，不至于吸引邪灵。"

"那为什么泡过的人都被邪灵害死了？"姥爹急切问道。自己泡过温泉，与此事紧密相关，自然非常着急。

阿爸许将谜底解开来。

原来硫黄温泉确实可以起到一定的作用，但是作用没有流传的那样神奇。几天之后，随着硫黄味的淡去，人本身的体味又恢复过来。可泡过温泉的人以为从此不再怕鬼，行事比以前更大胆更无度。

特别是有些专做亏心事的人，在这里洗过之后以为穿上了一件可靠的保护衣，所以做亏心事的时候没有任何恐惧和忌讳。最后因为做事太过分，不是惹上官司，就是惹上仇人。哪怕邪灵不找他，仇人也会将他置于死地。

而一些被邪灵干扰的人也掉以轻心，没有防备，结果可想而知。

阿爸许说："硫黄味只能躲过一时，时间一久，硫黄味消失，还是能找到。有的人以为一劳永逸而放弃提防，最后害了自己。"

"原来这样，看来得到一些好东西并不见得是好事！多亏今天听了你这番话，我以后会更加警惕。"姥爹感叹道。

阿爸许哈哈大笑，可是刚刚痊愈的身体似乎禁不起这么放肆的笑，还没笑够就连连咳嗽几声。"你说得对！好事不一定给你好结果，坏事不一定给你坏结果。这也是我为什么要借邪灵的力量来帮我做事的原因。在别人看来，或许不耻所为；对我来说，只要能达到好的结果，手段是好是坏我不那么介意。"

"话虽这么说，但我还是不认同你现在的做法。你对那些瓦罐里的东西下手太狠，或许它们会想其他办法报复你的。"姥爹说道。

不久后姥爹的话果然一语成谶！

寻找弱郎大王的第四天，事情突然发生改变。居然有个人跑到阿爸许家里来，声称之前潜入女人房间的是他，并央求阿爸许不要驱使邪灵害他。

阿爸许和姥爹惊讶不已。

来者正是村长家刚满二十岁的儿子多吉，他央求阿爸许和姥爹不要将他的事告诉他父亲。他说他以为这些事情除了受害者别人不会知道，即使有个胆大的找到他父亲投诉，他也认为没人能查到是他做了这些不堪的事。

因为村长绝对不会想到是自己的儿子干了这些事。

但是知道父亲找阿爸许来查的时候，多吉就一天比一天担心。阿爸许是巫师，懂驱使邪灵之道。多吉怕阿爸许驱使邪灵来害他，所以来自首。

阿爸许不理解多吉为什么要这么做因为多吉已经有了一个非常漂亮的未婚妻，现在住在别的寨子里，过完今年就会被抬到萝卜寨来。他不应该这么猴急。多吉家是寨子里数一数二富裕的，他人也长得不错，很多女孩子喜欢他。要是真的猴急，也不用这么偷偷摸摸鬼鬼祟祟地潜入女人房间。别说要他去别的女人房间了，就是要别的女人来他的房间，那也不是什么难事。

平日里，多吉是一个谦逊又懂礼貌的人，看到女人还有些羞涩，不敢高声跟女人说话。

正是因为这样，多吉认为最熟悉自己的父亲都猜不到这件事情是他做的。

他说，他认为自己能骗得过所有人，但是骗不过阿爸许。半夜人都睡着了，可是跟阿爸许打交道的邪灵可没有睡觉，邪灵会偷偷告诉阿爸许它们看到的真相。

阿爸许听了多吉的话，尴尬不已。他从头到尾就没想过这是人做的事情，全把精力用在寻找逃走的弱郎大王身上了。

姥爹也疑惑，多吉能猥亵好几个女人而女人不知道他是谁，难道他会邪术不成？

“多吉，你是怎么对那些女人……嗯……做那些事情……又不被她们抗拒或者发现是你做的呢？”阿爸许问道。

多吉从兜里掏出一团毛茸茸的东西。

第四章 毛壳香囊

“就是这个东西帮了我。”多吉说道。

接着，室内飘起一种似曾相识的香气……

多吉将他为什么这么做的前因后果娓娓说来。

他说，他其实对男女之事知晓得非常早，但这不是促使他犯下这次错误的原因。由于母亲去世得早，他的父亲常从寨子外面带来年轻的女子。他在八岁的时候就曾不小心撞进父亲的房间，看见父亲和一个女子在一起。

父亲沉浸其中，没有看到多吉。

那个女人脑袋像个拨浪鼓一样晃动，晃到左边的时候看到了呆呆站在一旁的多吉。那个女人抬起手，在多吉的脸上摸了一下。

多吉感觉到那只手像是刚从水里捞上来的，湿漉漉的，滑溜溜的，软乎乎的。

女人只轻轻摸了一下，就将手缩了回去，重新按在他父亲的肩胛骨上，重新将指甲挖进他父亲的肉里。

多吉感到脸上有水在流动，他以为自己流泪了。痒痒的感觉将他从痴呆的状态中唤醒。他抬手要擦去泪水，可是手碰到脸之后，他发现那不是泪水，那是女人摸他的脸时留下的液体，黏黏的，散发着一种奇怪的香气，一种让人心烦意乱的香气，一种让人心烦意乱又蠢蠢欲动的香气。

女人又侧过头来，朝多吉抛了一个媚眼，说道："多吉，你也会有女人的，像你爸爸一样有很多女人。因为你长得很像你爸爸，很多女人会为你着迷。"

多吉看到疲惫的父亲抬起头来，懒懒地看了多吉一眼，然后用那颇有威严的厚重嗓音说道："出去！"

到了傍晚，多吉感到眼睛难受，像是被烟熏过一样，痒痒的，不停地流眼泪，看什么东西都是模模糊糊。

那时候萝卜寨的阿爸许还不是现在的阿爸许，多吉去找了阿爸许，要阿爸许给他看看眼睛出了什么毛病。

苍老的阿爸许捏住多吉的下巴，对着多吉的眼睛看了半天，然后说："你的眼睛看见了不该看见的东西，所以会疼。"

多吉问阿爸许："为什么看了不该看的东西就会疼呢？"

苍老的阿爸许慈祥地摸了摸多吉的脸，他摸的地方刚好是那个女人摸过的地方。多吉刹那间感觉阿爸许已经看到了他所看到的一切，他觉得此时自己的心灵跟阿爸许的心灵融合在了一起。这是他后来对新的阿爸许敬畏的原因。

在阿爸许面前，他没有任何能隐瞒的心思。

苍老的阿爸许说道："孩子，万物都有自己应该遵循的原则，在不合适的时候做了不合适的事情，就会难受。大雁提前南飞或者晚飞，都会死掉。春天的花在冬天开，就会冻死。喜欢一个人的时间不对，也会难受。”

多吉似懂非懂，问道：“那我该怎么办呢？”

“不用怎么办，时间久了就过去了。再难受的事情，时间一久就好了。”

“疼痛时间久了就会好？时间是药吗？”

“孩子，时间不是药，药在时间里而已。”

他父亲还是不断地带新的旧的女人来家里。多吉渐渐习惯了。眼睛不疼了。

直到他的父亲意识到要给儿子娶一个媳妇的时候，多吉突然充满了期待，晚上在梦里激动不已，仿佛第一次看到那个摸他脸的女人一样。

当看到他要娶进门的女人后，他更加亢奋。

于是，他的梦里有了新的内容。可是每到最紧要的时候，他却败下阵来。

前阵子，多吉知道阿爸许捉住了一个半夜潜入女人房间的獐子。他听人说，那个獐子有特殊的迷惑女人的方法，能让女人服服帖帖。还有人说，那獐子是用麝香迷惑女人的，那麝香不但可以迷惑女人，还能给男人助兴。

说者无心，听者有意。

多吉便问，獐子成了妖才能这样，普通人控制不了獐子精，怎么可能获得这样的能力？

说的人是五十多岁的牧羊人，他是单身汉一条，长年在外牧羊的他饱受孤独的折磨，也因此见识了不少寨子里见识不到的稀奇古怪的事物。

牧羊人说，这个不难，不用控制獐子精，只要取得獐子的麝香就行。獐子木身没有多大能耐，能耐都在麝香上。

多吉又问，如何才能取得獐子的麝香？

牧羊人说，外面有些猎人会捕猎獐子，一般在十月到第二年的三月为狩猎时期，但以十一月间猎得者质量最好，此时獐子的分泌物浓厚。狩猎时通常用枪击、箭射、陷阱、绳套等方法。捕获后，将雄麝的脐部腺囊连皮割下，捡净皮毛等杂质，阴干，然后将毛剪短，即为整香，挖取里面的香仁称散香。整香因为外面有些毛，所以也叫毛壳香囊。当然了，普通獐子的麝香只能做普通香囊用，一般女人或者文人学士喜欢用。只有獐子精的麝香才能引诱迷惑女人，才能让男人变得更为阳刚。

因此，当听说阿爸许捉住了獐子精的时候，多吉就偷偷跟上了阿爸许。他知道阿爸许捉住的獐子精必定会装进瓦罐里，然后去谋霓沟的驻岁湖溺死，最后埋葬在一个隐秘的地方。只要知道了那个隐秘的地方，就能在阿爸许走后挖开泥土，找出瓦罐，将已死的獐子精偷走。有了獐子精，就有了麝香。

在此之前，他已经偷偷问过牧羊人哪里有会做毛壳香囊的猎人。经过牧羊人的指点，他找到了猎人，学会了制作毛壳香囊的方法。

阿爸许去谋霓沟的时候从来没有刻意隐瞒过什么人，借温泉的水杀死精怪之后也不会偷偷摸摸地去哪个偏僻的地方埋葬。在他看来，这些东西本是不吉利的，人人见而避之，所以没人会关注他的行踪，他更没有想过有人会偷走这些精怪的尸体。

所以，多吉偷偷跟踪阿爸许的时候那些担心是多余的。

多吉非常顺利地知道了阿爸许的行踪，知道了他将瓦罐埋在哪里，顺利得让他自己都大为意外。

多吉轻易得到了獐子精的尸体。他按照从猎人那里学来的方法将獐子精的脐部腺囊连皮割下，然后带回了萝卜寨。回到寨子后，他一步一步地制成了梦寐以求的毛壳香囊。

如获至宝的他想尽快试一试毛壳香囊的效果。在那个漂亮未婚妻进门之前，他要在别的女人那里尝试一下，免得洞房当夜出丑。

刚好多吉听到阿爸许病倒的消息，那正是姥爹和阿爸许共同对付弱郎大王的第二天。

多吉听到这个消息非常高兴，因为他最后的担心没有了，但他还是担心阿爸许很快好起来。毕竟毛壳香囊是从阿爸许杀死的獐子精那里取得的，他害怕阿爸许发觉。

几天过去后，阿爸许还没有好起来，多吉心里的不安分就增加了几分。他认为这次阿爸许病得严重，应该不会很快好起来了。

于是，多吉终于决定实施酝酿已久的计划。他经过漫长的等待和难以控制的忍耐之后终于蹑手蹑脚潜入女人房间的那天，刚好也是铁杆上的弱郎大王突然消失的那天。所以，后来村长认为是阿爸许这边逃走的邪灵作祟。

那天晚上，趁着月黑风高，他穿了一身土黄色的衣服偷偷出了门。之所以不穿漆黑的衣服出门，是因为萝卜寨是一座黄泥土筑成的寨子，到处都是土黄色。在这里，土黄色才是最好的保护色，如果穿一身黑，反而容易被发现。

在选择去哪个女孩房间的问题上，多吉纠结过很久。正常情况下，很多女孩会主动向他投怀送抱。没想到自己还得偷偷摸摸去潜入她们的房间。到底是选择离家近一点的，还是选择离家远一点的；到底是选择漂亮一些的，还是没有那么漂亮的，到底是选择性格活泼一点的，还是内向一点的，他考虑了一遍又一遍。

离家近的自然方便一些，但是容易被怀疑被发现。离家远的又怕走得太远，在路上被人看到。漂亮一些的当然好，但是更多有小伙子喜欢，恐怕事情泄露后被人狠打。没那么漂亮的自己又于心不甘。性格活泼一点的他更喜欢，但是怕事情没成女孩叫喊。性格内向一点的即使发现是他也可能隐而不说，但他又于心不忍，更加愧疚。

思前想后，多吉最后决定选一个平时看起来非常内向的女孩。

他第一晚潜入的是一个名叫木雨壶的女孩子的房间。

木雨壶平时非常内向，见到生人就扭扭捏捏，没说话就脸先红。

还有一个重要的原因，那就是这个女孩长得还比较漂亮。

翻墙撬门之类的事情，他小时候做过，手法虽然不是很熟练，但是大部分的围墙和锁挡不住他。那时候寨子里的人也没有太多心思防盗，因为大家都不富裕，没什么好偷的。

多吉很顺利地进入了木雨壶的房间。

到了房间看着酣睡的女孩之后，多吉这才想起自己不知道怎么使用毛壳麝香，不知道怎么样才能让女孩迷迷糊糊地认不出他，又热情似火地迎合他。他很后悔当时没问一问牧羊人怎么使用毛壳香囊。可自己已经到了这里，总不能返身去找牧羊人吧？说不定过一段时间阿爸许的病好了，就没有机会了。

于是，多吉干脆按照自己想象的来。他将毛壳香囊掏出，等香气散发出来，他则躲在暗处等香气足够浓的时候再出来。

毛壳香囊的香气非常充足，很快整个房间里就弥漫着沁人心扉的香气。

他估摸着差不多了，便走到女孩的床边，轻轻推了推木雨壶的肩膀。

木雨壶眼神迷离，眯着眼睛看了他一眼又闭上了。

多吉怕她只是没睡醒，不敢贸然行动。他坐在床边，想走又不舍，想留又不敢。

就在他犹豫不决的时候，他感觉一只手像蛇一样在他的腰间梭行，缓缓环住了他的腰，越勒越紧。

多吉顿时吓得不敢挪动一丝一毫。

但是那只带着温度的手仿佛是个火源，将多吉整个儿点燃，他甚至听到了骨头燃烧的噼里啪啦的声音。

“嗯。”

木雨壶砸了一下嘴，发出舒服的轻哼声。

就是这一声，仿佛一根柔柔的羽毛从他身上脸上掠过，让他再也控制不住自己了。多吉将心一横，如饿极了的狼一样扑了下去……

他在木雨壶的身上撒欢，像一匹禁锢已久的野马终于放归草原。

可是接下来噩梦再次在现实中上演，他那匹奔驰的野马面前突然出现一道悬崖。

在女孩急切地等着他进一步深入时，他却绝望透顶。他将毛壳香囊塞在鼻子下面拼命地嗅，希望獐子精的那香气如春风掠过荒草地一样带来勃勃生机。

木雨壶眼神里满是疑惑，脸上满是失望，看来她是真真正正地被麝香迷惑了。

此时，多吉一眼瞥见了床边小桌上的一根圆木条。多吉知道木雨壶不愿跟人打交道，所以为了打发孤独的时光，喜欢用小刀雕刻一些东西。她雕刻出来的东西惟妙惟肖，栩栩如生。刻一朵花，刻一个塔，刻一个小人，都是轻而易举的事。

月光扑在那根圆木条上，多吉看到那是一个还没有完成的小人，一头已经磨切得稍稍圆润，上面刻出了简单的鼻子和眼睛，只是勾勒几笔而已，还没有完工，看上去有几分吓人；另一头还没有任何雕工。

多吉伸手将那根圆木条抓住，仿佛溺水的人抓住了最后一根救命稻草。

木雨壶的神情由失望变成兴奋，兴奋中带有一丝痛苦……

“木雨壶”在这里的土语里是月亮的意思，代表纯洁、宁静。

可是多吉的毛壳香囊打破了木雨壶的宁静。

一次得逞之后，多吉便如法炮制，夜夜潜入女孩的房间。为了不引起女孩的怀疑，他每天晚上换一个地方，比偷粮食的老鼠还要机灵。

不过，那个毛壳香囊所带来的艳福多吉没有享受到多少，几乎全给那个尚未完工的木头小人了。

有时候他难免想象那个木头小人是獐子精的替身，自己这样操心忙碌，都是给它的替身完成使命而已。

事情进行得越顺利，多吉的胆子就越来越大，越来越相信毛壳香囊的迷幻能力。渐渐地，他对女孩的选择没那么谨慎了，在潜入房间的时候也没那么小心了，往往在毛壳香囊的香气还没有足够散发的时候，他就爬到了床上。

他甚至认为这是帮给那个木头小人完成任务，而不是自己需要。他认为自己已经沦为了木头小人的奴隶。

因为毛壳香囊的香气还未完全散发出来，他就急于求成，所以后面有好几次女孩半途醒来，大惊失色。他只好匆匆了事，夺门而逃。

不过大多数女孩选择了沉默，毕竟这是难以启齿的事情。

多吉认为木头小人迟早要成精，他听那个牧羊人说猫拜月吸收月光的阴气来修成猫精，还说深山里的猿早晨吸食露珠，吸收山间精气来修成猿精，连寺庙里的石头也会因为常年聆听和尚念经，接受信客的香火而成精。他手里这个木头小人估计也是会成精的。

木头小人会成为什么精，他不知道，但他知道自己已经陷入了魔障，无法自拔。他也不想自拔，因为得到的虽然很少，但是一旦得到了，再失去的话就会比从来没有得到还要痛苦。

然而木头小人修炼成精的过程被打断了。终于，有一个女孩站了出来，将难以启齿的秘密公之于众，誓言要找出真凶。

多吉并不怕她，寨子里头人就是他父亲，他父亲最清楚也最不清楚他的性格。所以他认定了父亲绝对不会认为是他，想都不会想。

但他没有想到父亲会将问题追究到阿爸许的头上。

当阿爸许参与进来后，多吉的自信心没能撑过四天。

事情弄清楚了，阿爸许将真相告诉村长，并公之于众。

众皆哗然。

几乎没有一个人想到做出这种不堪之事的人是多吉。

做出了这种事，多吉自然是不能留在萝卜寨了。他被他父亲驱逐出去，被警告永远不能回到寨子里。那场美丽的婚约自然也解散了。

而那个毛壳香囊成为寨子里人人恐惧的邪物。村长本想将它交给阿爸许，但有了前车之鉴，他担心别人又偷偷跟踪阿爸许，将它带回寨子里。毛壳香囊虽然是人人恐惧的邪物，但也是每个男人渴望得到的宝物。

几经考虑，村长将毛壳香囊交到了姥爹手里。

姥爹惊讶问道："您为什么将这么重要的东西交给我？"

村长嘱咐道："你不是本地人，我知道你不久会离开这里。我请求你将它带离我的寨子，离这里越远越好，绝对不要让它再回来！在你觉得足够远的地方，你再扔掉它，或者保留它。"

姥爹只好收下毛壳香囊。后来姥爹并没有将它扔掉。姥爹也担心别有用心的人跟踪他，把这个邪物带走祸害其他人，所以将它一直留在身边。

多吉的事情过去后，姥爹本想催促阿爸许再次捕捉弱郎大王。

可是几天之后发生了一件意外的事情，使得姥爹对付弱郎大王的计划化为泡影。

几天之后，阿爸许照常提着瓦罐去谋霓沟，却再没有回来。

这是以前从来没有发生过的事情。

村长和姥爹带了人到处寻找，最后在离驻岁湖不远的一条偏僻山道上发现了阿爸许的尸体。外衣被扒走，尸体上撒了一层屎尿，尿骚屎臭，非常难闻。阿爸许临死之前的惊恐定格在脸上，死不瞑目。

阿爸许的突然死亡在萝卜寨引起了巨大的恐慌。

最恐慌的还是萝卜寨的村长，多吉的父亲。他认为是多吉设法害死了阿爸许。因为阿爸许揭穿了多吉的丑事，让他名誉扫地，不得不离开寨子。多吉又熟悉阿爸许的行踪，下手方便。寨子里大部分人也认为是多吉做的。

姥爹却认为有其他原因。可惜姥爹那天没跟阿爸许一起去谋霓沟，他在屋里修理官帽，心里仍然挂念着弱郎大王的事，没有亲眼所见整个过程，不好发表意见。

多吉的父亲一气之下报告了当地官府，希望官府帮忙捉拿害死阿爸许的人。那时候的人大多不愿意对簿公堂，每个地方都有游离于法律之外的宗教或者家族“法庭”，不是迫不得已不会去找官府。

如果多吉还在寨子里，自然抓起来打一顿逼问就是了。可现在多吉已经离开寨子，谁都不知道他的去向，多吉的父亲只好告官。

官府的人到了现场勘查，又调查了一番，居然抓住了一个乞丐，说那个乞丐就是害死阿爸许的凶手。

多吉的父亲不相信，认为官府人无能，敷衍了事，随便抓一个无关紧要的人结案。他决定亲自过问。他认为乞丐是被官府的人严刑逼供，屈打成招的。

没想到那个乞丐见了多吉的父亲后将他怎么害死阿爸许的过程说得条条是道，一丝不苟。

乞丐说，那天他见了阿爸许提着瓦罐来驻岁湖，便偷偷跟上了阿爸许。

阿爸许以为乞丐找他讨钱，生气地驱赶他。

乞丐则一直跟着阿爸许没离开。他跟着阿爸许去了驻岁湖，看着阿爸许将瓦罐里的东西浸死，看着阿爸许找了个偏僻的地方挖坑掩埋瓦罐。

阿爸许选择掩埋瓦罐的地方是山的阴面，当时太阳光非常强烈，但是山的阴面还有冷飕飕的风，树被吹得哗啦啦响，好像随时会下一场暴雨。乞丐穿得不多，冻得缩手缩脚。他手里提了一个圆如西瓜的陶罐，里面是储存了十天半月的大粪，散发着难闻的臭味。

阿爸许懒得理他，见他手中的陶罐里晃得咕嘟咕嘟响，又臭不可闻，便避着他走。

就在阿爸许快走出山的阴影里时，乞丐突然冲上前，将陶罐扣在了阿爸许的脑袋上。一罐的秽物顿时流出不少，可是那个陶罐口的大小恰好跟阿爸许的脑袋一样大。陶罐扣在他脑袋上后取不下来，他的脑袋顿时变成了扣得太紧的塞子，浸泡在秽物里。

又惊又呛的阿爸许想扑倒在地，以头去磕地，意图将陶罐磕碎。

乞丐知道阿爸许的想法，双手死死抓住陶罐，不让他的头碰到地。

很快，阿爸许就不动了。

乞丐看到一道黑气从阿爸许的身上飘出，迅速向外飘去，像一道虚无缥缈的烟，又像一条被风吹起的丝巾。

杀死阿爸许之后，乞丐想将陶罐拔下带走，可是阿爸许的脑袋卡得太紧，怎么拔都拔不掉。乞丐在附近找了一块石头，像敲核桃那样敲碎了陶罐，然后将陶罐的碎片全部捡了起来带走。官府的人在阿爸许的脑后找到了陶罐粉末，有人举报看到乞丐在那一带出现，还埋了东西。官府的人在别人指点的地方挖到了陶罐碎片，从而确定乞丐是凶手。

由于留在原地的陶罐粉末很少，村长他们之前没有发现。

村长终于相信是乞丐杀死了阿爸许，也相信了官府的人没有敷衍了事，但他还有一个疑问。

“你一个乞讨为生的人，应该不会跟阿爸许结下冤仇，你为什么要偷袭他，将他置于死地呢？”村长问道。

乞丐笑道：“人见了我都会躲得远远的，害怕我找他们讨钱。为了养活我自己，我得另寻生存的方法。”

“想来不是什么好方法。”村长脸色严峻地说道。

乞丐笑得弯了腰，看起来很欢快，实则倍感失落。他说道：“阿爸许是为人办事杀邪灵，我是为邪灵办事杀人！”

村长大吃一惊。

乞丐的笑渐渐扭曲，两边嘴角扯着往上提，说道：“俗话说有钱能使鬼推磨，鬼有钱一样可以让人推磨。我是收了邪灵的钱，给它们做事。”

“有钱能使鬼推磨？鬼有钱能使人推磨？”村长念叨着乞丐说的话，像是咀嚼什么东西的滋味一般。

“要怪就怪他自己。他借助邪灵的力量捕捉邪灵，并且全部放到瓦罐里，提到温泉里溺死。其他邪灵咬牙切齿，又不敢直接和他对抗，只好找到我帮它们出手。那个装了大粪的陶罐便是邪灵叫我使用的。邪灵怕秽物，便以为阿爸许也怕秽物，真是狗吃屎还怕人抢了吃。”乞丐呵呵一笑，虽然是为邪灵做事，却似乎看不起邪灵。

“将大粪灌在阿爸许身上是邪灵的主意？”村长惊讶道。

乞丐得意地点头，说道：“你也用不着这么惊讶。它们不过是想以其人之道还治其人之身罢了。阿爸许以前怎么处死它们同类的，它们就想以类似的方法弄死阿爸许。”

村长恼怒道：“可你是人，怎么可以帮那些邪灵来害我们呢？”

乞丐毫无羞愧之色，凛然道：“就是因为人人远离我，不给我一条活路，我才这样的。是邪灵给了我生路，我自然要为邪灵办事。”

村长哑然无语。

村长回到寨子之后颁布了一条规定，凡是路过萝卜寨的乞丐，寨子里的人一定要尽力施舍，至少不能让乞丐饿着肚子。

阿爸许不在后，他那只竹溜子经常爬到屋里寻找他，寻找不到之后便绕着姥爹的脚转。

姥爹哀叹一声，将竹溜子捉了起来，放在手掌心，对着它说道：“竹溜子，你的主人已经死了，再也不会回到这里来了，你另寻活路去吧。离寨子远一点，没了主人，其他人见了你就会打死你的。”

说完，姥爹将它放回地上。

竹溜子似乎听懂了姥爹的话，一溜烟不见了。

因为阿爸许被邪灵整死，姥爹抓捕弱郎大王的计划自然落空。得知驻岁湖的硫黄温泉效果没有传说中那么神奇，自然谋霓沟也不用过久逗留，姥爹收拾了行李，决定离开这里，择日回画眉。

离开萝卜寨的前一个晚上，姥爹被老鼠的叫声吵醒。

姥爹起床一看，那只竹溜子回来了。它在床边团团转，发出吱吱的叫声。

竹溜子见姥爹坐了起来，急忙全爪扒开，鼠头往地上磕，模仿人磕头的动作。

姥爹顿时明白了竹溜子的意思，问道：“你是要跟我离开这里吗？”

竹溜子一下子窜到了姥爹的脚面上。

姥爹哈哈大笑，点头道：“好吧，从此你就跟着我吧。”

在返回家乡的一路上，家里的书信像雪片一样飞来，催促他早日回家，生怕他又在哪里逗留。

姥爹的父亲在信上说，他已在老家给姥爹物色了一个好姑娘，要姥爹尽早成婚，尽早生子。那姑娘是同县不同乡的一位大户人家的独生女儿，知书达理，面容姣好。粮官认为儿子一定会迷上她，其理由是同县的富贵人家的公子没有一个不眼巴巴想将她娶进门的，为此好几家世交反目成仇。

粮官在鹜江大陆来说不算大官，但在小地方还是有头有脸的。他一心想给儿子找个好媳妇，便在几个大家族打打闹闹的时候坐收渔翁之利。

只不过粮官听一个在那个县城守粮仓的手下说，那个姑娘有一个不好，她天生命弱，几次差点病死，后来她父亲不知从哪里求来一个玉手镯。据说那个玉手镯像树木一样有脉络，是活玉，依靠吸食活人的鲜血为生，常人不敢佩戴。

又说那是成了精的玉石。天底下动物最容易成精，其次是树木虫草，最差是死木顽石。因为动物本身就有灵性，或多或少而已，其中人的灵性最高，所以可以修炼成精。人成精是仙。树木虫草长年受到日月照耀，风水熏陶，渐渐具有灵性，与动物同等，然后从动物的层次修炼成精。因此，树木比动物要多修炼数百上千年才能达到同样境界。而死木顽石更甚，它们连树木的经脉都没有，也没有呼吸天地之气的系统，所以修炼难之又难。

那个玉手镯虽然没有修炼成精，但是已经有了修炼的经脉，所以需要吸取人血来巩固修为。当然，作为回报，玉手镯可以为主人挡住灾病。

原本玉器就有为主人挡灾挡煞的功能，如果主人发现佩戴的玉佩或者手镯断裂，不用担心有不吉利的事情发生，因为不吉利的事情已经发生过了，而玉佩或者手镯已经为主人挡住了灾难煞气，自己破碎了。

琴弦断裂才是不祥之兆，预示不吉利的事情即将发生。

而那位姑娘的玉手镯因为有经脉，算是半精，所以能多次挡住灾难煞气，保全主人。

守粮仓的手下还说，他曾去那户人家收粮的时候碰到过那位姑娘，看见她手上果然戴着一个中间有血丝的玉镯子。

不拘小节的粮官认为这没什么大不了。既然有半精玉镯保护她，那她必定是有福之人，而有福之人嫁的男人必定更加有福。

姥爹在信中见父亲提起手上戴着血丝玉镯的姑娘，不禁心生好奇，希望早一点看看她是什么模样。

姥爹此时返回的心情有点复杂，一则因为弱郎大王的事情还未尘埃落定，不知道何时何地会再遭遇它；二则空有一腔热血和抱负却不知道怎么施展自己的才华。除了偶尔想起戴着血丝玉镯子的姑娘时有点期盼之外，其他时候百无聊赖，心灰意冷。

虽然脚步朝着家乡走，但心里没了方向。

在那段时间里，姥爹学会了抽烟。阿爸许家里收的上好的烟，村长都塞给了姥爹，姥爹千推万推没能推掉。他抽的便是原来应该由阿爸许享受的烟。

一天，在一个小旅馆里，姥爹躺在竹椅上抽烟，在烟熏雾缭中享受宁静流逝的时光。在三十岁之前，他没有资格享受家里那把竹椅，竹椅暂时还由作为粮官的父亲享受着。粮官最初坐这把竹椅，是因为出去征粮时走的都是田间小道，轿子不好抬，轿夫只能抬竹滑。竹滑就是两根竹竿上放一把竹椅，由两个人抬着走，虽然没有轿子那么威风，但轻巧方便。

刚学会抽烟的姥爹在抽烟时不但觉得呛鼻，还觉得熏眼。

可是那一天，他抽烟抽到一半的时候没有呛鼻熏眼。

难道是习惯了？姥爹心中猜疑。

姥爹抬头一看，看见那只竹溜子栖息在头顶的房梁上，正用力吸鼻子，将那些烟雾吸进去，肚子鼓胀如球，但很快恢复原状，而烟雾没再出来。

原来是它将姥爹吐出的烟雾尽数吸光了，所以在屋里不觉得呛鼻子熏眼睛。

姥爹见它也抽烟，笑着对房梁上的竹溜子说道："抽烟不是这么抽的，你得先吸进去，然后吐出来！"

竹溜子突然如同打了一个喷嚏，将肚子里的烟雾全部喷了出来。屋顶顿时乌烟瘴气，如同一团乌云进了屋。

小旅馆的老板急忙从外跑了进来，说看到屋顶瓦缝里冒烟，所以跑来看看是不是着火了。

自那之后，每次姥爹抽烟，竹溜子都会跑到房梁上吸烟吐烟，不亦乐乎。

在此之前，竹溜子虽然跟着姥爹，但两者之间没有什么交流，姥爹也就如多养一只随身带的小宠物而已，跟养鸟人、养蛐蛐的没有什么区别，只是这只竹溜子有点修为而已。但是抽烟成为他们俩的共同爱好后，他们的关系密切起来，变得像主仆，像朋友。竹溜子开始关心姥爹，保护姥爹，就像在萝卜寨的时候对阿爸许一样，甚至更为主动。

阿爸许把它当作利用的工具，而姥爹不把它当动物看，把它当作平等的生灵对待。竹溜子虽小，但也能感觉到其中的差异，所以给姥爹的回报更多。

它每次吸烟之后，都会去别的人家偷些东西来。

第一次给姥爹偷来的是一个苹果。

姥爹刚看到屋里桌上有一个苹果的时候非常惊讶。他没有买过苹果，更不可能有人送苹果来。他左看右看，以为是别人走错了房间，把苹果放在这里了。到了第二天早上，姥爹发现桌上又多了一个梨子。晚上睡觉的时候门是关着的，这次不可能是别人走错房间留下的。

正在犹疑间，竹溜子从梨子后面跑了出来，朝姥爹吱吱吱地叫，立起身子摆动前爪，一副它来请客的样子。

老鼠有偷的本性，姥爹知道这些东西是它偷来的，于是摆手道："谢谢了，我不吃这些东西。你是竹溜子，偷窃是为生存，我不怪你。但我是人，如果跟你分赃，就变成贼了。你自己吃吧。"

等姥爹去水房打了洗脸水回来，桌上的苹果和梨子不见了。

第二次，竹溜子给姥爹带来一个女人用的金簪子。

姥爹知道又是它偷来的，笑道："你以为苹果梨子不值钱，所以我不收。这金簪子非常贵昂，我就会收下。是吗？"

竹溜子看着姥爹，眼睛里光芒闪烁。

姥爹道："你看，这金簪子上刻有花纹，既是装饰，也是标记。倘若我拿出去换钱，失主可以通过当铺找到我，我就会被抓起来。你这不是帮我，是在害我啊。"

不一会儿，金簪子不见了。

第三次，竹溜子给姥爹带来几个揉成团的纸球。

姥爹拆开来，发现是数额很大的银票。竹溜子进老鼠洞出老鼠洞不便于携带面积较大的纸张，所以它将银票揉成了一团一团的。

姥爹哈哈大笑，明白竹溜子的意思——苹果太廉价，金簪子有独特花纹，那银票总没有记号吧？总不能被认出来是谁家的钱吧？所以它直接送钱了。

姥爹抓着竹溜子的尾巴，提到眼前半空中，说道："阿爸许之所以落得这个下场，是因为他贪恋钱财，手段不正。你跟着他修为一直无法提高，也是因为没有改掉偷窃的本性。你既然能修成现在这样通人性，必定是有灵性的，所以你千万不要被偷窃的本性掩盖了灵性。这就像我们说的德才兼备，有德无才，难当大用；有才无德，祸害他人。你有了天予之才，却德行不好，损害了修行，难成大器。”

竹溜子连忙两个爪子合在一起做拱手作揖状，表示它领悟了。

姥爹知道它认为吸了姥爹的烟，占了便宜，想付点烟钱而已。于是，姥爹又道：“我抽过的烟，你不吸的话也会自然消散，所以你不必过意不去。”

竹溜子连连点头。

江山易改本性难移。竹溜子虽领悟到姥爹说的话，但仍然免不了要做些小偷小摸的事情，只是不再窃取钱财来讨好姥爹。

姥爹抽烟的习惯一直延续到七十多岁，后来肺部虚弱，吸烟就咳嗽不停，这才将烟戒掉。

阿亮的外公曾指着姥爹睡房的一把高脚木椅对阿亮说，以前你姥爹坐在床边抽烟，竹溜子就在这上面的房梁上吸烟。

房梁如瘦子的肋骨根根可数，青瓦如鲤鱼的鳞片片片可见。

外公又指着屋顶瓦片上一个如锅般大小的圆形黑影说，那就是竹溜子在房梁上长期吐烟将那片区域的瓦片熏黑的。

姥爹的棺材入土后不到一个月，坟墓上出现了一个拳头大小的洞，直通墓内。

画眉村的好心人偷偷找到外公，说那恐怕是不吉利的预兆，叫外公想办法预防一下。

外公会心一笑道：“无碍，是父亲的老朋友来拜访了。”

姥爹携着毛壳香囊，带着竹溜子边走边歇，走到丽川和贵垣交界的地方时遇到一场连绵不绝的大雨，在一个小县城的小旅馆中被困了七天七夜。

第七天晚上，竹溜子从外面回来后吱吱吱地叫个不停，惊慌不已。姥爹抽烟的时候它居然没爬上房梁，出人意料地在桌子上转来转去，用爪子将桌面挠得嗤嗤响。

姥爹见它异常，便将它放到手中，问道：“你是不是生病了？鼠类也会生病的，我倒是差点忘记了。”

竹溜子猛摇头，吱吱吱地叫。

姥爹见它摇头，又问：“是不是这屋里不安全，你叫我尽快离开？”

竹溜子还是猛摇头，吱吱吱地叫。

“是不是雨天快要结束了，你给我来报好消息？”姥爹又问。

竹溜子仍然猛摇头，吱吱吱地乱叫。

人与动物再灵犀相通，也无法达到语言沟通的境界。就如大人跟只会咿咿呀呀的小孩子说话一样，能从小孩子的表现来判断他的喜怒哀乐，要什么不要什么，但是无法沟通更为复杂的问题。

姥爹不明白它为什么这么惊慌，只好安慰道：“没事的，没事的。”

可竹溜子无法安静下来，从桌上跳下来，在姥爹的脚边团团转。

姥爹心想，上次它这么做是要我带它离开，这次难道也是要我带它离开不成？现在虽然雨水稍停，但夜色已晚，要离开这里也得明天天亮才行啊。

姥爹激灵一动，莫非它是要带我出去看看什么东西？

“你要领我出去看什么东西？”姥爹问道。

竹溜子的脚步立即停下，抬起头来用那双闪亮的小眼睛看着姥爹。

“那就走吧。”

姥爹将烟收起，披了一件外套就由竹溜子领着路走了出去。

还未曾见过竹溜子惊慌成这样，能让它这样的事情，必定不是小事。姥爹一边走一边想。

外面月光如水。

姥爹跟着竹溜子跑了三四里路，终于跑到了一个小山坳里。小山坳里只有一条小道，前面有一个行路的人。月光将那个人的影子拖得很长很长，那影子就如蟒蛇一般跟在他后面，踽踽而行。

看到那人后，竹溜子的脚步顿时慢了下来，它频频回头去看姥爹。

“你叫我来就是看这个人吗？”姥爹问道。

那人走路的姿势自然，一点儿也不僵硬，自然不是弱郎大王。姥爹稍稍放下心来。

不过姥爹不清楚竹溜子为什么对这个人如此感兴趣，并且如此激动。不过既然来了，就看看那人到底是什么人吧。

于是，姥爹朝前面那个人喊道：“喂，兄弟，请等一等我！”姥爹从身形上判断前面的人是个男的。

听到姥爹的喊声，那人还没回过头来，竹溜子倒是一惊，急忙窜到了姥爹的脚边，迅速攀爬到姥爹的肩膀上。

那人缓缓回过头来。

姥爹见了那人，顿时惊得魂儿跑了似的，站在原地半天没有说话，一动也不动。姥爹的嘴大张着，下巴无法合拢。在他惊呆之时，水一般的月光从他的嘴里流入，居然有丝丝缕缕的寒意。

骛江大陆的人也将月亮称为太阴，与白天的太阳呼应。所以姥爹在吸食阳光的时候感觉像吃饭一样，而刚才则是喝水的感觉。一为吸食阳气，一为吸食阴气。学会了吸食阳气，掌握吸食阴气自然手到擒来，融会贯通。

刹那之间，姥爹感觉月光突然被冻住，他就如冻在冰里一样无法动弹，窒息的感觉袭来。这跟上次在屋顶的体验几乎完全相同，唯一不同的是这次感觉周身稍稍冷一些，应该是至阴的太阴之光所致。

同样，在他几乎要被憋死的时候，月光重新流动起来。胸口得以舒展，呼吸得以继续。

回头的那人瞥了姥爹一眼，点头称赞道：“几日不见当刮目相看啊！你已经是舅舅级别了，恭喜恭喜！”

姥爹也感觉浑身舒畅无比，但他没有细细体会身体的变化，两眼瞪得比铜铃还大，盯着那人说道：“你……你……你……”

那人低头将自己打量一番，又抬起头来，狐疑地看着姥爹，问道：“我怎么啦？”

姥爹的喉结滚动，终于发出话来：“你……你不是已经死了吗？”

姥爹终于明白竹溜子为什么这么紧张这么兴奋又这么恐惧了。因为它碰到的这个人，不是别人，正是它以前的主人已经死亡的阿爸许！姥爹明明看到了他的尸体，看见他被埋葬，他怎么会在这里出现呢？

阿爸许愣了愣，说道：“我已经死了？你别诅咒我，我还活得好好的呢。”

“那你怎么跑到这里来了？”姥爹问道。

阿爸许挠挠后脑勺，说道：“我迷路了。我肚子饿了，你这里有吃的没有，有的话快给我拿来。”

姥爹拿出一小袋随身携带的干粮。

阿爸许一把抢了过去，翻开干粮袋，一顿狼吞虎咽。干粮渣子从他的指缝里漏了下去。最后一半进了嘴里，一半撒在了地上，浪费了不少。

姥爹一把抓住阿爸许的手，连声说道：“慢点慢点慢点。你怎么像个饿死鬼一样？”

姥爹感觉到阿爸许的手有温度，但是比正常人要低一些。他的手是实实在在的，触之可及。如果仅仅是正在奔往黄泉路的迷失魂魄，应该没有这样实在的触感，没有这样的温度，也没有身后那条如蟒蛇一样的影子。

莫非阿爸许是从坟地里爬出来的不成？姥爹暗想。

姥爹对死而复生的说法有些了解。死而复生分为两种，一种是真死了再复生的，这种人虽然复生，但脑子里的记忆必定散失殆尽，死前的事情就如普通人的前世记忆一般微弱渺茫。亲人朋友全然不记得。这种记忆叫作“短前世记忆”，意思是这种复生产生的“前世今生”间隔很短。第二种是假死了再复生的，这种人其实并未完全死，或许由于休克，或许由于疾病，造成了假死状态。这种假死的诈尸事件在民间并不少见，绝大多数诈尸属于这第二种情况。这种情况下“复生”的人，只相当于睡了一个比较长的觉，自然记忆不会损耗。“死前”的事情历历在目，亲人朋友当然也不会认错。这种记忆叫作“假前世记忆”。

眼前的阿爸许第一眼看到姥爹便能认出来，自然不会有“短前世记忆”，不会是真死之后复生。

可姥爹亲眼看到他的尸体，并且已经掩埋，估计此时已经腐烂发臭，不可能假死之后再复生。

一时之间，姥爹分不清眼前的阿爸许是个什么样的存在了。是人，是鬼？非人，非鬼？半人半鬼？既是人又是鬼？

阿爸许将干粮袋里的东西吃完，又将指缝间的渣子舔了一遍，然后朝姥爹伸手道：“还有没有？”

姥爹道：“还有，但是在屋里。要不你跟我过去吃？”

阿爸许将手往衣服上蹭了蹭，说道：“好哇。”脸上没有半点不自然或者拘束，好像他和姥爹还在萝卜寨一样。

阿爸许将干粮袋还给姥爹的时候，这才看到姥爹肩膀上的竹溜子。他惊奇道：“它怎么见了我也不打招呼？不到我这里来，怎么还爬到你的肩膀上了？几天不见，它就被你调养得比跟我还亲近了吗？”

竹溜子见阿爸许看到了它，吓得急忙顺着姥爹的手臂钻进了袖筒里，就如见了猫一般害怕。姥爹能感觉到袖筒里的竹溜子还在抖抖瑟瑟。它肯定也嗅到了不对劲的味道，才会吓成这样。

姥爹隔着一层布抚摸竹溜子，让它不要那么恐惧。然后姥爹说道：“我没怎么调养它。它为什么不亲近你，这还得你来解释给我们听。”

阿爸许脸上掠过一丝不安，不过转瞬即逝。

带他回到小旅馆，他又狼吞虎咽地吃了不少东西。在他吃东西的时候，姥爹又暗暗观察了一番，还是没有找到半点破绽。

“你到底是个什么东西？”姥爹坐在阿爸许对面，突然大声问道。

在毫无破绽的时候，突然发问或许可以让对方一惊，从而露出马脚。

阿爸许果然双手一抖，饭碗掉在了桌上，发出沉闷的声音。饭粒从碗里跳了出来，撒在桌面上。烛光淡黄，将饭粒染了一层哑黄，姥爹不经意想起两人共同对付弱郎大王时屋顶上撒豆子的情形。

“难道我真的死了？”阿爸许既不肯定也不否定的回答让姥爹始料不及。

但这回答说明阿爸许对遭遇邪灵暗算的事情不是一概不知。

姥爹不知道该如何回答他。说他确实死了，怕他太难过；说他没死，也是自欺欺人。不如先问清他自己是怎么经历这段时间的。

于是，姥爹问道：“那天你提着瓦罐去了谋霓沟，为什么一直没有回萝卜寨？”

阿爸许的脸色越来越差，最后苍白如纸。

姥爹给他倒了一杯水，让他喝完再说话。

阿爸许默默地喝水，嘴巴在水面轻轻吹后用力地吸，发出哧溜哧溜的声音，仿佛水很烫，但那杯水只是温水而已。

姥爹心想，或许是他体温较低，所以对别人来说只是温水，对他来说却有点烫，需要先吹气降温，再慢慢地喝。这就如人烤火晒太阳只觉得温暖，而弱郎觉得太烫，甚至感觉要被焚烧一样。

阿爸许勉强喝了几口水，终于将他这几日的经历说了出来。

他说万万没有想到一个无冤无仇的乞丐会突然袭击他。那天，他将新捉来的小精怪在驻岁湖里浸死之后，像往常一样挖了个坑埋葬。他已经不记得是第几百次来到这里做这种事情了，除了上回被多吉偷窃了獐子精的尸体之外，他从来没有遇到过其他意外情况。所以他做这事的时候漫不经心，杀死精怪就像别人杀死一只鸡那么稀松平常，掩埋精怪就像别人挖坑种菜一样熟练而随意。

他说他还是挺为已死的精怪考虑的，埋葬的地方总是选择阴凉的地方。

那天他发现一个乞丐提着一个陶罐跟在后面，一股难闻的臭味随之而来，不知道是他身上散发出来的，还是那个陶罐里散发出来的。总之，那股臭味让他对那个乞丐避而远之，连一句驱赶的话都懒得讲。

埋完装着精怪的瓦罐后，他仍然没有搭理乞丐。他从乞丐的眼神里已经看出几分不善，但他认为这个乞丐就像凶狠的蛇一样，你不去碰它，它是断断不会来咬你的，但是你碰到它了，它就会张开嘴来咬你一口。

所以，当发现乞丐挡在唯一一条回去的路上时，他还是决定从旁边走过去，依旧认为乞丐是一条盘踞的蛇，虽然不善良但不会咬他。

他正对着乞丐的时候，乞丐傻愣愣地看着他，嘴角拉扯出一丝浅笑，似乎是好意，又似乎是嘲弄。

他疾步离开，谁料乞丐突然从身后追来，将那陶罐倒扣在他的脑袋上。

他这才明白陶罐里装着大粪。他大吃一惊，奋力挣扎，可是陶罐口的大小恰好与他的头相当，扣上去容易，拔出来难。那股恶臭的东西随之呛进口鼻，令他苦不堪言。他奋力将头往地上磕，想将陶罐磕破。可是那个乞丐用力抱着陶罐，不让他的头碰到地面。

两人僵持了许久，阿爸许感觉脑袋突然缩小了一些，顺利地从陶罐中挣脱出来。他担心乞丐再次将陶罐扣过来，急忙一路狂奔。

狂奔时他不忘回头看了一眼。

这一眼让他心惊肉跳！那个乞丐还抱着那个陶罐，并没有拔腿追来。而在那个乞丐的臂弯下，一个跟他长得一模一样的人躺在那里。那个人挣扎的动作越来越虚弱，仿佛一条即将渴死的鱼在勉为其难地甩动尾巴。乞丐死死摁住那个自己，根本无暇顾及其他。

阿爸许对付邪灵游刃有余，但对付人的时候没有任何优势。

因此，逃跑的阿爸许纵然再惊讶也没有转回去细究缘由。他怕的不只是那个疯疯癫癫的乞丐，更怕那陶罐里的秽物。刚才看到那个陶罐的时候还没有那么害怕，现在逃脱之后异常害怕，害怕的程度让他自己都觉得意外。

只要看一眼那个陶罐，他就禁不住浑身战栗，好像陶罐里有无穷无尽的寒冷，且能通过目光传递到他身上一样。

我为什么突然这么怕秽物？以前虽然排斥，但还不至于害怕啊。他忍不住想道。

惊慌失措的他一口气狂奔了十多里，等到停下来的时候，他发现自己迷路了。

对他来说，这又是一件不可思议的怪事。他在谋霓沟和萝卜寨之间来来回回走了这么多年，对这里的地形位置比对自己的掌纹还要熟悉，百里之内一眼就能看出自己在什么地方，要怎么走才能回去。可这次他感觉才跑了十多里，居然就不认识路了！

难道遇上了鬼打墙不成？

心里虽然闪过这么一个念头，但是阿爸许认为邪灵应该不敢对他作祟，他这点自信还是有的。

急急如丧家之犬的阿爸许连忙找人询问这是什么地方。

阿爸许终于找到一个人后，那人告诉他，这里是某某县某某镇。

阿爸许却不知道这个县这个镇属于哪里，他忙问从这里去萝卜寨应该怎么走。

那人却没听说过萝卜寨。

阿爸许又说了谋霓沟。

那人隐约知道谋霓沟，说自己没去过那里，但是估计走到那里最少也要十天半个月的。

阿爸许说他刚刚从那里走到这里，用了不过几个时辰，怎么回去要十天半个月呢。

那人说，这里离谋霓沟少说也有五六百里路，你是怎么只花几个时辰从那里跑到这里来的呢？

阿爸许大吃一惊，没想到刚才一路狂奔居然跑了这么远。

他连忙谢过那人，自己边走边想办法，没想到走到这里碰到姥爹了。

他问姥爹为什么一见到他便说他已经死了。虽然他亲眼看见乞丐暗算杀死了另一个自己，但心中的疑惑未曾消减半分。

他不是没有怀疑过自己已经死了，逃脱出来的是灵体而已。可是他对自己又掐又打，却能感觉到疼痛。能吃能喝能睡，与常人无异。

对着阳光或者月光有影子，脚踩在地上有印子。了解邪灵的他知道，这些都是邪灵做不到的。

姥爹想起在京城游玩的时候听一个专门砍头的刽子手说过的一件诡异之事，于是对阿爸许现在的状态已经有了七八分了解。

要不是姥爹之前在京城待过一段时间，又恰恰听到了一个刽子手谈起这种事情，恐怕阿爸许在见到姥爹的当晚就会烟消云散。

姥爹在京城的时候，有一次在专门杀人行刑的刑场附近吃饭，恰好听到一个喝多了酒的刽子手在邻桌大声笑谈他经历的事情。因为刽子手是拿刀砍头的人，说的事情自然离不开生和死。这也引起了姥爹的兴趣，虽然他没有像其他爱热闹的人一样围到那桌去听刽子手谈生论死，但也竖起耳朵偷偷聆听。

那刽子手是个浓眉大眼手大肩宽的壮汉，加上他从事的职业让人望而生畏，本来看起来应该威风凛凛，可是他的左膀右臂极不协调，右臂粗大如牛腿，肌肉分明，鼓起的地方像石头一样突出，凹陷的地方像坳谷一样凹陷，这是极具神力的表现。如此之下，他那只如常人一般的左臂显得太弱小了，虽然它并不弱小。

因此，那刽子手右肩要比左臂高出一截，端坐着也像是坐歪了。

姥爹瞄了一眼饭桌上正当季节的螃蟹，许多螃蟹的前脚一大一小，恰如那个刽子手的外观。

那个螃蟹刽子手说，他小时候练力量右手比左手练得多，所以才练成现在这个样子。不过左手本来就是辅助右手的，所以现在他砍头的时候比其他刽子手要手法娴熟，右手使猛力，左手轻轻一提，那人头便如切下的豆腐一般落地。切口整齐，绝不拖皮带肉，让受刑者死得干净利落。

旁边有不知是胆大还是故意挑事的人问那刽子手，刀法再娴熟也是杀人，你难道不怕因为杀人太多折煞自己吗？

其实这个问题是在场很多人想问的，好奇之心人人皆有。

那螃蟹刽子手将酒杯重重地往桌上一搁，酒水却没有溅出一滴，酒面平静如镜，可见他的力量使用得非常巧妙。众人以为他被这个问题激怒，要拿那个发问的人开刀。

那个发问的人吓了一跳，拔腿要走。

螃蟹刽子手却说，你别走。

那人脚步不敢挪动。

螃蟹刽子手用冰冷如刀刃的眼神看了看那人，又将围观的人扫视了一遍。众人感觉那目光就如锋利的刀片擦脸而过，心胆俱寒。

店里小二见势不妙，小声担忧道："完了，完了，他要打人了！"

坐在邻桌的姥爹却认为他不会出手伤人。

螃蟹刽子手收回凛冽的目光，将酒杯里的酒一饮而尽，微微一笑，摇了摇头说道，你们只知道我们砍头杀人，却不知道我们救了多少人。

店里小二忙来救场，给螃蟹刽子手倒上酒，吹捧道："是的，是的，您这双手杀的是贪官，杀的是恶人，杀的是魔，杀的是邪，是给人间清理祸害！我们这些平民百姓日子过得舒坦，那是因为您这双手让那些坏人邪魔害怕！"

螃蟹刽子手对店里小二的阿谀奉承并不领情，一手推开店里小二，兀自将酒杯倒满，然后神气昂扬地说道："我说的不是这个意思！"

他又将酒杯里的酒一饮而尽，然后拍桌大声道："就是那些被我们砍头的人，也在偷偷感谢我们救了他！"

桌子上的酒杯被震得跳了起来。

众人看着那个酒杯，不知道该如何接话。

接着，螃蟹刽子手讲了一件他做过的事。

他说有些刽子手懂得阴阳之术，能让人死而复生。那些被砍头的人，如果真是罪有应得，那么他们自然按规矩下手，毫不迟疑；如果是被冤枉的，他们便会想法施救。这种救法是外人所不知的。

众人听他这么说，好奇心又被勾引起来，忙问是什么样的救法。

“是不是可以把他们的头和脖子缝合起来？”一个人斗胆插了一句，抬起手还在脖子上做了一个缝合的动作。

螃蟹刽子手哈哈大笑。

众人见他如此，纷纷问道，难道不是？

螃蟹刽子手说道：“身首异处，谁也无法救活，买点针线和刀伤药缝合起来怎能起死回生？”

众人纷纷附和称是。

螃蟹刽子手对这种附和感到非常满意，又喝了一杯酒，继续说道：“我曾救过一个人，他是被冤枉入狱的。砍头之前他托了人来求我下刀利索点，让他少受痛苦。”

众人听他说到正题，立即安静下来。

邻桌的姥爹也听得更加仔细。

螃蟹刽子手道：“被托来送礼送话的人将案件前后说给我听，说那人确确实实是被人陷害。我听了案情，非常同情那人，便说不收钱不收礼，但依然同意帮他。”

螃蟹刽子手轻咳了一声，示意众人他要讲重点了，然后说道：“我对那个送礼的人说，你去转告那个被冤枉的人，叫他头天晚上吃上路饭的时候多吃一点，蓄足力气，第二天记得听清楚我的口令。在行刑官下令，我抽掉他脑后的亡命牌之后，我在挥下刀但是刀刃还没有接触脖子之前会暗暗地喊一个口令‘快跑‘。一旦听到我的口令，他就要拼了命地往前跑，不要回头看，不要逗留，能跑多远就跑多远，以后也不要回来，免得被人发现。如果有人发现他还活着，他和我都会遭殃。”

听众里有人等不及，问道：“那你真敢在大庭广众之下将他放跑吗？”

螃蟹刽子手摇摇头，说道：“我当然不能放了他，我得把他的头砍下来。不然上面怪罪下来，谁来救我？再说了，为什么砍头不在别的地方砍，偏偏要在大庭广众之下砍？那是因为杀鸡儆猴的效果最好。要是让犯人当着大家的面跑掉了，那岂不是折煞了朝廷的面子？”

有人说道：“那你为什么叫他跑？人都要死了，你还骗他？”

螃蟹刽子手又摇头，说道：“我当然不会骗他。你们都不相信吧？当年那个受委托传话的人也不相信。他在刑场上亲眼看见我举起屠刀，将犯人的脑袋砍了下来，惊得目瞪口呆。不过事后他没来找我麻烦，他知道这种事情捅漏了也会牵连他自己。可是十多年之后，他就知道我确实救了那个犯人。十多年后，他在鹜江大陆最南端的海边遇见了当年他为之送礼的死刑犯。那个死刑犯活得好好的，娶妻生子，日子过得很滋润。”

听众里有人着急道：“你不是把他砍杀了吗？他怎么可能在最南端的海边出现？”

螃蟹刽子手说道：“你别急，听我慢慢说来。当年送礼的人就问那个死刑犯，你是怎么到这里来娶妻生子的？那个死刑犯说，这还得感谢你和要砍我头的刽子手啊。当年你告诉我，晚饭要吃饱，听到口令就爬起来拼命跑。后来我到了刑场，听到刽子手举起刀时偷偷对我说‘快跑’，等候多时的我便立即从地上弹跳起来，拼了命地朝南方跑。我怕事情泄露被抓回去补一刀，所以逃出来后一直往南走，走到这里没有地方去了，再往南就是海，所以停了下来，在这里安了家。”

螃蟹刽子手又喝了一点酒润润嗓子，继续道：“当年送礼的人对那个死刑犯说，这不对呀。我明明看到那个刽子手一刀利索地将你的脑袋砍了下来呢！行刑之后，我陪着你的老爹老娘将你的尸体讨要回来埋葬了。那个死刑犯听老友这么说，顿时打了一个寒战，抓住老友的手问道，你确实看到我被砍杀了吗？那人说，千真万确，就算我看错，你老爹老娘不会将亲生儿子看错。那个死刑犯听了，顿时脸色变得难看，突然像一阵烟一样消散了。”

众人讶声一片。

螃蟹刽子手道：“后来当年送礼的人找到我，将事情始末说给我听，问我这到底是怎么回事。我跟他解释说，活着的是死刑犯的执念。在我的刀刃还没有砍断他的头时，他求生的执念最为强烈。当他身首异处之后，他的执念已经逃离出来，以为自己还没有死，继续一如既往地生活。只要没人告诉他，他就不会发现。但是一旦有人告诉他真相，他就会魂飞魄散，立即消失。”

“所以送礼的人一说出真相，那个被救的死刑犯立即消失了？”听众中有人问道。

“是。”螃蟹刽子手说道。他的脸上露出颇为可惜的表情，一口将杯中残留的酒喝完。

众人啧啧称奇。

螃蟹刽子手道：“我救下的不止这个死刑犯，但是其他死刑犯逃脱之后会隐居下来，绝口不提往事。他们保密是以为自己全身而退，怕泄露了再被抓回来。这也恰恰使他们永远不知道自己已经死了。”

姥爹离开画眉村之前，粮官跟他说，人的一生不只能有知识，还得有见识。知识可以在“读万卷书”中获得，见识却不能，见识不但要“行万里路”，还要用眼睛去看，用耳朵去听。也就是说，知识人人都可获得，见识却不一定。粮官叫姥爹在外面多多增长见识。

姥爹救下阿爸许的执念，依靠的便是见识。

倘若姥爹在阿爸许面前将他的死因脱口而出，阿爸许求生的执念便也会如刽子手口中的死刑犯一样灰飞烟灭。

阿爸许的求生执念强大到能像正常人一样生活，这让姥爹非常吃惊。

姥爹不知道阿爸许会不会自己慢慢醒悟，然后烟消云散，但是姥爹决定尽力留下他。

于是，姥爹决定说一个谎言。

姥爹希望这个谎言可以让阿爸许这样生活下来，并且永远不会被戳破。一方面来说，姥爹认为阿爸许确实死得憋屈，虽然他以前驱邪捉鬼的手段颇有争议，但总归对人来说是好的，办事尽心尽力，算不上是大好人，但至少不是坏人。另一方面，姥爹上次见识到了他对付弱郎大王的手段，如果他在，对付弱郎大王的胜算就可多几分。

“其实我们没有看到你的尸体，对你的死还存有疑问。”姥爹对脸色苍白的阿爸许说道，“我们后来抓住了那个偷袭你的乞丐，虽然他说他已经将你闷死，但是我们跟着他去了指认的地方后并没有发现你的尸体。那个乞丐也非常惊讶。”

阿爸许默默地听着姥爹说话。

“那个乞丐坦白说自己是受了邪灵的指使，要用以其人之道还治其人之身的方式害你。但是他认为供你驱使的邪灵知道同伴要害你，之后你的邪灵朋友跟着他来到了谋霓沟的驻岁湖附近，在他用陶罐朝你扣过来的时候将你救下，然后制造一种被扣住的幻觉来迷惑乞丐，让他自以为得逞了。”

“所以我看到的那个我是幻觉，是我的邪灵朋友作的祟？”阿爸许很快就相信了这个谎言。

或许他自己更倾向于这个谎言，所以更容易相信这是真的。人大多时候就是这样，不会刻意去辨别正确或者错误，情愿选择自己更愿意相信的一面，不管对或者错。

阿爸许听了姥爹的谎言之后安心多了，苍白的脸上渐渐恢复了血色。

“不过……你就不要回去了吧，离萝卜寨越远越好。”姥爹想着螃蟹刽子手说的那些话，心想阿爸许如果回到寨子里，被人告知真相，他还是会像一阵烟一样消散。因此，只有不遇到寨子里的人，阿爸许才能继续安心地生活下去。

“那可是我从来没有离开过的地方。”阿爸许显然对家乡不舍。

姥爹劝道：“你想想，那个乞丐是受了邪灵的指使来害你的，你被它们这样整了一次，颜面尽失。别人还会相信你吗？就算寨子里的人不说你，其他寨子的阿爸许肯定要抓住这个机会嘲笑你，你就别想在寨子里好好待下去了。”

“我曾经帮过那么多人，他们不至于因为这一次就不相信我的能力了吧？”阿爸许的话虽然这么说，但是没有一点底气。

这一点姥爹看得清清楚楚。

姥爹道：“别说别人了，今天你看到竹溜子的反应了吧？连它都不愿意接近你了。”

姥爹知道竹溜子嗅出了阿爸许不是以前的阿爸许，是因为恐惧而不敢接近他的。但是为了不让阿爸许回到萝卜寨里获知真相，姥爹只好将谎话继续编造下去。

一个谎话说出来之后，就需要更多的谎话来弥补它。

阿爸许垂下了头，叹气道：“你说得对。我以前帮过的人不一定感谢我，因为我收过他们太多钱财。邪灵帮助我也不是因为害怕我，而是我能供养它们。其他寨子里的阿爸许更加不可能放过我，我们自始至终互相视为仇家。我不能回去了。”

姥爹趁热打铁道：“嗯，那就跟我一起走吧。我家里有不少良田，以前都是我父亲打理的。我回去之后，他肯定会将家业传给我。你到我的家乡去帮我打理这些事情吧。”姥爹见过阿爸许跟前来求助的人讨价还价，知道他精于计算。收人钱财之后忠心办事，不打折扣，这是他有责任感的表现。一个精于计算又有责任的人，绝对是当账房先生的最佳人选。如果有他来帮忙打理家里财产，自然是最好不过的。

阿爸许一时不知道该往哪里去，见姥爹这么说，便点头道：“好吧，那我先跟你去你的家乡，如果合适，我就留下来；如果不合适，到时候我再找新的地方居住也不迟。”

就这样，阿爸许成了姥爹的账房先生和私人保镖。

为了避免阿爸许的事情被人发现，姥爹给阿爸许取了一个新名字，叫作罗步斋，谐音萝卜寨。对阿爸许来说，这个名字有点纪念家乡的意思。对姥爹来说，这个名字时时刻刻提醒他不要再提萝卜寨发生的事情，免得有朝一日不小心失言，将阿爸许的真实死因说漏嘴。

第二天，姥爹和罗步斋一起踏上了赶往画眉村的道路。

此后一路上竹溜子在前面探路，找好最佳的路径再返回来带领他们上路，罗步斋也能给姥爹分担一些行李。有了竹溜子和罗步斋，行进的速度比以前快了许多，他们只用了预计的大约一半的时间就回到了画眉村。

粮官见远游的儿子回来，立即张罗儿子的婚事。

姥爹觉得应该先休息一段时间再考虑婚事，粮官则神情黯然地说：“你早一点结婚，我就能早一点抱孙子。我时日不多了，怕看不到那一天。就算看不到我们马家的后代，我看到你成家立业，死后也就瞑目了。”

姥爹不理解父亲为什么突然说这些，以为只是父亲为了逼迫他早日结婚找的借口而已。

姥爹去找罗步斋商量。

罗步斋却说：“我看还是听你父亲的话吧，他的时日恐怕真的是不多了。”

姥爹听他这么说，心中一惊，问道：“你从哪里看出我父亲时日不多了？你以前只是驱邪，没见你会预测寿命啊。”

罗步斋说道：“我们阿爸许确实没有学过预测寿命之类的东西，但是你别忘了，我能跟你说相通的语言是因为我曾经在外学过你们这里的东西。为什么学这些？那是因为我跟外面的人学过一些玄黄之术，其中就有预测寿命的口诀，叫作称骨。”

姥爹恍然大悟。

“称骨就是用一个人的出生时间来确定他的骨重，进而预测这个人的一生境况。以前我学了，但是不太会用，也不太相信。自从经历了被乞丐暗算那件事后，我好像醍醐灌顶一般醒悟了，突然明白了称骨的真正用法。”

姥爹心想，那叫什么醍醐灌顶，那是大粪灌顶。

姥爹早就对称骨有所耳闻，但没有深入研究过。

虽然如此，姥爹还是相信罗步斋的话。因为罗步斋是已经死过一次的人，他的本体早已腐烂，现在是模棱两可的“身外身”，说不定看事物跟正常人确实会有不同。他看人，或许就如邪灵看人一样，能看出其他人看不到的东西。

据说邪灵看阳气重或者福气大的人，就如看燃烧的火焰一般。

姥爹猜测，罗步斋或许能通过别的方式看到人的真正骨重。

果然，接下来罗步斋的话印证了姥爹的猜想。罗步斋说道：“虽然我不知道你父亲出生于何年何月，但是我称出了他的骨重为七两差一钱，只差两钱就是最大的骨重了。一般来说，骨重越重的人福气越好。七两差一钱已经是非常有福气的骨重了。”

姥爹打断他问道：“既然非常有福气，为什么你说他时日不多了呢？有福气的人应该逢凶化吉才是啊！你这是胡说八道！”

罗步斋耐心道：“骨重越重的人确实福气越好，但是福气太大，也不是一般人能承受得了的。命薄而福气大的人不少见吧？他们往往因为命承载不起这么大的福气，所以要么早夭，要么重病在身。打个浅显的比喻，这人是海上的船，福气是船上的珠宝。固然珠宝越多越好，但是船承载过重的话，就很可能沉没。我刚来画眉村就听说了你哥哥中了榜却不幸去世的往事，恕我说句不中听的话，这是你父亲福气大过命的最早体现。他因为有福气，所以有了这么个聪明博学的儿子，可是命里又载不住，才有这样痛心的事情发生。”

罗步斋说完这一席话之后，姥爹陷入了长久的沉默。

寂静的夜里只有竹溜子在头顶房梁上跑动的声音。

第五章 提亲

姥爹认为罗步斋的话可信，何况父亲说出那番话也很可能是他自己意识到身体的异样了。很多人在去世之前其实是知道自己大限将至的，他们大多数人在大限将至前会对亲人说：“我知道我已经不行了。”

姥爹从父亲的话里听到了这种感觉。

于是，姥爹游历回来不到七天，他就主动带着彩礼去那个戴着血丝玉镯子的姑娘家里提亲了。

姑娘住在离画眉村大约三十里的一个叫梅溪桥的地方，那里是整个县最为繁华的市场，吃的零食，穿的衣服，住的家具，行的车马等等都可以在那里买到，应有尽有。姑娘的父亲便管着半个市场，所以家境特别好。

但是梅溪桥经常发生一些怪事，渐渐地，人们都把梅溪桥叫作迷失桥。在当地的方言里，梅溪桥和迷失桥的发音几乎一样，一个诗情画意的名字就这样变成了听起来冷飕飕的名字。

那个姑娘的血丝玉镯子便是其中最为大众所知的怪闻之一。

不过姥爹一点儿也不担心，他已经不是以前初出茅庐的文弱书生了，身边还有一个见识多广的阿爸许罗步斋，再加上聪明伶俐的竹溜子，他对那位姑娘没有一点忌讳之心。

那个姑娘姓谢，没有名字。她家里父母非常传统，非得按照古例“待字闺中”等她许配了人家才让她夫家取名字。

姥爹去见谢姑娘的时候，罗步斋和竹溜子都跟着，另外还有几个抬彩礼的仆人。

谢家父母高高兴兴地接待了姥爹等人，让仆人们在大厅里喝茶吃花生，然后要领着姥爹去谢姑娘的闺房见见面。

姥爹刚迈开步子，竹溜子就一下窜到了姥爹的脚面上，似乎要拉住姥爹的脚，不让他跟着谢家的人到后面去。

谢家父亲见了竹溜子，皱眉道：“哪里来的耗子？我家养了三十多只猫，难道都是摆设吗？”

姥爹知道谢家养了许多猫，都是捕捉老鼠的高手。这谢家人并不是有多喜欢猫，而是他家管着梅溪桥市场的货物，货物里又多有粮食干货等老鼠爱吃的，所以不得不养许多猫。曾经有个人劝谢家人别养这么多猫，因为猫是夜灵，阴气重，养太多了对主人不利。谢姑娘年幼时多次被猫挠伤，可是谢家不能不养猫。

谢家的一位老仆人马上从侧门走了出来，对着谢家父亲连连鞠躬道：“老爷，对不起，对不起，我不该让老鼠进来的。这是我的失职。”

姥爹连忙说道：“这不是普通的老鼠，是我从四川带来的宠物，它不会乱咬东西的。”

谢家父亲有些不悦，斜睨了姥爹一眼，说道：“看你文质彬彬，又考过秀才，怎么会玩这种宠物呢？”

人们普遍喜欢常见的宠物，有养猫的，有养狗的，高雅点的养鸟，有钱的养马，信风水的养鱼，打猎的养鹰隼，确实没有人会养老鼠。所以姥爹对谢家父亲的不悦非常理解。

罗步斋见竹溜子行为异常，便丢了手中的花生，走到姥爹身边，说道：“这竹溜子是我养着玩的，我跟你们一起到后面去，只要我在旁边，这竹溜子就不会乱跑。”

姥爹也感觉到了竹溜子的异常。如果有外人在，竹溜子一般不会贸然现身的。它会躲在墙角的老鼠洞里，或者栖息在房梁上。虽然姥爹跟竹溜子相处的时间远远不及罗步斋，但是他们之间相互熟悉的程度已经远远超过罗步斋。

对于这其中的差异，姥爹认为是因为自己把竹溜子当作朋友，而罗步斋以前只把它当作傀儡。有感情的关系总是胜过雇佣的关系。

于是，谢家父亲带着姥爹、罗步斋和竹溜子一起到了后院。后院是一座“回”字形建筑，四周是小厢房，“回”字中间是天井。天井不是水井，而是用来蓄水排水的。在这个地方，一户人家如果能有一个天井，那就代表这户人家的日子过得相当滋润。因为一般人家是盖不起这么多房子的。当然，也有好几户人家共用一个天井的，那就另当别论。

姥爹以为谢姑娘的房间就在这里了，可是谢家父亲的脚步不停，继续往前走，从一条小走廊穿了过去。后面居然还有一个“回”字形建筑，中间还有一个同样大小的天井。

能有两个天井的人家，那真称得上是大户人家了。

罗步斋窃窃对姥爹说道：“这些房子够我们萝卜寨住十几户人家了。”

姥爹故意走慢一些，与谢家父亲落开一段距离，小声笑道：“你不知道，如果做两个天井的话，这里是要住十几户人家的，不过这十几户住的都是老爷的小妾。可惜这谢家子孙稀薄，居然只有一个女儿。”

罗步斋眼珠子滴溜溜地转，说道：“你感觉到没有，这屋里的阴气非常重，不像是长期住人的地方。”

此时太阳当空，阳光扑到了天井上，也照到了走廊里。

没进谢家之前，姥爹和罗步斋都热得额头冒汗，挑彩礼担子的仆人们更是汗湿了衣服，背上甚至析出了一层白色的汗盐。其实仆人们挑的彩礼并不重，多是绸缎、布匹、红白糖、椅子之类有些象征意义的东西。

在这么热的天气里，走进谢家后院之后居然如同走进了井底一样清凉，这很难不让人生疑。姥爹甚至忍不住打了一个哆嗦。

穿过两个天井之后，谢家父亲还没有停住，继续顺着小走廊往后走，来到了第三个天井旁。这时候，姥爹也忍不住感叹谢家财大气粗了。不过此时姥爹多了一分担忧。

之前那些大家族争夺这个姑娘，不会是为了分谢家家产吧？如果是为了钱财，那谢姑娘就不一定像传说中的那么好看了。

以前姥爹没少听说长得丑的大户人家小姐骗婚的事情。在男方派人来看人的时候，大户人家找个漂亮的婢女端坐在房中，让人误以为这个千金小姐长得特别漂亮。等结婚抬轿子那天，仍由婢女坐轿，而小姐假装婢女，再等洞房的时候两人换过来。等到第二天一看，身边睡的是另一个人，后悔也来不及了。

同样，有钱的公子也会用类似的方法骗大户人家的小姐，让眉清目秀的下人假装见面，新婚之夜偷梁换柱。性子弱的千金小姐见木已成舟，也就认了，性子烈的千金小姐可能丝绢悬梁了。

在第三个天井的南边厢房里，姥爹终于见到了那个戴着血丝玉镯子的谢姑娘。

“姥姥！”罗步斋一见那个面色白得像纸的姑娘，就忍不住惊叹一声。

那谢姑娘见罗步斋叫她姥姥，表情呆滞了片刻，复而缓和过来，故意用手摸摸脸，微笑道：“我长得有这么老吗？”

罗步斋自知失言，忙说道：“不是，不是，我是见姑娘长得这么漂亮，非常惊讶，不自觉就说出了感叹的话。”他拱手弯腰，做得比姥爹还讲礼节。

谢姑娘听到夸奖，忍不住露出喜色。

她父亲在旁哈哈大笑道：“我家女儿当然是国色天香！你们不知道多少好男儿打破头想挤进我家门，可惜她一个也看不上。独独马粮官报上你的名字之后，她就答应了。你是我们县最年轻的秀才！男才女貌，也只有你能配得上我家女儿了！”她父亲肥胖的脸上笑得冒出了一层油光。屋顶有几片透光的琉璃瓦，阳光从那里直射进来，打在他的脸上，使得油光更加闪亮，让人看了发腻。

姥爹自然明白罗步斋情不自禁地叫出一声“姥姥”的原因，也立刻明白了竹溜子在大厅里的时候为什么一下子窜到他脚上不让他走。

不过见谢家父亲在旁边，姥爹不好把话挑明，只好假装跟谢姑娘寒暄几句，问问谢姑娘的出生年月日和时辰。

问生辰也是结婚前一件比较重要的事。问了姑娘的生辰，回家后要找算命先生配合自己的八字算一算是不是相配。如果相配的话，后面就可以继续婚娶；如果不配甚至相克，往往婚姻就此取消。

谢姑娘说：“我是庚午年腊月初七午时出生的。”

姥爹当即辩驳道：“庚午年？还要几年才是庚午年呢。难道你的出生年月还没有到？”

谢姑娘慌乱道：“怎么可能还没到！早过了！”

姥爹说道："六十年一个甲子轮回，如果早过了的话，难道你现在已经五十多岁了？"

一旁的谢家父亲急忙打断道："她不是庚午年的，她是庚子年出生的，也不是腊月初七午时。"然后，谢家父亲报出了女儿出生的月份日子和时辰。

谢家父亲瞪了谢姑娘一眼，责备道："婚姻大事不可儿戏。生辰报错了，万一生辰不合，这婚约是要取消的！"

谢姑娘瞥了姥爹一眼，对她父亲娇嗔道："我以为马秀才只是一个不通世事、呆板腐朽的文弱书生……"

姥爹顿时明白，谢姑娘是怕自己的本相被揭露，才拒绝了其他的公子，选择了呆板书生。

所谓百无一用是书生。只有书生她才能骗得过；骗不过的话，书生也最容易动恻隐之心。

谢家父亲见女儿不知礼节，连忙打断她的话说道："做爹的也是看马秀才是文弱书生才答应这门婚事的，怕你去了婆家之后受男人的欺负。之前那个李公子，他天天舞枪弄棒，一不小心就会把人打伤。还有那个白公子，天天寻花问柳，你去了岂不是天天受气？做爹的放心不下。"

屋顶的琉璃瓦有三片，各有两个巴掌加起来的大小。一束透过琉璃瓦的阳光落在谢家父亲的脸上，一束落在罗步斋的脚前，还有一束落在姥爹的鼻尖上。

姥爹见那阳光比以前吸食的阳光要微弱，又比晚上吸食的月光要温暖，禁不住想上前去尝试一下这种不强不弱的阳光。

这种想法刚涌上来，姥爹就感觉耳朵突然失聪了，听不见谢家父亲、谢小姐和罗步斋的声音了，只有嗡嗡嗡的声音，仿佛他们三个是苍蝇一般。而那阳光仿佛有了声音，像倾泻而下的瀑布一样震耳。阳光丝丝缕缕，就如流下的水一般。

姥爹心中微微一惊，心想，难道这经过琉璃瓦透射的阳光如此与众不同吗？如水一般，既吸收了阳光的阳气，也吸收了月光的阴气？以前吸食过至阳的阳光，后来吸食过至阴的月光，而眼前仿佛是阳光和月光的交融。

在修眉山的时候，迷海大师说过，世上所有东西都是阴阳俱有的。至阳的东西里也有细若游丝的阴气，而至阴的东西里自然也有细若游丝的阳气。男人是阳，也有阴虚生病的时候。女人是阴，也有阳气不足的时候。哪怕是阳光，也是如此。月光虽然是至阴之物，但它其实是阳光在月亮上的反射光。经过反射，阳光中的阳气被过滤，所以才成为至阴之物。

姥爹看着眼前的阳光，由此推想，琉璃瓦不是反射而是折射，这样是不是将阳气过滤了部分却也留下了部分？这样的话，经过折射的阳光就是阴阳调和的光线了。

这种阴阳调和的光线，应该尝一尝。

姥爹往前挪了一小步，让光线直接照到脸上，然后轻轻张开嘴。

这阳光果然不同，既没有修眉山中那种饱腹的感觉，也不是萝卜寨阿爸许家屋顶上那种喝汤的感觉，也不是遇见阿爸许的执念时那种喝水的感觉。这次他如同喝到掺了蜂蜜的茶，蜜的感觉非常非常淡，淡得要细细体会才能感觉到，仿佛一小滴蜜落在舌苔的一个味蕾上，然后慢慢浸染开来。茶的感觉也非常非常淡，淡得要轻轻吸嗅才能感觉到，仿佛一杯上好的茶擦鼻而过，没有浓香，只有后香。

因为这种缥缈的感觉，姥爹也不敢大肆呼吸或者吞咽，只敢轻轻地嗅，轻轻地吸。

很快，谢家父亲、谢小姐和罗步斋的嗡嗡声都消失了。瀑布倾泻而下的声音将全世界的其他声音全部遮掩，如突如其来的暴雨将整个世界淹没，所有的东西都被遮住了。姥爹感觉到阳光将他淋湿淋透，仿佛站在雨中。这雨是太阳雨，所以不会感觉到冷，温度刚刚好。那是一种非常惬意的感觉。

姥爹不禁想，春季的花草树木遇到第一场春雨也应当是这种感觉吧，可惜人无法知道花草树木的感受。

但从花草树木修炼成精成人的妖物能感受到。

后来谢姑娘告诉姥爹，她在“贵如油”的春雨中就有类似的感受。那是一种万物生长的力量。

姥爹站在透过琉璃瓦的阳光下时，谢姑娘还没有跟他交流感受。但是姥爹确实感觉到浑身的生机，仿佛自己是一棵树，脚是根，手是叶。吸收了这种阴阳调和的阳光后，他感觉到脚要往地下去，吸取更多的养分；他感觉到手要继续向前生长，像树枝一样开枝散叶，吸收更多的阳光。甚至身体的骨骼也要膨胀开来，获取更多的空间。

在那一瞬间，他体会到了一棵树苗为什么可以吸收天地精元成长为一棵参天大树，也体会到了一棵小草为什么会有那么大的力量顶着沉重的石头生长出来，甚至体会到人为什么能从父母的精血长成一个人。

在那一瞬间，姥爹顿悟了。

佛经有言：迷闻经累劫，悟则刹那间。

意思是说，人处于“执迷”的状态是多世累劫的，但是开悟是一瞬间的事情。

姥爹切身体会了这句话的意思。

如果自己曾在修眉山修行，曾去熙沧寺庙渡人济世，那么之前的一切都是积累劫难，以待此时的开悟吗？姥爹心中自问。

有此领悟之后，瀑布的声音次第消失，谢家父亲、谢小姐和罗步斋谈话的声音重新在耳边响起来。如沐雨水的感觉顿时消失，阳光仍旧照在脸上。

这时，罗步斋推了推姥爹的肩膀，说道："婚姻是你的终身大事，你倒是说两句，发什么愣啊？"

"啊，哦。"姥爹一惊，不知道他们刚才说了些什么。

当目光再次看向谢小姐的时候，姥爹又有了那次在阿爸许家屋顶上的视觉。他看到谢小姐周身不但没有一点热气，反而散发出如长了毛一般的黑气，那黑气如水草一般漂动。

姥爹揉了揉眼睛再看，黑气没有消失。

再看谢家父亲，周身热气如在萝卜寨看到的人一样没有异常。再看罗步斋，热气仍然比常人要少一些。

姥爹心想，看来这位谢小姐早已死了。

罗步斋见姥爹眼睛瞥来瞥去，问道："你看什么呢？"他的话刚说出口，表情就凝固了一下。显然，他发现姥爹与刚才不同了。但是这么多人在场，他不好仔细询问刚才一瞬间在姥爹身上发生了什么重大变化。

谢小姐说话了："我还以为这个书生多聪明，原来也是傻愣愣的。"

姥爹看到谢小姐说话时嘴里喷出一阵黑色烟雾，仿佛她肚子里着了火似的。姥爹明白，那是尸气。难怪这谢家府宅里阴气森森，原来是有一具不断喷出尸气的尸体。既然能将三个天井的大院弄得如此清凉，可见这具尸体在这里已经不是一时半日了。

大院里充满了清凉之气，反过来又可以让尸体没那么快腐化。

可是她既然已经死了，为什么还能说话？她父亲难道不知道她已经死了？如果不知道，那尸体是用什么手段让他们丝毫没有发觉的呢？如果知道，她父母为什么还要将她嫁出去？姥爹疑虑重重。

脸上冒油的谢家父亲生气地斜了女儿一眼，连忙给姥爹道歉：“我女儿平时足不出户，我又惯她惯得厉害，所以嘴巴不饶人，还望马秀才不要见怪。”

姥爹道：“早就听说谢家家教最为古朴，谢家大小姐足不出户，正应了千金小姐足不出绣花楼那句话，这样严格遵照古训的家教现在很少见了。我应该钦佩谢家家教严正才是，怎么会见怪呢。”

谢家父亲听了姥爹的话，这才勉强笑笑。

谢小姐却不依不饶，拂袖道：“足不出户有什么好？这是把女儿做盆景观花养了，不是养人！”拂袖的时候她手上的血丝玉镯子碰在桌沿上，发出的声音却不似玉石磕碰，声音响脆，而像是木头相碰，声音沉闷。

姥爹心想，你倒是走出谢家大院，在外面的大太阳下晒晒试试！做贼心虚的人反倒会虚张声势，越害怕的东西，越装作不害怕。

罗步斋也看出端倪，故意揶揄谢小姐道：“看小姐脸色苍白，确实是晒少了太阳，应该多出去走走。”

谢小姐撇撇嘴，哼了一声。姥爹看见她像抽烟时往外吐烟一样从鼻子里冒出一缕黑色的烟雾。那缕如轻纱的黑色烟雾没有立即在空气中消散，而是像一条活了的小蛇一样蜿蜿蜒蜒地爬行到罗步斋的鼻子前，然后从他的鼻孔里钻了进去。

姥爹心中一惊。刚才罗步斋揶揄她，惹她生气了。这谢小姐是要用邪术来报复罗步斋！

而这一幕只有姥爹能看见，罗步斋和谢家父亲都看不见。

就在姥爹要提醒罗步斋的时候，罗步斋张开了嘴，连忙抬手护住嘴巴，然后打了一个响亮的喷嚏。

那条小蛇一般的黑色邪气被罗步斋一个喷嚏打了出来，摔落在地上，很快就消散了。

谢小姐柳眉轻轻一蹙，对罗步斋的反应有些狐疑。她用质疑的目光看了罗步斋一眼。

罗步斋慌忙掏出手帕来擦拭口鼻，一副窘相，似乎没有注意到谢小姐的表情变化。

不过，姥爹不知道罗步斋是装作没注意，还是真的没注意；也不知道他是有意打喷嚏防备谢小姐，还是真觉得鼻子不舒服而打出喷嚏。

不管他有意还是无意，姥爹心里都有一个答案。如果罗步斋发现了谢小姐的把戏，那是再正常不过的，因为罗步斋本就是阿爸许，他打个喷嚏是为了自保，也给对方留一点脸面。如果罗步斋纯粹是鼻子不舒服而打喷嚏，那也是情理之中的，因为罗步斋现在的身体是“身外身”，与普通人的身体不一样。谢小姐用对付普通人的把戏对付罗步斋，可能确实不起作用。

谢小姐见施害罗步斋不能，转而施害姥爹。她又撇撇嘴，哼了一声。一条黑色如小蛇的烟雾从她鼻子里冒出，向姥爹这边爬来。

那黑色东西到了姥爹鼻子面前，姥爹这才看清楚，这次的烟雾形状不只是蛇形，蛇的周身还有许多细长的脚，仿佛是蜈蚣。显然，这次谢小姐放出的邪气比刚才的还要厉害，如果让它爬进体内，肯定不死即伤。

看清形状的同时，姥爹闻到了一股臭味。

这谢小姐能控制尸气的散发方向，还能将尸气凝聚成形，实属罕见，实力可见一斑。难怪罗步斋一见了她要叫一声“姥姥”！

姥爹看了一眼罗步斋，希望他想办法施出援手。可是罗步斋打完喷嚏之后将手帕收了进去，没有看到姥爹身处险境之中。阿爸许自从改名罗步斋之后，一条手帕常带在身边。天气稍热他就极易出汗，需要拿手帕擦拭脸上的汗珠。

罗步斋继续跟谢家父亲讨论婚娶的细节，他看不到那条像蜈蚣一样的尸气。

满脸油光的谢家父亲更不可能看到尸气了。倘若他能看到，刚才他女儿作祟害罗步斋的时候就应该有所觉悟。

当那黑色蜈蚣爬到姥爹的鼻子面前，正要钻入的时候，姥爹急忙侧了一下头，假装去看屋里的摆设。于是，黑色蜈蚣诡计落空。

谢小姐又撇撇嘴。

黑色蜈蚣立即调整方向，继续朝姥爹的鼻孔爬来。

就在黑色蜈蚣即将碰到姥爹的鼻尖儿时，姥爹又将脑袋转了一个方向。

谢小姐再次撇撇嘴。仿佛她的嘴跟那条黑色烟雾蜈蚣之间有一条看不见的细线，而黑色烟雾蜈蚣是她用嘴来操控的傀儡。

那条黑色烟雾蜈蚣死缠烂打，姥爹将头转向哪里，它就飞快地爬向哪里。

罗步斋见姥爹的脑袋转来转去，非常不自然，便问道："少爷，你的脖子是不是不舒服？"在正式一点的场合，罗步斋都叫姥爹为少爷，叫粮官马老爷。在私下里，罗步斋直呼姥爹的名字，叫粮官为大伯。

姥爹当着谢家父亲的面不好发作，只好尴尬道："是啊，昨晚睡落枕了，脖子怎么扭都不对劲儿。"

姥爹扭脖子的时候恰好看到旁边桌上放着一把观赏用的扇子，扇子上面画着仕女图。

姥爹顾不得那么多了，上前将扇子抢在手里，在鼻子前面不停地扇风。黑色蜈蚣既然是烟雾凝聚而成，那应该怕风吹散，姥爹故意将风扇得很大。

谢小姐忍不住扑哧一笑，嘴巴如墨鱼一般顿时喷出一大团墨水一般的烟雾。她讥讽姥爹道："现在又不是三伏天，我们这屋里也阴凉阴凉的，马秀才怎么还要扇扇子取凉呢？莫非体内火气太旺？"

谢家父亲却担心他家的扇子，忙说道："马秀才，我这扇子可不是用来扇风的，这是我花了不少钱从别人手里高价买过来的。你热的话，我叫人拿一把蒲扇来就是。不过我这屋里常年凉爽，不会感觉到热啊。"

谢家父亲又担心这还没进门的姑爷身患隐疾，怕女儿嫁过去之后守活寡，便说道："就算礼数到堂，生辰相合，我还得请城里的知名医生帮你看看，免得身体有隐疾没发现。及时发现及时治，治好了再谈婚娶也不迟。"

谢小姐听了父亲这话，笑得前俯后仰。她以手掩住嘴巴说道："父亲你担心得多余了，我看他身体好着呢。"谢小姐知道姥爹不断扭头是为了避开她的尸气，所以知道姥爹并不是有隐疾在身。

"你天天在深闺里学习女红，又没有学过医学，你怎么知道别人有没有隐疾？快给我收敛一点！"谢家父亲责备女儿的放肆。

令姥爹觉得可气的是罗步斋追问姥爹刚才来的路上为什么没有感觉落枕，现在却不舒适，是不是真如谢家父亲说的那样有隐疾。

姥爹无法作答，但手上的扇子摇得更快了。

谢小姐嘴巴再次一撇。

那条黑色烟雾蜈蚣立即盘起了身子，如水塘中的田螺一般，然后它滚动起来，靠近姥爹。黑色蜈蚣盘起的身子将受风影响的面积减少了许多。虽然它身上的烟雾不断地被吹散一些，可是就如吹掉身上的灰尘一样无伤大雅。

姥爹见这样也不行，忙将扇子交还给谢家父亲，顺便借机弯腰，躲开那条讨厌的蜈蚣。在它跟随到谢家父亲身边时，姥爹又突然撤回脚步，回到罗步斋身旁。这一送一回，像跳舞似的。

谢家父亲和罗步斋看到姥爹动作如此奇怪，都不解地看着他。

“你这是……”谢家父亲的眼神透露出越来越多的不放心。此时他不只是担心还没过门的姑爷身体有隐疾，还担心这姑爷的脑子也不太利索。

姥爹忙指了指鞋子，说道：“来的路上鞋子里进了沙子，刚刚踩到了沙子，硌了一下。”说完，姥爹假装脱下鞋子，在鞋子里面寻找那颗不存在的沙子。

姥爹预料到谢小姐会趁这个机会驱使蜈蚣攻击他。因为此时他已经脱掉了鞋子，不能随便走动。

果然，那条黑色烟雾蜈蚣重新舒张身子，从盘旋状恢复为蜿蜒状，然后迅速朝姥爹的鼻子冲来。

姥爹等的就是这一刻。说时迟，那时快，姥爹举起鞋子，像拍苍蝇小虫一般狠狠地用鞋底朝对着那条蜈蚣拍去！

啪！

鞋底拍在蜈蚣身上，与地面接触，发出响亮的一声。

谢家父亲和罗步斋被这声音吓得一惊。

姥爹摁住鞋底，抬起头来，对着谢家父亲解释道：“对不起，刚才看到了一只苍蝇，我顺手将它拍死了。”

“哦。”谢家父亲再次由怀疑转为释然。

挪开鞋底，姥爹看见地上的蜈蚣已经碎为粉末，臭味呛鼻。那些粉末如水一般被干枯的地吸收，渐渐不留一丝痕迹。

地上并没有苍蝇的尸体，不过谢家父亲和罗步斋不会凑过来看，所以姥爹得以敷衍而过。

姥爹再看那谢小姐，她表情略微惊讶，似乎不曾想到姥爹能将黑色蜈蚣拍碎。

在她看向姥爹的时候，姥爹回以一个严厉的神色，示意自己并不惧怕她那些雕虫小技。

既然鞋子里不存在的沙子已经处理掉，那就不好将鞋子一直拿在手里。姥爹将鞋子穿好，直起腰来。

可是刚刚直起腰，他就看到无数蜈蚣从谢小姐的七窍里爬出来，嘴里，鼻子里，耳朵里，眼角里黑色的蜈蚣摆动无数的脚爬了出。谢小姐原本好看的脸也顿时变得狰狞恐怖。那些蜈蚣从她的脸上爬到脖子，然后从衣领爬进去，顺着她的身体爬到了脚下，最后从脚下朝姥爹这边爬来。

此时就算将两只脚上的鞋子脱下来拍打，也无法抵御这么多的蜈蚣。

姥爹心想，完了，此时就算撒腿逃跑，恐怕也跑不出这位千金小姐的闺房了。

在这绝望的时候，姥爹突然灵光一闪，想起了随身携带的毛壳香囊。

这尸气既然是臭的，应该难以抵御毛壳香囊的香气。如果毛壳香囊的香气能将尸气的臭味淹没，那尸气的毒性应该也会消退。

这只是姥爹的猜测。既然别无他法，就只能用毛壳香囊试一试了。

姥爹迅速从暗包里掏出毛壳香囊。

一股清香立即飘然而出。

香气本是看不到的，但是姥爹见地上如潮水一般涌来的蜈蚣，便看到了香气的形状。因为那些靠近姥爹的蜈蚣顿时粉碎了，然后迅速被干枯的地吸收，就如刚才被鞋底拍打过的蜈蚣一样。在姥爹的周围，迅速出现了一块空白之地。那空白之地的形状，便是香气笼罩的形状。

谢小姐没想到姥爹还有这一手，顿时花容失色。

姥爹干脆送佛送到西，拿着毛壳香囊走近谢小姐，将毛壳香囊往谢小姐手里塞，一边塞一边客气地说道："初次见面，我没有什么好东西送你，就送一个香囊吧。这香囊是我在丽川的时候偶然得到的，它的香气非常特别，还源源不断，不像普通的香囊那样使用一段时间就没了香味。我想你应该喜欢。"

谢小姐急忙挡开毛壳香囊，以手捂鼻。

"我不喜欢香味的东西。"她脱口而出。

她这话一出口，连谢家父亲都惊讶了。

"闺女，你以前不是很喜欢有香味的东西吗？"谢家父亲诧异地问道。

姥爹心中了然。这臭味的尸气果然害怕与香气冲突，更何况是毛壳香囊的怪异香味。臭与香的不相容，就如水与火的不相容。要是将毛壳香囊长期挂在谢小姐身上，估计要不了多久，她那体内储存的尸气会被全部消耗掉。

"香味太俗，我喜欢自然的味道。"谢小姐掩饰道。

那些来不及退回的蜈蚣纷纷在毛壳香囊的香气下碎掉，来得及退回的蜈蚣争先恐后地回到谢小姐的脸上，从七窍中钻入。只不过一眨眼的工夫，黑色的蜈蚣一条都不剩了。

"可是我刚才闻到了一股臭味，忍不住打了一个喷嚏。"罗步斋后知后觉说道。

谢家父亲见氛围不太对，于是挥手道："人也见了，生辰也取了，咱们回大厅里休息吧。"

姥爹担心她再使其他阴招，听了谢家父亲的话，简直求之不得。

几人回到大厅之后，谢家父亲叫人拿来一些点心。那些挑担子的仆人立即一拥而上，手在衣服上擦两下便拿起点心来尝。

谢家父亲走到姥爹身边，说道："马秀才，今天就在寒舍歇息一晚吧，明天早上吃完饭再回去也不迟。都快是一家人了，你也不用拘束。”

姥爹来之前，父亲跟他说了，按照习俗，取生辰的新姑爷是要在娘家那边住一晚的。

因此，进入谢家大门之前，姥爹是打算住一晚的。可是见了谢小姐之后，姥爹不想在这是非之地多作逗留。

姥爹刚想拒绝，罗步斋又凑了过来，对谢家父亲拱手作揖道：“那就劳烦谢老爷了。我们出门之前我家老爷就说了，要我们在这里住一晚，切莫把谢家老爷当外人，切莫客气生分了。”

谢家老爷笑道：“是是是，我这就去给你们安排房间。”

等谢家老爷一走，姥爹就将罗步斋拉到角落里愤愤地责备：“亏得你以前还是专门跟邪灵打交道的阿爸许呢！刚才你没发现谢小姐的异常吗？在这里多住一晚，就多一晚的危险！”

没想到罗步斋不惊不讶，他说道：“我称了她的骨重，才二两一钱，是最轻的骨重。”

姥爹讶道：“最轻的骨重？”

罗步斋点头道：“这种骨重的人是最凄苦的。如果是男的，这就是大凶的八字，平生灾难重重，事出不断，即使有幸躲过所有凶祸，一辈子也是困顿，一事无成。如果是女的，也好不了多少。生身此命运不通，乌云盖月黑朦胧。莫向故园栽花木，可来幽地种青松。”

姥爹见他念出一串似懂非懂的口诀，忙问什么意思。

“意思就是命不长，要想命长，必须出家。”

“要出家？”

罗步斋点头道：“是的。骨重太重的人不一定好，因为可能载不住，就像船中珠宝太多，船不好的话会沉船。骨重太轻的人肯定不好，因为船中没有任何重物，来一点风起一点浪，船就会定不住，会翻掉。她这船实在太轻。如果她是病恹恹的，多病多难，活到现在那都是稀奇了。可刚才看她精神抖擞，甚至咄咄逼人，可见她这人有问题。”

“有什么问题？”姥爹见罗步斋已经发现了蛛丝马迹，反倒不急于告诉他真相了。姥爹猜测，身为阿爸许的罗步斋这次没有凭自己的感觉嗅到危险气息，可能是因为他自身已经不是正常人，所以以前积累的经验不再实用了。但好在他因祸得福，领悟了之前不懂的称骨法。姥爹想看看他的称骨法能灵验到什么程度，如果十分灵验，那么他说父亲时日不多的话更加可信；如果不太灵验，那么他之前说的话可信度也会大打折扣。

“问题很简单，她已经死了。”罗步斋自信地说道。

姥爹轻叹一口气，说道：“原来你跟我想的一样。”

“你已经发现了？”罗步斋愣了一下。

姥爹点点头。

“那你打算怎么办？”

“你都已经决定了，还问我打算怎么办干什么？”姥爹说道。

姥爹清楚，罗步斋既然发现谢小姐是一具行尸走肉还要故意留下来住，必定是想跟谢小姐一较高下。可是他忘记了，这里不是萝卜寨，他不再是以前的阿爸许，没有邪灵暗中帮忙，他的实力已经大不如从前。不过这些话姥爹不能说给罗步斋听。

而姥爹从谢小姐的闺房回到大厅之后，眼睛那种奇异的能力就消失了，看人的时候再也没有热气。刚才亏得在琉璃瓦下吸食了阳光才得以看清尸气的形态，因此破解了谢小姐的诡术。现在连这种能力也没有了，倘若跟谢小姐再做一次较量，恐怕自己还没有反抗就尸气中毒，倒地身亡了。

罗步斋一笑，说道：“你不用担心，我已经掌握她的弱点了。”

说完，他从兜里掏出一根绣花针。

“你越来越像女人了，随身带着一个手帕不说，还带着绣花针？”姥爹哭笑不得。

罗步斋将绣花针藏起来，说道：“这绣花针不是我带来的，刚才看见谢家一个老妈子在纳鞋底儿，我跟老妈子讨来的。”

“一根绣花针能有什么作用？”姥爹还是将信将疑。

罗步斋凑到姥爹耳边，如此这般地说了一番他的计划。

姥爹听完说道：“事已至此，那就试试看吧。”

当天吃晚饭的时候，谢家的人和姥爹还有罗步斋坐了一桌，姥爹带来的仆人坐了一桌，姥爹这桌的菜比仆人那桌要好得多。姥爹于心不忍，从这桌端了几碗到仆人那桌。

谢小姐看见了姥爹的一举一动，似乎有些欣赏姥爹的所作所为。

罗步斋专选偏冷的菜吃，滚烫的汤一口也不喝。他吃了过热的东西就会拉肚子，跟正常人吃了冷食容易拉肚子刚好相反。姥爹知道他的变化是因为身外身温度较低，不适应太热的食物。而罗步斋认为自己上了年纪，肠胃不行了。

姥爹转眼去看谢小姐吃饭，她似乎非常讨厌桌上的所有食物，每次下筷子只夹一丁点儿，放到嘴里后不咀嚼就咽了下去，好像喝药一样难受。在别人不注意的时候，她还故意将碗中的饭粒拨到地上。

姥爹心中诧异，你不吃也就算了，干吗要糟蹋粮食？

在别人饭才吃到一半的时候，谢小姐就放下了筷子，礼节性地淡淡说道：“我吃好了，你们慢慢吃。”

谢家母亲忧愁地望了女儿一眼，说道：“你这样老不吃饭，身体会垮掉的！为了你我都换了十多个厨师了，鹜江大陆各地的特色做了个遍，难道天底下就没有你喜欢吃的菜吗？”

做父亲的比做母亲的宽心，谢家父亲说道：“你念什么念？她一直吃这么点，也没见怎样，你就由着她吧。”

谢小姐站了起来，用手捂住了嘴，然后迅速离开了饭桌，向屋后的小门跑去。

其他人继续吃饭，说说笑笑。

姥爹看了看地上的饭，心中疑惑，于是也放下了筷子，说道：“我也吃完了。”

谢家父母客气地劝他再吃点，姥爹坚持不用了。谢家父母便叫下人去给姥爹泡茶喝。

姥爹急忙跟着去了谢小姐的方向。

走过一段走廊，姥爹来到谢小姐的闺房门外。才走到窗边，姥爹就听见谢小姐歇斯底里的干呕声，仿佛要将肚子里的肠子都吐出来。姥爹没急着进去，而是偷偷在门框边上朝里看。

此时谢小姐正抱着一个痰盂，脸色非常差。在姥爹的眼睛恢复平常状态后，他再看谢小姐时还是感觉这个女人面容姣好，顾盼生情。可此时的谢小姐脸色又变成了青白色，仿佛发了霉的豆腐。

她的嘴角还粘着几颗饭粒，看来她将刚才吃的一丁点儿食物也吐了个干干净净。

在她的脚边，蜷缩着五六只黑色的猫。猫的眼睛有蓝色，琥珀色、紫铜色等等，仿佛是一颗颗异域引进的宝石。当姥爹站到门槛前的时候，那几只猫都警觉地看向姥爹，竟然瞬间有了虎虎生威的感觉。有的猫甚至龇起了牙，仿佛即将展开一场饕餮盛宴。

看来这里的猫都被她驯化了，姥爹心想。

姥爹害怕她再放出尸气，也担心那几只疯狂的猫乱挠乱咬，于是停在门槛前看着她手里的痰盂，轻声问道：“你吐得这么厉害，是不是有身孕了？”

谢小姐转过头来，一副怒容，啐道：“呸！你这是故意讥笑我吧？”

“倘若不是怀孕，你怎么这样干呕？”姥爹问道。

谢小姐将痰盂放下，一脚踢在脚边的猫身上。猫“嗷呜”惨叫一声，连翻了好几个滚，跌在墙角里。她假笑道：“你不是已经看穿我的把戏了吗？怎么会不知道我为什么干呕呢？”

姥爹经她点拨，顿时明白了，她是一具已经死了的尸体，自然是不能吃饭的。她的尸气在皮囊里已经够多了，这些尸气都被她努力压制着，以降低尸体的腐烂速度，如果还有其他食物进入里面，则会加快内脏的腐烂速度。再者，死了的尸体已经没有生命特征，没有新陈代谢，食物不能消化，只会增加她的身体负担，甚至让她拉肚子。

因此，她吃饭的时候尽量少吃，吃完了还得把肚子里的东西呕出来。

姥爹见她这样，不免多了几分同情心。

“谢小姐，你这样呕吐非常难。我告诉你一个好办法，你用一根稻草穗儿慢慢塞到喉咙里，像挠痒痒那样挠喉咙，这样可以让你不由自主地呕吐，比你自己干呕要好多了。”姥爹说道。

谢小姐不相信姥爹的话，斜睨着他，嘴角扯出一丝鄙夷的笑，说道：“你把我当三岁小孩？你以为我会拿一根稻草穗儿伸进喉咙里，然后让你嘲笑我傻？”

姥爹道：“不信算了。”

谢小姐冷冷笑道：“你已经知道我的底细了，第一次见面的时候还伤了我的尸气。你说我凭什么相信你？”

姥爹刚想回答她，却听见背后传来了谢家父亲的声音。

“喂，我说马公子，你不要这么心急好不好？饭都不好好吃就跑到我女儿的闺房里来，像什么话嘛！只要礼数到位，我女儿迟早是你的人，不要这么心急嘛。”

姥爹哭笑不得。

谢家父亲就像一个要倒不倒的不倒翁一样跑了过来，拉住姥爹，生怕他跨进女儿的房间。

“亏得你还是秀才呢，礼义廉耻你都忘记啦？居然趁着我们家里人吃饭偷偷跑到这里来调戏我女儿，有辱斯文，有辱斯文哪！”谢家父亲一脸痛惜的表情，似乎为姥爹的堕落和风流而痛心惋惜。他用力地拽住姥爹的手，将原本就不敢进去的姥爹拉回来。

姥爹只好跟着他往回撤。

离开的时候，姥爹听到闺房里谢小姐发出了笑声。那是发自肺腑的笑声，也是一个女孩子忍俊不禁的笑声，有意掩饰却掩饰不了的笑声。

嗤嗤嗤嗤……

她在里面笑个不停，一定是想象着姥爹的窘态而发笑。

姥爹听那笑声听得有些发愣。

姥爹认为能发出这种笑声的女人一定不是坏人。

可是谢家父亲却将姥爹当作了坏人，他将姥爹拉到第一个天井的院子里后，松开了姥爹的手，责备道：“我说马公子，你这样像话吗？我不答应之前那些求婚的公子少爷，就是担心他们的品行，担心我女儿以后受委屈。我就这么一个掌上明珠，含在嘴里怕化了，放在手掌心里怕跑了。我能容忍以后其他人欺负她吗？”

姥爹连忙解释道：“谢老爷，您误会了。我……”

“知错能改，善莫大焉。你马秀才读圣贤书的这都不懂？明明被我抓了个现行，你还狡辩，这更让我放心不下！”谢家父亲确实愤怒了，唾沫星子乱飞。

姥爹连忙以手遮住脸。

谢家父亲意识到自己有些失态，用手抹了一下嘴唇，表示歉意道："我刚才太激动，有点失礼了。"

姥爹就坡下驴道："没有，没有。您爱女心切，是可以体谅的。"

谢家父亲将手一挥，说道："算了，算了。我叫下人把你们睡觉的房间铺好被子了，你们早点休息吧。晚上不要再跑到我女儿那边去！"这句话听起来像是警告，又像是提示。

于是，姥爹在谢家下人的带领下去了厢房。

罗步斋和其他挑担子的人都各自找到了自己的房间。

姥爹吃饭前就跟罗步斋讨论了对付谢小姐的事情，所以恳请谢家父亲在他的房间加一张床和铺盖，让罗步斋和他共用一个房间。

谢家父亲自然答应，叫下人将罗步斋的床抬到了姥爹的房间。

姥爹和罗步斋打算晚上一起偷偷去谢小姐的闺房，弄清谢小姐的真相。但见天色尚早，到处还有人走来走去，姥爹和罗步斋便在房里闲聊。

姥爹想到罗步斋说过谢小姐的骨重，之前还说过粮官的骨重，便问罗步斋能不能给他也称一下骨重。

罗步斋摇头道："你的骨重我看不到。"

"是很轻吗？如果是的话，直接告诉我，没有关系的。"姥爹说道。

罗步斋道："不是轻不轻重不重，是我看不到。"

姥爹以为他不肯说，便说道："看别人看得这么准，为什么看我就不行了呢？不过你不说我也能猜到七八分。"

"你猜得到？"罗步斋问道。

"当然，你看我一路走来没有什么安分日子，现在还担心弱郎大王随时出现，取我性命。这是忧愁到老多灾多难的命。这种人的骨重肯定很轻，跟那个二两一钱的区别不大吧？"姥爹说道。

聊天的时候，罗步斋面对着门口，姥爹背对着门口。

罗步斋说道：“你是多灾多难没错，但是每次你都比以前有所进步，这是越来越上升的趋势啊。刚遇到你的时候你还是连外甥级别都没到的普通人，在我家屋顶看到你的时候，你就是外甥级别了。刚才在谢小姐的房间突然又发现你到了舅舅级别，真是惊人！我当了这么多年的阿爸许，现在才勉强达到外甥级别！骨重太轻的人是不会这么快提升的。”

姥爹自嘲道：“照你这么说来，我的骨重是太重不成？骨重六七两的人有我这么多挫折吗？考上秀才后哥哥就死了，家中老父不让我读书了，读了一肚子的书却没有用处。在外游历一圈招惹上弱郎大王不说，回到家里准备娶亲却又遇到这个离奇古怪的谢小姐。”

罗步斋给姥爹斟上一盅茶，笑道：“这种事情也不是说得清的。你看你虽然经历这么多，但是心境宽阔，自由自在，无拘无束。你看我在萝卜寨的时候看似风风光光，实际上处处受其他阿爸许的排挤和挤兑，表面上无所不能，实际上是给鬼做供吃供喝的奴仆，最后还被一个乞丐泼了一身大粪。看起来处处受挫折的人不一定不快乐，看起来处处受追捧的人不一定不郁结。”

姥爹抿了一口茶。齿间留香，味道却不如农家自采的看似粗糙的茶。那香气香得有些假了。

罗步斋给自己倒上茶，喝了一口，润了嗓子继续说道：“所以哪，看起来没有福气的人不一定没有福气，看起来很有福气的人未必真有福气。”

姥爹道：“你这是给我说禅来了。别卖关子了，你到底是真不能还是假不能看出我的骨重？”

口若悬河的罗步斋突然闭上了嘴巴，他两眼直愣愣地看着姥爹的背后。

姥爹见他两眼发直，问道：“谁来了？”说完便转过身来。

“是我。”一个面容俊俏身姿绰约的美女站在门口回答道，声音如风铃过耳。

那美女不是别人，正是谢小姐。

此时姥爹的眼睛看不到热气或者黑气，加上天色近晚，天地之间到处是黄澄澄的，正处在白黑交替的过渡时间，世间万物都蒙上了一层淡黄的色彩，一时之间竟然颇有迷离玄幻的感觉。在这种环境下，姥爹丝毫看不出谢小姐有已死之人的迹象，恍惚间认为之前的判断是错误的。她不是一具已死许久的内部开始腐烂的尸体，而是一个活生生的任何男人都抵挡不住诱惑的美人。

谢小姐穿着一身黄色的紧身旗袍，身子被紧紧包裹，曲线毕现。

姥爹听到罗步斋轻轻叹了一声：“姥姥……”

谢小姐见屋里两人皆有惊讶之色，忍不住露出一丝得意的神情。她走了进来，说道：“怎么了？今天不还见过两次面吗？现在就认不得我了？”

“我认得谢小姐，却认不得你。”姥爹说道。

罗步斋也急忙调整坐姿，眨了眨眼睛。

谢小姐转了转手腕上的血丝玉镯子，问道：“你们可认得它？”

姥爹摇头道：“来迷失桥前听说过，但从未见过。”

“这才是我。”她说道。

姥爹和罗步斋聊天的时候，竹溜子栖息在他们头顶的房梁上倾听。谢小姐走进来后，竹溜子就不见了。

姥爹没想到谢小姐的父亲叫他别去女儿闺房，他的女儿却从闺房找到这里来了。

“谢小姐，你来这里干什么？”姥爹问道。

谢小姐泯然一笑，说道：“我到这里来，省得你去找我啊。”

“你来找我干什么？”姥爹问道。

谢小姐脸上的笑容淡去，说道：“我来把我的前因后果坦白给你们听，让你们做一个决定。”

“什么决定？”

“决定放过我还是不放过我。”谢小姐说道。

姥爹对着一个空椅子伸手道：“请坐，慢慢说来。至于放过还是不放过，不要说这么快，最后是您老人家决定放不放过我们也说不定。”姥爹故意将“您老人家”四个字说得非常慢而重，好让她知道，他们两人对她的情况有了一个基本判断。“您老人家”四个字既可以表示对她的实力有所预估，也可以表示对她的道行年龄有所把握。上次她失口报出了自己的生辰，而没有报出已死的谢小姐年龄，姥爹和罗步斋就已经预测她的年龄至少将近六十岁。当然，这是最低的预估。她可以是两个六十岁、三个六十岁，甚至十个六十岁、二十个六十岁。

姥爹倾向于猜测她有十个六十岁，大概是六百年的修为，这才配得上她能将尸气控制得如此自然的实力。至于什么样的实力才可以将尸气凝聚成形，姥爹还没有把握。

谢小姐在椅子上大大方方地坐下，将旗袍稍稍整理，将露出的脚稍稍遮挡，然后指着窗外的一棵树说道：“你们看那麻雀。”

窗外是一棵槐树，槐树上站着一只小麻雀，麻雀叽叽喳喳地叫着，在树枝上跳上跳下。

姥爹和罗步斋都看到了那只麻雀，但是不知道谢小姐要说什么。

谢小姐嘴角扯出一丝笑，说道：“我知道你们熟谙玄黄之术、阴阳之道，那你们说说看，那只麻雀如果看到我们，突发奇想要修炼成人形，它大概要花多少年月？”

罗步斋说道：“我以前捉过不少动物精灵，老鼠精、狐狸精、獐子精等等，知道它们的修炼过程非常艰苦。说到那只麻雀，就算它突然心机一动，想要修炼成人，也不一定是花多少年月就能修炼成人的。它首先要有机缘，要有灵智。灵智较高的狐狸、蛇、龟、狸猫等动物可能容易获得机缘，灵智较低的麻雀几乎不会获得什么机缘。即使有机缘，也会擦肩而过。”

“假如获得机缘呢？”谢小姐问道，没有半点敌意，像是一位前来虚心求道的普通凡人。

“假如机缘巧合，它灵智一通，那也得至少五六百年才能修成人形吧。在这五六百年里，即使不会遇到我这样的人去捕捉，也会有天劫降临。由于它扰乱天道轮回，苍天会用雷击的方式迫使它灰飞烟灭，所以，这也叫雷劫。雷劫不一定是雷电直接击中，更多时候是将它们的魂魄惊散，或者说吓得魂飞魄散。魂魄消散后，实力稍弱的便前功尽弃了。实力较强的或许可以重新凝聚魂魄，但修为大打折扣，折损几十到数百年的修为。之前的几十或者数百年就算一笔勾销，需要从头再来。”罗步斋说道。

姥爹插言道：“这么说来，最短需要五六百年，最长可能超过千年了。”

罗步斋道：“正是如此。”

姥爹道：“我对精灵修炼不甚了解，但是以前听一个出家人用一句话形容其他生灵修炼成人形之难。那个人说，其他生灵修炼成人，就如在一片大海中盲龟遇见浮孔一般艰难。”

罗步斋没有听过这种说法，问姥爹道：“大海中盲龟遇见浮孔？”

姥爹点头道：“是的。一只瞎了眼的乌龟在茫茫大海中漂游，正好遇到一根漂浮的木头。木头上有一个孔，刚好容得下一只乌龟的脑袋。其他生灵要修炼成人形，其难度就如这只瞎了眼的乌龟恰好在浮出水面的时候将头钻进木头的孔里。”

谢小姐笑道："对。我刚开始修炼的时候，就听到了这种比喻，不过我还是想修炼成人。"

罗步斋惊讶道："你是其他生灵？不是邪灵？"

罗步斋和姥爹都认为谢小姐身上附有能量极大的邪灵，因为只有无所寄托的邪灵才需要占据人体，控制人体。人体就像一个庇护场所，也像容纳魂魄的器物，这也是一般邪灵附身现象发生的原因。

他们没想到谢小姐说她是修炼成人形的精怪。

罗步斋问道："既然你是其他生灵修炼成人，那你是故意修炼成谢小姐模样的吗？你修炼成她那样就可以，又何必强行占据她已死的躯体呢？"

姥爹看了一眼面前的谢小姐，不紧不慢说道："是不是你的本体已经消失或者被雷劫击坏了？"

谢小姐却不回答他们的问题，继续前面的话题说道："罗先生，你既然知道一只麻雀修炼成人如此之难，那你说麻雀栖息的那棵树要修炼成人形有多难？"

罗步斋道："树木灵智比麻雀还差，它要修炼成人形，比麻雀又要难上无数倍。"

谢小姐继续问道："罗先生，如果修炼的是树上长的一片苔藓，或者是依附在树上的小草呢？"

罗步斋道："比树木修炼成人形再难上无数倍！"

谢小姐这才表明自己的身份，说道："我就是树上长的苔藓，是依附在树上的小草。"

"啊？"罗步斋惊异道。

姥爹也目瞪口呆。

"我是从寄生草修炼而来的。"谢小姐微微得意地笑道。

她脱下血丝玉镯子，平放在手掌心。那玉镯子中的血丝流动起来，血丝末端如小草发芽一般从晶莹的玉石中钻出来，先是拱成一团，然后低头缩身如豆芽，但是浑身血红色，接着渐渐舒展，仿佛要迎接阳光照耀，长成了一棵小草，翠绿欲滴。

一棵小草长成之后，其他地方纷纷长出同样的小草来。

眨眼之间，血丝玉镯子上长满了绿色小草。

“我便是这种寄生草修炼而来。没错，你问我生辰的时候，我将自己的真实生辰不小心说了出来。其实我在谢家已经生活了四五年，其间我隐藏得不是很好，可以说是漏洞百出。但是谢小姐的父母感觉迟钝，居然没有发现他们的女儿已经变了。”谢小姐说道。

“你……已经有五六百年的修为了吧？”罗步斋没底气地问道。

谢小姐仰头大笑，好久才停了下来。她说道：“五六百年？你太小看我了！我从修炼到现在已经一千一百三十五年零八十三天了！”

她将日子记得如此清楚，这让姥爹惊讶不已。

一个人活了多少年自然记得住，但是零多少天未必随时随地能说出来。一个寿命不到一百年的人都因为日子太多而记不清具体多少天，她寿命超过千年却能记得清清楚楚，姥爹如何不惊讶？

罗步斋问道：“你多少年的修为我不知道，但是我这双眼睛能看透很多常人看不透的事物。我第一眼就看出你的级别在姥姥级别，但没有达到祖宗级别。”

谢小姐脸上掠过一丝惊讶，她没想到这个罗先生的眼睛还有这种特殊能力。她刚才的得意之情消失了，脸上被苦闷之情遮盖。

她说道：“对。一千多年的修为应该是祖宗级别了，而我刚刚达到姥姥级别，是有些不合常理。但是常理又岂是人人相同的？我从修炼到现在经历的天劫不计其数。我记得我修炼了多少天，却不记得自己经历了多少次天劫。每次都是生死攸关，一旦失败便是前功尽弃。好在我除了最后一次没能守住心神魂魄之外，前面每次都有幸逃脱，但每次逃脱付出的代价都是十多年的修为白白耗费。所以，这一千多年中有将近一半是被天劫给损耗了。因此，你说我只有五六百年修为，不算看错。”

“原来如此！”罗步斋也忍不住为她艰辛的修炼之道感叹。

姥爹问道：“你说最后一次没能守住心神魂魄，是不是因为这个占据谢小姐身躯的？”

“嗯。”谢小姐神色黯然。

谢小姐说，她最后一次经历雷劫的时候刚好逃到谢家附近，就在谢小姐闺房窗前的一个槐树上。那时候谢小姐已经重病在身，气息奄奄。一阵惊天动地的雷声响起，闪电落在槐树附近。虽然闪电没有直接击中它，但雷电的能量太强，将它惊得魂飞魄散。它的精魂飘飘忽忽栖落在谢小姐的窗台上。

屋里的谢小姐本来就气若游丝，听到那声炸雷之后吓得一惊，居然一口气没有吸上来，就此断了气。

谢小姐断气的时候，身边没有其他人。当时已是深夜，下人们都睡下了。

它看见谢小姐的魂魄像烟雾一样离开本体，便立即乘虚而入占据了谢小姐的躯体。它本是寄生草，最擅长的便是寄生，所以在躯体上寄生下来是轻而易举的事情。

它寄生在谢小姐的躯体上之后，还是担心她的父母觉察出来，便又幻化成一个道士，故意偶遇谢家父亲，然后说他有一个血丝玉镯子，可以保住谢小姐的寿命。

谢家父亲一直为重病的女儿忧心忡忡，听道士说血丝玉镯子可以保住女儿寿命，自然高兴得不得了。他哪里知道，那血丝玉镯子其实是寄生草的本身。将血丝玉镯子戴在女儿的手腕上，便是寄生草寄生在树木上一般。

姥爹点头道："原来是你失去了本体才寄生在谢小姐躯体之上的，这就解开了我之前的迷惑。"

谢小姐说道："我寄生之后，见谢家父母待我太好，心中有愧。有时候我故意露出破绽，比如将生辰说错，比如吃饭时当着他们的面呕吐，但是他们似乎视而不见听而不闻。有时候我就想，他们是不是早就知道这个女儿已经不是他们曾经的女儿了，可是他们不愿意相信这个事实，宁可自己欺骗自己，也不要接受这个伤心的事实。后来我就稍稍收敛，呕吐的时候避开他们。"

姥爹苦笑道："可怜天下父母心！我原来见过一户人家的独生女儿意外身亡，但是她的母亲依旧每天早上去女儿房间叫女儿起床，打洗脸水送到女儿房间，估摸女儿洗完脸之后将洗脸水倒掉，吃饭的时候仍旧备上女儿的碗筷，往女儿的碗里夹菜。有时候一个人坐在女儿的房间自言自语，但是外人听起来好像是在跟另一个人聊天说话。这个可怜的母亲一直坚持这么做，直到自己去世。"

谢小姐说道："有时候我觉得我的隐藏不是为了我自己，而是为了谢小姐的父亲母亲。我就是他们的女儿，我要做到尽孝心的责任，不让他们伤心。某种程度上说，我确实把自己当作这个家庭的一分子了。嗯……或者说，我不是寄生，我是重生。"

谢小姐说着说着，眼眶湿润了。

姥爹和罗步斋被她的话打动，心生恻隐。

未料谢小姐话锋一转，语气冷冷地说道："为了不让我的父母知道真相而伤心，我今晚必须除掉你们两个！"

姥爹和罗步斋大吃一惊，没想到她说到最后居然是要杀掉他们。

这虽是意料之外，却又是情理之中的事情。如果谢小姐不主动找上门来杀掉他们，他们也会去她的闺房将她捉起来。这是他们早就计划好的。谢小姐主动找到这里来，是化被动为主动，对她有利。

姥爹和罗步斋反而措手不及。

不管是为了她的假父母，还是为了她自己，她都得这么做。

姥爹心想，之前眼睛能看到凝聚成形的尸气，还能勉强处于守势，现在什么也看不到，唯一的办法就是使用毛壳香囊了。

谢小姐猜透了姥爹的想法，笑道："马秀才，你就别指望那个古怪的香囊了。我之前被你的香囊击败，并不是我没办法制止它，而是我父亲在旁，我怕太多的尸气凝聚起来会伤害到他。你能看到我的尸气，已经让我很意外，这很了不起了，但你别以为那就是我尸气凝聚的最高境界。"

说完，她张开嘴来，一团黑雾从她嘴里吐出，落在地上却变成了一只浑身漆黑发亮的猫，连瞳孔都是黑色的。

姥爹记起吃饭时他看到谢小姐闺房的一幕，她的脚边有很多猫，其中一只便是浑身黑色的。原来院子里的猫中除了活生生的猫，还有她的尸气凝聚成形的黑猫!

罗步斋也看到了这只木炭一般的猫，吓了一跳。

要说之前看到凝聚成小蛇和蜈蚣的尸气，姥爹就已经惊讶得无以复加了。此时却凝聚成肉眼可以见的黑猫，这次简直可以用匪夷所思来形容姥爹的惊讶程度。

谢小姐蹲下来抚摸黑猫的头，说道："马秀才，我知道你那个古怪的香囊还有催情迷幻的作用。可惜我只是一具已经腐烂的尸体，再催情迷幻的东西，对一具尸体来说又有什么用呢？"那只猫似乎非常舒服，眯着眼睛让她任意地抚摸。

顿了顿，她又说："如果我不是寄生在谢小姐的躯体之上，不被你们发现的话，我还是很愿意嫁给你这样的秀才的。可惜……"

她瞥了姥爹一眼，继续说道："可惜喜缘变成孽缘，原本要做丈夫的人变成了生死不与共的对手！"

姥爹自知不能掏出毛壳香囊来对付她了。之前杀死那么多的蜈蚣，毛壳香囊已经损失了不少香气。那时还是无形的香气对抗无形的尸气，现在要用毛壳香囊的香气抵消一只能成形的黑猫，以无形对抗有形，恐怕损失更为严重，甚至使得毛壳香囊香气尽失。

于是，他将伸向毛壳香囊的手缩了回来。

就在同时，罗步斋将手一挥，一根绣花针从他手里飞出，直奔谢小姐门面而去。

谢小姐轻轻一晃，绣花针便如针眼里拖着一串长线般在其后划出一道细长的黑色痕迹。绣花针还没有碰到她便落了下来，那条细长的黑色尸气立即如线团一般将绣花针裹住，仿佛是哪位老太太用过绣花针后将它插在线团之中备用。原来她的尸气还能变成比小蛇和蜈蚣还要细小的事物!

谢小姐哈哈大笑，说道：“你们也太小看我了！这谢家大院里到处都是我的尸气，哪是你们想伤我就能伤到的？我刚才还说过，我父亲在旁边的时候，我不想用你们可见的尸气伤害你们。现在我可以肆无忌惮地使用我的尸气，你们没有任何胜算的！”

她看了一眼罗步斋，鄙夷地笑了笑。她一挥手，那只黑色的猫便窜了出去，叼起地上的尸气线团回到她身边。

她将线团拨开，用纤细而瓷白的手指捏起那根绣花针，说道：“罗先生以前是专门捕捉邪灵的吧？你的想法很不错，知道我的皮囊内全部是尸气，只要扎一个针眼大小的洞，尸气就会从这个小缺口里喷涌而出，尸气乍泄，甚至使我这副臭皮囊爆裂！”

罗步斋脸色一暗。

“可是你以为你的针扎得到我吗？”谢小姐得意扬扬。她玉手一扬，那根绣花针便划出一道黑色的痕迹，飞到屋外的天井里去了。

在那只黑色的猫叼起尸气线团的时候，姥爹发现猫的脚步并不像真正的猫那样娴熟自然。姥爹在练习猫脚功夫的时候，曾偷偷注意过猫走路时的形态动作，并有意模仿，所以他对猫的行走姿态非常熟悉。

姥爹知道，谢小姐能将尸气凝聚成猫的形状，却还不能让这只尸气猫具有真猫的动作和性情。说到底，这是一团像猫的尸气，而不是一只真正的猫。

谢小姐道："你不知道，我以前不会刺绣女红，寄生在谢小姐身上之后，也懒于模仿学习，更害怕针尖刺伤指尖，导致我的宿主皮开肉绽。但是谢家父母对我的好让我感动之后，我认认真真地学习刺绣女红，对针线的拿捏比别的真女人还要精准三分。你们去外面问一问，谁家的刺绣卖的价钱最高？谁家的刺绣质量最好？必定是我谢家！那些刺绣出自我的双手之下！"

"关公面前要大刀了！"罗步斋惭愧道。

"我不过是寄生的草木而已，怎可自比关公？"谢小姐谦逊道。

姥爹没来梅溪桥之前就听说过此地最为知名的刺绣是谢家刺绣。

姥爹站了起来，问谢小姐道："既然你已有把握杀死我们，何必这么着急？我有一个问题要问，不知道你能否给我解答。如果你能解开我心中的迷惑，我死也无憾了。对你来说，这也是功德一件。"

谢小姐笑道："你问吧。"

姥爹问道："你以前是无牵无挂无依无靠的寄生草，按说比平常吸食大地精气和接受日月之光的草木还要难以开通灵智，你是如何得以突然醒悟，决定开始修炼的呢？"

谢小姐脸上立即有了虔诚的表情。她缓缓说道："只因偶然机缘听到了四首以寄生草为名的诗句。"

罗步斋一脸迷惑，问道："四首以寄生草为名的诗句？"

饱读诗书的姥爹则顿时释然，点头道："原来如此！"

罗步斋转头问姥爹道：“你知道？”

姥爹道：“这是讲酒色财气的四首有禅意的诗句。许多人读过既忘，没想到小小一株寄生草却因此开悟，走上修炼之道！”

“你说的酒色财气的诗句有这么好的开悟能力吗？”罗步斋将信将疑。

姥爹说道：“这四首诗句你一定不知道完整的，但是其中有一首写色的，或许你听过。花尚有重开日，人决无再少年。恰情欢春昼红妆面，正情浓夏日双飞燕，早情疏秋暮合欢扇。武陵溪引入鬼门关，楚阳台驾到森罗殿。”

在姥爹念出那首诗句的时候，谢小姐不由自主地闭目聆听，仿佛一个虔诚的佛教信徒正在聆听高僧说法。

“花有重开日，人无再少年。这句我倒是听过。原来是出自这首诗里？不过我还是不懂这首诗的意境。武陵溪和楚阳台是什么意思？森罗殿我知道是阎王殿的意思。”罗步斋问道。

姥爹说道：“武陵溪即是桃花源，世外桃源的意思。楚阳台是男女合欢之所的意思。”

罗步斋有所领悟，微微点头。

谢小姐双手在半空虚抓，两团黑色火焰一般的尸气在她手中出现。她的五个手指将黑色火焰随意扩大或者缩小，对尸气的把握可谓炉火纯青。她说道：“最后一个问题也问完了，你们该踏上黄泉路了。我出门前查看了日子，今日鬼星当值，是上黄泉路的好日子，走到半途不至于迷失方向，流落人间。”

由于空气中尸气涌动，谢小姐身上的旗袍无风而动，裙摆飞扬。谢小姐周身仿佛蒙上了一层黑色轻纱。

姥爹淡然问道：“你既然决意杀掉我们，为何刚才阐明自己的身份？”

谢小姐说道："我知道两位不是等闲之辈，何况我和你还有婚约，不能让你们做冤死之鬼。说明我的过往和苦衷，是让你们明白，我要杀你们也是迫不得已。要是你们没能认出我的真面目，我得以顺利嫁入你们马家，恰好掩人耳目，没人能发现谢小姐的变化，我也就不会想要杀害你们两位了。"

说完，她双手突然往下一沉，那两团黑色火焰浮在了半空中，然后围绕谢小姐旋转起来。黑色火焰之上居然有了一些暗红色火焰，这让姥爹想起冻死骨的火堆。冻死骨的火焰让人越烤越冷，莫非这谢小姐释放出来的尸气火焰也是同样的道理？她的火焰肯定也是吸收人体热气的。被她的火焰杀死，死者的死状必定与冻死无异。

这就给了谢小姐开脱的机会。即使马家的人找到这里，与谢家打官司，对簿公堂，也无法给谢家的人定罪。因为公家人见了姥爹和罗步斋的死亡现场，肯定要将他们定为冻死的，而不是有人故意杀害。

梅溪桥的名字之所以慢慢变成了迷失桥，是因为好几次有人晚上去梅溪桥的时候失踪了，不久之后失踪人的尸体在梅溪桥附近出现，尸体浑身没有一点伤痕，但嘴唇乌紫，双手抱膝，仿佛生前遭受了难以忍耐的寒冷。

人们找不到那些人失踪又出现的原因，便认为那些人是在经过梅溪桥的时候突然迷失了方向，走错了路，误入了黄泉道走到了阴间。阴间太寒冷，阴气太重，所以那些人才会冻死。阴间只收魂魄不收皮囊，所以这些失踪者的尸体会被小鬼们抬回来，丢在他们生前失踪的地方。

这些传说越传越广，传播得越广信的人就越多，渐渐地，人们便将梅溪桥的名字忘却，将这里叫作迷失桥了。

姥爹看着围绕谢小姐旋转的黑色尸气火焰，想起迷失桥的传说，终于明白为什么这里会有这样的传说了，也知道了这个传说的制造者到底是谁。

那些失踪者应该都是有意无意得知谢家大小姐真相的人。

姥爹看着谢小姐脚边的黑猫，说道：“你不怕绣花针，但是怕老鼠吧？”

谢小姐慌了一下，又急忙稳住，哼了一声，说道：“我为什么怕老鼠？”

“第一次见你的时候，你明明怕阳光，将这大宅院里充满了尸气来保护你的躯体，却责怪谢家父亲让你足不出户，虚张声势。刚才你说你本来害怕绣花针却故意学习针法，抵御恐惧心理。现在我见你身边不离猫，必定是害怕老鼠近身。”姥爹指着那只假猫说道，“越是害怕什么的人，越装作不怕什么，但是破绽往往越多。”

谢小姐嘴角抽搐了一下，说道：“我连你们都不怕，怎么会怕小小的老鼠？”

姥爹继续说道：“你既然是寄生草，自然天生就怕老鼠。老鼠做窝要用到能轻易拖回洞中的草，饿极了也会吃草。这是其一。其二，你寄生在一具尸体上，尸体也是怕老鼠咬坏的。谢家养这么多猫名为保护货物，实际上是怕老鼠咬坏了谢小姐的躯体。其三，你身为女人，我估计你和谢小姐生前都害怕老鼠。综合这三种猜测，加上你的尸气不凝聚成别的，偏偏凝聚成猫，我就能猜到你是害怕老鼠的。不仅仅是害怕，而且害怕得要死！”

谢小姐每次听到姥爹说到“老鼠”二字就脸上抽搐一次，显然对老鼠心有余悸。她咬牙切齿道：“害怕又怎样？反正你们死到临头，就让你们图个嘴上痛快！受死吧！”她将双手一挥，旋转的黑色尸气火焰分别朝姥爹和罗步斋的脸面扑来。

这时，屋里突然响起吱吱吱的老鼠叫声。

谢小姐双手一抖，急忙缩了回去护在胸前。那两团黑色尸气火焰顿时如断了线的风筝一般落下，在地面发出扑哧一声，消失不见了。

“老鼠！老鼠！哪来的老鼠？”谢小姐顿时吓得哆哆嗦嗦，双脚乱踢，完全是一副胆小女孩的模样，与刚才的威风凛凛相差甚远。

但是很快她就平静下来，脸色恢复冰冷，怒视姥爹，讥讽道：“我以为你有什么绝招抵挡我呢，原来就靠学几声老鼠叫吓唬人吗？”她听出了老鼠声的异常。

这是姥爹模仿老鼠发出的叫声。

姥爹的老鼠叫声让谢小姐一时间方寸大乱。不过，姥爹发出的叫声并不只是吓唬吓唬谢小姐。

就在姥爹让谢小姐魂不守舍的时候，竹溜子乘虚而入，爬到了谢小姐的肩膀上。她脚边的黑猫果然只有猫的形状，却没有猫的本性，既闻不到竹溜子的气息，也没听到竹溜子的脚步声。

竹溜子刚进谢家的时候，谢家父亲就大为诧异，因为家里这么多的猫居然没有发现它。它要避开这只假猫自然也是轻而易举的事情。

姥爹指着谢小姐的肩膀说道：“你以为我只是学老鼠叫吓你吗？你看看你的肩膀！”

谢小姐侧头一看，顿时花容失色，伸出手想将竹溜子打下来，可是伸出手之后又不敢碰它，怕它咬了手指。她双脚乱跳，口中乱喊。

姥爹对着竹溜子喊了一声：“咬破她的皮！”

谢小姐惊慌得忘记了夺门而逃，或者喷出尸气吹走竹溜子。她跟普通胆小女子见了恐怖事物之后吓得失了理智一样。虽然她有千年修为，可是在这一刻她只是一个胆小的姑娘。

竹溜子朝谢小姐那雪白的脖子咬去。

谢小姐扭了头惊恐地朝肩膀上看，却没有任何抵挡措施。

姥爹一个箭步冲上前，将右手搭在谢小姐的脖子上，并将竹溜子赶走。

“你的脖子被老鼠咬了一个洞，我现在用手压住它。如果我松开手的话，你的尸气就会泄露，皮囊有可能像过年放的爆竹一样爆裂。”姥爹的手小心翼翼地扶着谢小姐雪白细腻的脖子，如扶着一个易碎的瓷花瓶。

谢小姐顿时安静下来。

情势急转直下，罗步斋还没有反应过来，愣愣地待在原地。

“老鼠走了？”谢小姐顾不上皮囊的好坏，先问竹溜子走了没有。

姥爹点点头，说：“走了。”

“我的皮被它咬了个洞？”谢小姐问道。

“是的。”姥爹又点点头。

“这是我第一次让一个男人碰到我的身体。”谢小姐说话的语气也急转直下。

姥爹身子颤了一下，差点将手松掉。

“没想到你还这么害羞。”谢小姐低声说道。

“没想到你这么害怕老鼠。”姥爹回道。

“狗还咬吕洞宾呢。他是神仙，他还怕狗咬。我是寄生草，怕老鼠有什么不好意思的？”谢小姐嘴巴还是一如既往地硬，丝毫没有受到刚才惊吓的影响。这也是她的本性，跟怕老鼠的本性一样。

姥爹不愿跟她犟嘴，淡然说道：“趁现在我离你近，你可以一口气喷出尸气，将我瞬间冻死。不过我临死前手一抽搐，你脖子上被老鼠咬的洞就会开裂。”姥爹想象着面前的美丽女人像花瓶一样破碎的情景。

谢小姐莞尔一笑，说道：“既然知道我的尸气能冻死你，为什么你还要冒着生命危险摁住我的伤口呢？”

“因为你开始有了人性，不是一般的妖魔恶灵。你能为了谢家的人而感动，去学针线，隐瞒实力，甚至为了他们答应将自己嫁出去，做一个真正的女儿。一般人家的儿女都不一定做得到。”姥爹说道。

罗步斋终于回过神来，拼命地朝姥爹挤眉弄眼，示意姥爹突然放手，让谢小姐像炮仗一样爆裂，不要跟她废话。他都已经将双手护在脸侧了，怕待会儿飞溅的腐肉烂血沾到他的脸上。

可是姥爹对罗步斋视若无睹。

谢小姐听了姥爹的话，斜眼看了一下姥爹摁在脖子上的手臂，苦笑道：“都死到临头了，还想着别人。”

姥爹引用让她突然开悟的诗句说道：“武陵溪引入鬼门关，楚阳台驾到森罗殿。人生不过就是这么一回事，想明白了这个，就会生死看淡，得失平常，能留一善就留一善。”

“我参悟了一千多年，没想到至今还没有你领悟得深。”谢小姐叹气道，“好吧，你说吧，你救下我除了因为我有了人的感情之外，还有什么？”

姥爹摇头道：“没有其他，我只是想帮助你完成心愿。你要杀掉我们，是希望他们女儿的真相永远不被他们知道。如果我让你爆裂，他们还是会知道真相，伤心欲绝。我希望你继续做他们的女儿，继续做你的刺绣，但以后不要再害别人。”

“这本就是我想做的。只是有些人好奇心太重，有意无意之间发现我的秘密，我不得已让他们命丧梅溪桥而已。”

姥爹道：“你可以用其他的方法使得他们三缄其口。”

“用什么方法？”谢小姐问道。

姥爹说道：“我有一个朋友会一种符咒，叫作三缄其口符，也叫哑口符。这种符可以让知道真相的人无法说出他们知道的事情。如果你答应我不再作恶，我可以去朋友那里帮你求得这种符咒。”

谢小姐说道："我也不想害人。作恶越多，雷劫越难渡过。如果你能帮我弄到这种符咒，那是再好不过的了。可是我身上的伤口已经形成，只要你的手松开，我就会失去寄托。你总不能一直将手放在我的脖子上吧？"

罗步斋立即劝道："就是，就是。她迟早要死的，你给她再多慈善也没有用了。"他一边说一边挥手，示意姥爹松手。他不敢直接说出来，怕引起谢小姐愤怒，一口尸气朝他喷过来。

姥爹另一只手制止罗步斋走近，对谢小姐说道："只要你答应我不再作恶，我便有办法救你。"

"我当然可以答应你。"谢小姐说道。

"光说是没有用的。我们要签字画押。"姥爹转头对罗步斋说道，"罗先生，去取纸笔来，我要跟她签下协议。"

屋里就有笔墨。罗步斋将纸摆好，将墨研好，用笔尖舔了舔墨水，然后说道："少爷，笔墨备好了。"他不知道姥爹的葫芦里装的什么药，但见姥爹认认真真的态度，便暂且放下疑虑，专心配合姥爹。

罗步斋怕房间太暗，又点上了灯，屋里顿时亮了一些。

由于尸气的压制，煤油灯的灯火只有绿豆大小，好像随时会熄灭。灯芯上结的灯花非常多，罗步斋要不停地用一根小铁丝将灯花拨落。

罗步斋拨落几个灯花之后，便提起笔，将姥爹口述的内容写在了纸上。那是姥爹和谢小姐之间的协约书。

协约书写好之后，姥爹叫罗步斋用毛笔将墨汁涂抹在谢小姐的大拇指上。

"没有红印，你就按个黑印吧。"姥爹说道。

谢小姐便在协约书上摁下了一个黑色的指印。

姥爹一手继续护着谢小姐的脖子，一手提起那张纸来看，见没有什么问题了，便叫罗步斋将那盏煤油灯提过来。

罗步斋以为姥爹看不清，立即将煤油灯提了过来。

姥爹将协议书的一角对准煤油灯的灯火。

罗步斋大吃一惊，急忙将煤油灯移开，不解地问道："少爷，你傻了吗？刚才叫我写了这些字，让她按了手印为证，干吗又要烧掉它？"

谢小姐也有些吃惊。

姥爹扬起协议书，说道："我知道这是我跟她之间的协议。但是这种东西放在哪里都不安全，她神通广大，无论我放在哪里她都可以偷回去，然后反悔。如果我现在烧掉它，那么她永远都无法收回协议了。"

谢小姐看了姥爹一眼，没有质疑，只有钦佩。

罗步斋将煤油灯移回来，将协议书的一角点燃。

煤油灯的火焰如同一条贪婪的舌头，不停地舔舐那张按了手印的协议书，很快将协议书舔舐得干干净净。

看着协议书的灰烬落在地上，谢小姐问道："现在你可以松开我脖子上的手了吧？"

姥爹点点头，将手松开。

罗步斋惊慌道："可别啊！她会魂飞魄散的！"之前他力劝姥爹让她爆裂，现在既然已经签订协议，他的态度也有转变。

姥爹退回到罗步斋身边。

谢小姐安然无恙，脖子上老鼠咬的洞不见了。那雪白的脖颈就如冬季落下的第一场雪，没有一个足印，连片落叶都没有。

罗步斋惊讶地看着谢小姐，臆想中血肉横飞臭气弥漫的场面并没有出现。他侧头问姥爹："你会修复皮肤吗？"

姥爹笑了笑，不回答。

罗步斋对谢小姐放下心来，可又对姥爹的婚事担忧起来，拧眉问谢小姐和姥爹道：“你们的协议倒是签订了，但是眼下你们的婚事怎么办？”

“照办。”姥爹简短地回答。

“不。”谢小姐立即抢言道，“我之前答应父母出嫁，是不想让他们怀疑我的身份。我原想的是嫁出去之后，在洞房用体内的尸气侵袭对方，让他落下病根。日后渐渐输出更多尸气，让我男人的病日渐加深，最后让他病亡。这样的话，我就能成为寡妇，安安心心地继续我的修炼，又不让其他人发现。马秀才，难道你想尸气染身，得病而亡吗？”

姥爹沉默不语。

谢小姐看着姥爹，笑道：“你是仁义之人，我不能对你做不仁义之事。更何况刚刚我们签下了协议，我答应不再作恶，我不能害了你。这婚约就取消吧。你明天跟我父亲说婚约取消，就说看不上我。”

罗步斋在旁点头道：“看来只能这样了。”

姥爹摇头道：“不行。如果说我看不上你，会坏你的名声。女人的名声很重要，即使你不看重这一点，你父母也会看重。不如这样吧，你对你父亲说对我不满意。恰好今天我去你房间的时候被你父亲看到，所以你说这样的话合情合理，你父亲也会理解。”

谢小姐说道：“这样会坏了你的名声。”

姥爹微笑道：“不碍事。”

罗步斋见他们俩让来让去，感叹道：“哎，如果你不是寄生草寄生在别人的躯体之上，这桩婚事是再好不过的了。你们俩现在就互相谦让，相敬如宾，要是以后真的喜结连理，那还了得！”

屋内的尸气突然没有那么黏稠了，煤油灯的火焰跳动起来。

当天晚上，他们三人约定统一口径，第二天取消婚约。

商量好之后，谢小姐要回闺房去。

姥爹说："不要着急。听你说躲避雷劫非常艰难，我可以告诉你一个躲避雷劫的好方法。"

罗步斋和谢小姐都非常惊讶。

"少爷，你从未体验过其他生灵修炼成人的过程，怎么会知道躲避雷劫的办法？"罗步斋问道。

谢小姐眼睛忽闪忽闪地眨着，也有同样的疑问。

姥爹卖关子道："不过暂时不能告诉你，等到我看见你确实不再害人，我再将这种窍门告诉你。"

"好吧。"谢小姐虽然心有疑惑，但还是非常相信地回答姥爹。

谢小姐起身来，朝门外走。

走到门口的时候，姥爹突然问道："冒昧地问一下，你在寄生到谢小姐之前，可曾取过名字？"

谢小姐摇摇头。

"那我给你取个名字吧。"

谢小姐点点头。

"行路望云情更切，不因小米故多添。你就叫小米好了。"姥爹说道。

谢小姐笑了笑，吟出这首诗来："我生正坐山水癖，展卷见山如蜜甜。古树含烟黑个个，远山落日见尖尖。险绝岂惟游子虑，清幽足慰老夫潜。行路望云情更切，不因小米故多添。这是一首好诗。我在开悟之后，常常坐在树枝上欣赏山水美景，江山如画。谢小米，我喜欢这个名字。"说完，她飘然离去。

姥爹和罗步斋两人回到屋里。

罗步斋盯着跳跃的灯火看了一会儿，突然拉住姥爹说道："待字闺中，不是让丈夫取了名字就出嫁的吗？你刚才给她取了谢小米的名字，可是明天要取消婚约，这……”

姥爹也愣了一下，说道：“对哦，我忘记不能给她取名字了！”

“不过，她既然答应了，是不是说明她心有所属……”罗步斋眼神怪怪地看着姥爹。

姥爹忙说道：“那我明天跟她说一说，叫她别用这个名字。”

“算了吧。这次你取消婚约之后，我想她不会再嫁给其他人了。她既然答应用你取的名字，估计也是这个打算。”罗步斋浑身一松，躺倒在床，“今晚的情况真是万千变化。我们以为可以拿下她，没想到我们自己差点被她杀死。在我以为我就要死了的时候，你又将局势逆转。我现在感觉自己已经死过一次了。”

罗步斋长长地吁了一口气。

听罗步斋说感觉自己已经死过一次，姥爹忍不住笑了起来。

罗步斋扭头道：“你笑什么？我刚才真以为自己就要死了。”

姥爹笑了好一阵，说道：“没什么，我也觉得今晚非常惊险。幸亏你的竹溜子听到我模仿老鼠的声音及时出现，不然我们真的完了。它去哪里了？我们还得感谢它的救命之恩呢。”

罗步斋指了指房梁，说道：“它已经在房梁上等候多时了，等你抽烟。它的烟瘾比你还要大。”

姥爹看了房梁一眼，果然竹溜子趴在房梁上，两颗眼珠子贼亮。姥爹拿出烟具，开始抽烟。他一边抽烟一边说道：“罗先生，你知道谢小姐为何能从一棵寄生草修炼成功吗？”

罗步斋说：“因为那首有禅意的诗？”

姥爹摇摇头，将烟点燃，吸了一口，然后说道：“非也。其他生灵只有体会了高深的情绪，才能修炼成功。这情绪或许是悲怜万物，或许是睥睨众生，或许是万事皆空。小的生灵体会大的情绪，就有了佛性；有了佛性，就有了灵智。”

房梁上的竹溜子在烟熏雾缭中畅快吞吐。

罗步斋不以为然道：“那你倒是说说看，这竹溜子在你的烟雾中体会了什么样的情绪？这情绪是否有益于它的修行？”

姥爹笑道：“那你只有问它才能知道了。”

罗步斋毫无睡意，在床上翻来覆去好几次之后，终于忍不住又问姥爹：“你在萝卜寨的时候教了我捉鸡的窍门，我就知道你还有很多其他的小窍门。刚才你是怎么让谢小米的脖子这么快恢复的？还有，你真的知道躲避雷劫的方法吗？如果你将躲避雷劫的方法泄露出去，那世间多少渴望修炼成功的精怪会按照这种方法达到修炼成人的境界？这恐怕会在世间引起混乱吧？”

姥爹哈哈大笑，说道：“世间真真假假，假假真真，真的被认为是假的，假的被认为是真的。就算我说一句真话，在如此多的假话中，谁知道我这句话是真？就算我说一句假话，在这个人云亦云的世界里，也有人当作真的。所以，话不在我说的是真是假，而在于听话的人信或不信。”

姥爹抽了一口烟，继续道：“谢小姐身上有没有伤口，也不在于是不是真有，而在于她是不是相信真有。躲避雷劫的方法也不在于真有，而在于她是否真信。信之则有，不信全无。”

罗步斋看着姥爹吐出的烟雾，觉得姥爹的话比这些烟雾还要虚无缥缈。可是虽然虚无缥缈，却是实实在在存在于眼前。罗步斋伸手去抓丝丝缕缕的烟雾，烟雾轻易避开他的手指缝，让他抓了个空。

第二天中午，姥爹假装去谢家父亲那里询问接下来怎么办。谢家父亲脸色已经变了，一口咬定这桩婚事不能成，那是谢小米按照约定先给谢家父亲打了退堂鼓。

姥爹也不多做挽留，将头一天挑来的彩礼原模原样挑回去。

婚约虽然取消了，从此之后姥爹和谢小米的交往却越来越频繁，他们成了难得的知己。谢小米常常偷偷溜出来跟姥爹吟诗作对，讨论古诗。谢小米非常喜欢古诗，而姥爹非常熟悉古诗，所以他们有共同语言。

几年之后，谢小姐由于长期的腐化而日益难以维持原状，姥爹劝谢小米放弃谢小姐的皮囊，重新投胎转世，以获得新的有生命的皮囊。那时候谢小米已经有能力夺取别人的身体，但是她听了姥爹的话去投胎。姥爹以为这是帮助她，没想到她在投胎转世的过程中出了意外。

当然，那都是后话了。

姥爹从迷失桥回来，带回来了婚约取消的消息，姥爹的父亲非常生气。姥爹好言相劝，叫父亲不要着急。

姥爹回到画眉村几个月后，觉得日子过得非常无聊。在画眉村这块地方，有父亲的照顾，自己衣食无忧，不用劳作，每天除了读读书写写字就没有其他事情可以做。姥爹没了继续游历的心思。于是，姥爹开始给人算命看相，预测凶吉，借此打发漫长而没有尽头的时光。只要有人来问，他就给看，也不收钱。开始来问的人多是看看热闹图个新鲜，可是发现姥爹每言必中之后，越来越多的人来找姥爹。姥爹在玄术方面的名气渐渐超过了之前读书的名气。

罗步斋平时帮粮官算账，闲时便来姥爹这里跟他讨论玄黄之术。

有时候，邻居歪道士也来凑凑热闹。

除了心头挂念父亲的健康之外，姥爹在那几年算是日子过得非常舒坦的。

姥爹的名声响起来之后，来找他的人就千奇百怪了，事情也常常令人匪夷所思。

有一天，一个老婆婆跑来找姥爹，说她儿媳被人害得没有奶水了。

当时谢小米刚好在姥爹这里，她跟家里说是出去拜佛，却来了画眉村。她听那个老婆婆说到儿媳的事情时，羞得满脸通红。

那天罗步斋也在，他站起来扶着那位火烧眉毛一般着急的老婆婆坐下，问道："老大娘，你儿媳的……那个怎么会被别人害得没有了呢？"

老婆婆道："前几天她的奶水还很充足，昨天突然说没就没了，饿得我的孙儿哇哇地哭。"

谢小米受不了他们的对话，插话道："老大娘，这马秀才又不是赤脚医生，怎么能解决你儿媳没了奶水的事情？"

老婆婆听谢小米这么说，尴尬地笑着说道："我这不是病急乱投医吗。刚满月的孙儿饿得可怜，我心里慌啊。听人家说马秀才什么事情都能算出缘由，所以急急忙忙先跑到这里来询问。"

老婆婆说完便要走。

姥爹却喊住她，问道："您说说看，您的儿媳是怎么突然之间没了奶水的？虽然我不是赤脚医生，但说不定能帮上您呢。"

"真的吗？"老婆婆偷觑了屋里那个漂亮的姑娘一眼，害怕她又说出什么驱赶的话来。

姥爹知道老婆婆的心思，说道："您是来问我的，别人说的话不算数。"

谢小米撇撇嘴。

老婆婆又坐下，将她儿媳的事情一一说来。

原来老婆婆的儿媳生了孩子才一个多月，孩子出生之后，儿媳的奶水非常充足，不像有的新生妇女那样为没有奶水而着急。

老婆婆说道："我看是哪个自己家孩子没奶水喝的人嫉妒我的

孙儿，把我儿媳的奶水偷走了，不然我儿媳不会突然没有奶水的。前天她还说涨得疼，孙儿喝都喝不完，昨天早上起来就一滴都挤不出来了。马秀才，你说事情是不是很怪呢？”

姥爹想了想，说道：“您能带我去您家里看一看吗？”

老婆婆求之不得，连忙点头道：“当然可以！”

谢小米惊讶道：“马秀才，你还真要去啊？”

姥爹点点头。

于是，姥爹、罗步斋、谢小米三人跟着老婆婆去了她家。老婆婆不是画眉村的人，但是家离画眉村不远。她所在的村子与画眉村就隔一条老河，过了老河，往右一拐，走两三里路就到了。

进了老婆婆的家之后，姥爹在房间里看了看王婆婆的儿媳也觉得奇怪，姥爹便问她前天见过什么人，做过什么事。她说前天见过几个人，没做什么事，因为刚出月子，她还不能做什么事。

谢小米凑过来问道：“马秀才，看出什么端倪没有？要不要解开衣服检查一下她的……咳……咳……”

姥爹懒得搭理她。

罗步斋跟着姥爹走来走去，揣摩姥爹的心思。跟着姥爹的日子里，罗步斋学到了不少东西，只不过姥爹超出他太多，让他没有用武之地。

“怎么样？怎么样？想出来没有？”谢小米着急地问道。她并不因为姥爹不搭理她而热情减退半分。

姥爹朝那个才满月的小孩子努努嘴，然后对谢小米说道：“我倒是想出怎么解救你了。你的皮囊早晚会腐败严重，控制不了。我想到那时候你可以重新投胎，这样你就有了属于你自己的身体。”

谢小米毫不在意道：“还远着呢。现在我活得挺好，不用想那么远。”

姥爹走到床边的桌子旁，蹲下来看了看地面的情况，又用手指头蹭了蹭地面，然后问老婆婆和她儿媳：“你们是不是用其他的东西装过奶水？”

老婆婆和她儿媳不约而同地点头。

老婆婆说道：“有时候她涨得疼，就先挤出来一些放在杯子里。”

姥爹站起来看了看桌面的杯子，说道：“以后你们可得注意了，挤出来的奶水不要随便放，要及时倒进茅厕里。”

姥爹指着桌面的杯子问道：“前天除了你们两人之外有别的人动过装了奶的杯子吗？”

老婆婆和她儿媳都说没有。

“那有人找你儿媳要过奶水吗？”姥爹问道。

罗步斋立即抢言道：“谁要这个东西啊？”

谢小米在旁撇嘴摇头，意思是姥爹问的事情有点不着边际。

老婆婆也说：“平时有的妇女有奶水喂孩子，也会让孩子喝一点别的妇女的奶水，这样孩子长大了身体会好一些。但是我儿媳刚出月子，还没有人抱孩子来讨奶水。”她说前面的话是给姥爹开脱，给姥爹在那两人面前留面子。

这次老婆婆的儿媳跟她说的不一样了。她儿媳眼睛一亮，说道：“还真有人找我要过。前天吴婆婆来我家里，说她的手被蜈蚣咬了，又肿又疼，找我要点奶水涂抹在伤口上。她说这可以治疗蜈蚣咬的疼痛。”

“吴婆婆？”姥爹问道。

第六章 司徒子

老婆婆的儿媳点头道："前天有好几个人来过我家里，但是你问谁要过我的奶水，就只有她一个。"

"她姓吴？"姥爹问道。

这一带的村庄都是以姓氏聚居的，每个村都共用一个姓，只有外来的媳妇不是本村的姓。姥爹知道老婆婆这个村姓吴，其他老婆婆应该叫作李婆婆王婆婆钱婆婆等。老婆婆的儿媳说那个老婆婆叫吴婆婆，自然有些奇怪。

老婆婆的儿媳知道姥爹询问的意思，回答道："是啊，村里的老婆婆就她姓吴。她就是在这里出生的，所以姓吴。"

姥爹问道："这么说来，她一直没有嫁人？"

老婆婆的儿媳才嫁到这个村里不久，于是在这个村里生活了几十年的老婆婆回答了姥爹的问题。老婆婆说道："她不是没有嫁过人，听说她年轻的时候嫁给了一个大户人家。不过后来不知道什么原因，她突然就回来了，再没有回过婆家，也没有找新的人家。”

姥爹点头道：“采掉你儿媳奶水的人就是吴婆婆。”

“采掉我儿媳的奶水？”老婆婆听不懂姥爹说的话。

姥爹解释道：“这是一种很少人知道的邪术。有人采阴，有人采阳，也有人采奶。我刚才看了一下你家里的情况，可以猜测到前天吴婆婆采奶的情形。她见你们家儿媳常将奶水挤到杯子里，可能想故意将杯子里的奶水弄出来，弄到地上，然后用脚去踩。不过那天可能她发现故意将杯子打翻很容易引起你们的怀疑，便临时换了主意，借口说她的手被蜈蚣咬了，要你儿媳挤点奶水给她擦手。在你儿媳好心挤奶水给她的时候，她有意将奶水洒一点在地上，然后用脚去踩踏。”

老婆婆的儿媳立即两眼放光，激动道：“是的！是的！我给她挤奶水的时候，她将手一甩，把奶水甩在了地上，然后抱歉地跟我说对不起，用脚将地上的奶水蹭干了。我以为她是怕把地上弄脏了才蹭的，所以没在意。”

“所以我叫你们不要把奶水放在外面，挤出来的要及时倒进茅厕，免得被人采了去。踩奶谐音采奶，如果一个哺乳期的女人被别人踩过奶，就会突然没了奶；别的没有奶的人踩了之后就会奶水充足。”姥爹说道。

罗步斋打断道：“吴婆婆是老人家吧？她采奶干什么？难道她还要喂小孩子不成？”

老婆婆也有同样的疑问，说道：“是啊。吴婆婆年纪跟我差不多，没有儿也没有孙，孤家寡人一个，她采走我儿媳的奶水干什么啊？”

姥爹说道：“没有奶水的人采别人的奶来喂自己的孩子，这是采奶邪术最常见的目的。但是这个邪术对不喂养孩子的女人还有另一个作用。”

屋里其他几人看着姥爹。

“那就是保持青春。我想，这吴婆婆现在应该皮肤保持得很不错吧？是不是看上去年纪远小于应该有的年纪？”

老婆婆用力地拍了一下巴掌道：“马秀才你真是未卜先知！我们村这个吴婆婆可是出了名的长得年轻啊！以前她年轻的时候就比别的女人要漂亮许多，随着年纪的增长，她还是一直比别的女人看起来年轻许多。我们私底下都说她以前嫁了大户人家，自己存了不少钱买了人参燕窝天天吃呢。如此说来，她是采了别人的奶才保持容貌和青春的？”

姥爹摆手道：“虽然基本确定就是她了，但我们还是不要轻易下结论。你带我去会一会她，我亲眼见到了她再作打算。”

老婆婆道：“对对对。名声积攒起来难，破坏起来容易，不能随便就坏了人家的名声。走，我这就带你们去见见她。”

于是，老婆婆领着他们三人去了吴婆婆的家里。

这个村庄依山而建，房屋从上往下一排一排，越走地势越低。吴婆婆的家就在这村庄的最后一排。

几人见到了吴婆婆，吴婆婆果然皮肤还细腻得如少女一般。但她眼角的鱼尾纹和深陷的眼窝让她的细腻皮肤看起来有几分可怕，这是一种极不自然的落差。她的头发乌黑发亮，但是明显稀少，这又增加了几分恐怖。

她穿得颜色鲜艳，花枝招展。这身衣服本身很精致漂亮，但穿在她身上就如穿着一身寿衣。

不过，她也不是完全一无是处。她胸前仍然高耸，将那身衣服撑了起来。在她这个年纪，这是一件不可思议的事。

罗步斋见了吴婆婆之后凑到谢小米的耳边说了一句什么话，谢小米脸一红，对他啐了一口。

吴婆婆见老婆婆带着三个人来了她家，脸上掠过一丝惊恐之情，但立即换了笑脸请他们几人进屋喝茶，笑嘻嘻道：“哎哟，任婆婆今天怎么有空来我家里呀？还带了这几位面生的人是做什么呀？”她说话的声音如十七八岁的少女一样，让人听起来仿佛是捏着嗓子说的话，乍一听要起一层鸡皮疙瘩。

原来老婆婆姓任。

任婆婆刚要回答，姥爹怕她说漏嘴，急忙上前一步抢先说道：“哦，我是画眉村的人，以前常在外，很少出来走动，所以见着面生，实际上算不得生人。我在外学过一点玄黄之术，听说吴婆婆您对这些也有了解，所以让任婆婆带我来见一见您，跟您讨学。”

吴婆婆很机警，看了看姥爹，微笑道：“你这么一说，我倒是看出来了，你是粮官的小儿子吧？你这五官和身材跟粮官像是一个模子倒出来的。可是你从哪里听说我会那些东西的？那是胡说八道。我一个老婆子，除了吃喝等死，什么都不会，恐怕你们要空跑一趟了。来，喝茶吧。”

姥爹故意惊讶道：“不对呀，给我说这事的人不可能骗我，他说他也知道您这种术法。可是当时匆忙，他来不及给我说清楚，就说我们这里也有人会这个术法，叫我来找您讨学呢。”

“他？”吴婆婆刚说出一个字又急忙捂住嘴。

“嗯，就是他。”姥爹根本不知道吴婆婆说的“他”到底是谁。可是吴婆婆既然会这种邪术，必定是从别人那里听来或者学来的，不可能平白无故就会了。她既然失口说出“他”来，姥爹便故意装作知道“他”是谁，还跟“他”见过面。这样虚晃一枪，吴婆婆便不知道姥爹的深浅，也不知道姥爹到底对她了解有多少，不好继续假装完全不懂。

吴婆婆恨恨骂道："那个负心狼！说好了不跟外人说的，偏偏又跟外人说了！世上的男人都是白眼狼转世！"

姥爹被她突然说出的这番话弄得丈二和尚摸不着后脑勺。

谢小米却扑哧一下笑了。

吴婆婆对姥爹说道："画眉村的马秀才能掐会算，这里哪个人不知道？他跟你交换玄黄之术，也是情理之中的事情。这里人多，我不便多说，要是你一个人的话，我倒是可以跟你交流交流。"

姥爹知道她尤其忌讳任婆婆在场，于是叫任婆婆和谢小米还有罗步斋先回去。

他们三人走了之后，吴婆婆这才对姥爹说实话。

她说她确实会术法，但是只会一种，就是采奶之法。

开始她还言辞闪烁。姥爹趁热打铁，几番询问，她才将自己如何学会这个术法的来龙去脉说了出来。

她说她在十六岁的时候嫁到了一个叫十步镇的大户人家做小妾，那大户人家的老爷已经八十高龄，正房夫人去世之后，前前后后纳了二十多房小妾。她去的时候是第十五房。

她自小爱美，可是家里穷。她知道自己如果嫁人的话只能嫁个农家，面朝黄土背朝天，辛苦不说，这好看的面容便在田间地里浪费了。她常坐在村前的洗衣池塘顾影自怜，觉得自己的美丽要被浪费了。

后来她听说十步镇的一个有钱老爷要纳妾，便怂恿家里的人主动去联系。她是有打算的，她打听过那个老头子已经八十岁了，自己十六岁嫁过去，过不了几年老头子升天，她便可以得到一笔财产，可以不用嫁给平常的农家男人。八十岁的老头子估计行动都不便了，吃喝拉撒睡都要人照顾。因此，她还可以保住姑娘之身，再嫁的时候还有机会寻着一个像样的男人。并且在有钱人家，有胭脂雪花膏可用，又称了她的爱美之心。

想来想去，她觉得这是一条可行之道，免得自己沦为黄脸婆。

可是嫁到那边之后，她在洞房之夜就发现自己的如意算盘打错了。

那八十岁的老头子跟她拜堂的时候都需要人扶着，可是晚上变得生龙活虎，将她折磨得浑身散了架。

那八十岁的老头子也不含糊，折腾了她之后跟她说了实话。原来这老头子以前上山学过术法，三十多岁的时候得了采阴补阳之术就下了山。这些年来，他就是靠这种方法来补充精元的，所以八十岁了仍然精力旺盛，平时病恹恹的样子是假装给不知道的人看的。

他知道肯嫁过来当小妾的女人大多以为他不行了，等着他死了分财产，他说他也不会亏待她们。如果他驾鹤仙去，就把财产都分给她们，反正他到现在也没有一子一女。

吴婆婆信了他的话。

不久之后，吴婆婆虽然用上了胭脂雪花膏，可是对着镜子发现自己形容日渐枯槁，之前自己是树头的花朵，现在好像是被人折下了树枝的花朵，迅速发皱枯萎。

她知道自己是第十五房，可是每次逢年过节大家庭一起吃饭的时候发现桌上的女眷并不多。

她从下人那里打听到，原来这里不只是正房太太英年早逝，二房三房四房到八房都英年早逝了。吴婆婆听了吓了一跳，知道其中必定有猫腻。

日子稍久，吴婆婆认识了九房的小妾。平日里老头子不让偏房里的小妾互相走动的。

九房的小妾才三十岁，却长得像七八十岁的老太太。脸上皱纹多得像石子惊了水面的波纹，像揉皱了的纸，像癞皮狗。不仅皱纹多，黄斑也多，斑斑点点的像喝鸡汤的时候汤水溅了一脸。走路还佝偻着身子，活像一只煮熟的虾子。

见了九房的小妾之后，她便花了心思去认识十房的小妾，结果发现十房的小妾比九房的好不到哪里去。

再找十一房十二房十三房十四房的姐妹，情况大同小异，只是后面来的人表现没那么明显而已。

吴婆婆心慌神乱，从此看见老头子就像见了牛头马面一般害怕。

不过这老头子还算大方，给女人的零花钱还是特别多的，还叫女人寄些钱给娘家贴补家用。

吴婆婆把钱留了下来贿赂老头子身边的用人，想弄清楚老头子到底在干什么。

有钱能使鬼推磨，也是功夫不负有心人。吴婆婆终于买通了老头子身边最亲近的一个人。那人表面上是老头子的用人，实际上是老头子下山之前收的徒弟。这徒弟尖嘴猴腮，一看就跟老头子一样不是什么好人。他的真名吴婆婆不知道，常听见老头子叫他“司徒子”，像是姓名，又像是道号。

司徒子告诉吴婆婆，这么多姨太太都是老头子修炼的一道药材。

吴婆婆吓得脸变了色，忙问：“我们是人，怎么就变成了一道药材呢？”

司徒子说：“这是老头子采阴术用的药材，你没见前面来的姨太太们不是死就是老吗？你没见老头子娶了这么多姨太太还是没有一子一女吗？因为他从不泄露精元。”

吴婆婆想了想，说道：“我当时还以为他是上了年纪。”

司徒子坏笑道：“这就错了吧，你别看他现在病恹恹的样子，以为他是上了年纪身体不行了，你不知道，他要第一房姨太太的时候就装作这个样子，让第一房的姨太太都没有起疑心。他可贼精了！我长期在他身边，所以知道这些底细。第一房姨太太看他那个样子，就认为他活不长，很快就可以得到他的财产才嫁过来的。”

司徒子一边说一边解开吴婆婆的衣扣，如果吴婆婆伸手去挡，司徒子的话就会停下来。吴婆婆知道他想做什么，只好依从他。

从那之后，司徒子常常趁着老头子刚走就偷偷溜到吴婆婆房间里来。吴婆婆只好忍受，不敢声张。

吴婆婆发现司徒子没有老头子的本事，便问：“你跟了你师父这么多年，难道没有学会他的本领？”

司徒子骂骂咧咧道：“他就是一个人精！知道将这本领告诉了我，我就会离他而去，所以一直不肯将全部的诀窍告诉我，每年只教我一句无关痛痒的口诀，叫我自己琢磨。不过他说他临死之前肯定会将所有本领传给我。可是他用这种本领延年益寿，谁知道他什么时候会死？”

吴婆婆不想继续被老头子当作药材，便向司徒子寻求解救之法。

司徒子却道：“解救之法自然是有的，要是你一直待我好，我以后就会告诉你。”

于是，吴婆婆极尽所能地讨好他。

说到这里，吴婆婆又大骂司徒子是白眼狼。姥爹这才知道先前吴婆婆说的那个“他”就是司徒子。

吴婆婆看着镜子里的自己越来越消瘦，不断地催促司徒子尽早告诉她解救之法。

司徒子被她烦得不行，便在一次老头子刚刚离开之后来到屋里，将解救之法说了一些。

司徒子说，男人利用女人做药材，女人也可以利用男人做药材。前者叫作采阴，后者叫作采阳。男人能延年益寿，保持体力。女人则可养颜美容，保持青春。

吴婆婆惊喜不已，忙问如何能采阳。

司徒子却说："我不能教你采阳，不然老头子会发现我们之间的事情，将我赶走的。另外，你会了这种本领，我就成了你的药材了。"

吴婆婆生气道："你这白眼狼！你说过我待你好，你以后就会告诉我的。现在我什么都给你了，你知道解救之法却不告诉我？你若这样，别怪我无情。我把你我的事情捅出去，看你还怎么跟着老头子学本领！"

司徒子告饶，说虽然不能告诉她采阳之术，却还有一个另辟蹊径的办法。这个办法只有女人能用，并且只能用在女人身上。

吴婆婆欢喜不已，给司徒子捶背揉肩，搓手捏腿。

司徒子将采奶邪术传授给了吴婆婆，并不无懊恼地说："跟着老头子混了半辈子，要学的没学会，不该学的却学会了。这种邪术只适合女人对女人使用，男人用不了。"

吴婆婆问道："既然男人用不了，那你没有验证过，你怎么知道这种邪术可以用呢？"

司徒子怎么解释都没有用，于是偷偷跟吴婆婆决定先找个人来试一试。

老头子的姨太太们没有一个生儿育女的，没办法试验。吴婆婆和司徒子便盯上了邻居家的新媳妇。那个新媳妇刚生孩子一个多月，常常有人没人的时候将衣服往上一撩，给孩子喂奶。

一次，吴婆婆约了那个新媳妇聊家常。麻将桌上有四个人，吴婆婆、新媳妇、司徒子还有另外一个人。

聊了一会儿，吴婆婆假装说手疼，头天晚上有蜈蚣在手上爬了。她说本以为没什么事，没想到现在却开始疼了。

司徒子咳了一声，说道："我听说被蜈蚣爬了只要擦一点奶水就能好。"

那新媳妇立即说道："来，我刚好涨得疼，挤一点给你擦一擦。"

吴婆婆假装推拖。那时候她还真有点不好意思，推拖起来还有几分真意。

新媳妇道：“你我都是女人，有什么不好意思的？”

新媳妇拉着吴婆婆到了里屋，给她挤了一些。

吴婆婆擦手的时候故意将几滴洒在地上，趁新媳妇不注意的时候用脚去踩。新媳妇毫无防备，哪里知道这些。

按照司徒子说的做完之后，吴婆婆跟着新媳妇回到了桌边继续闲聊。

新媳妇走后，吴婆婆就一直魂不守家，吃饭没胃口，睡觉没睡意，泡茶还打碎了几个茶杯。事情还没有眉目，她就从心里觉得对不起那个新媳妇，对不起新媳妇怀里的出月婴儿。

当晚老头子来了她也无心照料，老头子一生气就骂她。

吴婆婆本来就心神不宁，被老头子一骂，忍不住说道：“老爷子，我都快被你害死了。你看我现在的样子，像是被晒成人肉干了！你这样折磨我，我迟早要像大房二房三房那样死掉的。”

老头子听她提到以前娶来的女人，浑身一哆嗦，狐疑道：“你是不是听到别人嚼舌头了？”

吴婆婆不敢说司徒子告诉了她真相，叹气道：“老爷子，你看看现在的我，想想刚来这里的我，是不是差别很大？别人都能看出来，我天天对着镜子梳妆不会发觉吗？”

老头子心虚地笑了笑，说道：“是不是没吃好？”

“这里的伙食比我家里的好多了。”

“是不是没睡好？”

“这里的被子是绸缎的，比我家里的舒服多了。”

老头子敷衍道：“那是怎么回事呢？”

第二天早上，老头子起床后由两个下人扶着走了。

吴婆婆躺在床上看着窗外的云。吴婆婆的房间朝着东方，能看见日出。那天早晨的朝云火红一片，像少女羞红的脸，像烧红的木炭，像精美的湘绣绸缎，非常好看。窗户的右前方有一座山，山上都是几十年上百年的樟树。樟树面朝东方的树枝长得茂盛粗壮，背向东方的树枝长得稀疏弱小。从吴婆婆这个角度看去，那些樟树似乎都有了灵智，有了动作，有了手脚，樟树们都将手努力伸向太阳，以求多讨得一份阳光。

太阳将出未出，被风吹动的樟树仿佛要朝那片火红的云跑过去。

吴婆婆心想，世间万物都以阳光为食，植物自不用说，老虎虽然吃肉，但被老虎吃的动物最终还是要吃草叶树木，它们从草木身上获取阳光，所以老虎也是从其他动物身上以阳光为食。人吃肉也吃素，也是间接以阳光为食。

如此想来，我从新媳妇身上获取青春，其实获取的是阳光，像老虎吃肉，像羊吃草，像草吸收阳光一样。我不能直接以阳光为食，所以只能从别的地方获取。这是人之常情，这是可以原谅的。吴婆婆想着想着，就觉得没那么对不起隔壁的新媳妇了，觉得这是理所当然了。

姥爹听吴婆婆说到这里，一阵心慌，原来关于吸食阳光的事情还有吴婆婆这样的人考虑过，只是没有去尝试而已。除了吴婆婆外，不知还有多少人想到过，又有多少人会去试一试。

吴婆婆说，也许所有的术法不只是要知道其中的步骤，还要有与之协同的心境。

她在看窗外的朝云变化时，忽然感觉胸口一阵热气回旋，像是两个木炭手暖炉在胸口绕圈移动。她忍不住将双手移到胸口，紧张得不得了，好像一个即将临盆的产妇一般。

热气越来越强，吴婆婆感觉到了炽热的疼痛。

幸亏这种炽热转瞬即逝，热气散开来，不再回旋。她的整个身体都有了热气，仿佛发烧一般。她感到口干舌燥。

她起来喝了一杯隔夜茶。

茶隔夜后据说有毒，喝了对身体不好。可是她顾不得那么多了，喝了茶之后，她感觉稍微舒服了一些。

她又躺回床上。

一躺下来，那种热气又回来了。

她心想，这应该是司徒子传授的邪术起作用了，就像吃了有疗效的药身体也会出现反应一样。她不敢再喝茶，据说茶水是会抵消药效的，她怕自己毁了刚起作用的邪术。她躺在床上，仔细体味身体的异样变化。

她感觉自己像一条不小心跃上了岸的鱼一样渴望水，她努力压制喝水的欲望。

她看向窗外那片云，心想那片云此时被还没有出山的太阳炙烤，是不是也有跟她一样干渴难耐的感受。

那是一种孕育的忍耐，是一种新生的忍耐。

不一会儿，远处的太阳露出了一个弧。朝云蒸融消散，樟树安静下来，默默地享受阳光照耀。

吴婆婆难受的感觉也消散了，口不再干，舌不再燥，但那股热气还在。

这时，司徒子贼头贼脑地钻了进来，哧溜一下如老鼠般钻进了吴婆婆的被窝。

“哎呀，你的身体怎么这么热？是不是生病了？”司徒子惊讶道。这邪术虽然是他传授给吴婆婆的，但他是男人，从来没有亲身实践过，所以见吴婆婆浑身滚烫，还以为她生病了。

吴婆婆撇嘴道：“我生病了你还想折磨我？”身上虽热，但心里一冷。老头子把她当作药材来采，自然是不可能怜惜她的。因此，她期待从司徒子身上体会到被人爱惜的感觉。

说完，吴婆婆叹了一口气，任由他在被窝里鼓捣。

送走司徒子之后，吴婆婆浑身的热气才渐渐消散，唯独胸前的热气还在。

吴婆婆懒洋洋地梳妆，然后做贼心虚却又想一窥究竟便去到了隔壁的新媳妇家，她提了一点吃的零食，借口去看新媳妇和她的孩子。

还没进新媳妇的家，她就听到里面小孩哭得一声比一声大。进屋之后，她看见新媳妇愁眉苦脸地坐在小孩的摇篮旁边。摇篮是竹筐一样的东西，竹筐下面接了四个木头脚，木头脚下面接了两根弧形如弓的曲条。新媳妇抓住竹筐，将孩子摇来摇去。

新媳妇的婆婆在旁看着撕心裂肺地号哭的孩子，忧愁道："你昨天不还有奶水吗？今天起来怎么就突然没有了呢？"

见到新媳妇突然没了奶水，吴婆婆内心狂喜不已。这说明司徒子说的方法不是胡口乱诌，骗她玩的。

但她不能表现出喜悦，她将提来的东西往桌子上一放，说道："我听说鲫鱼汤可以催奶，你们可以试试。"

新媳妇的婆婆点头道："对哦，我这就去买两条鲫鱼来。你陪我儿媳坐坐。我去去就来。"

吴婆婆跟新媳妇有一搭没一搭地聊了一会儿就回来了。

回到家里后，吴婆婆感觉胸前的热气消退了，不过随之而来的是胀痛。用她自己的话来说，仿佛胸前被人狠狠打了两拳。

她胀痛得受不了，又不敢伸张，怕别人发现，只好扑在床上咬住被子忍受，疼得汗水将被子都弄湿了。

中午吃饭的时候，下人见她脸色难看，问她是不是生病了，要不要叫医生来把把脉。

她强装无事，摇头说不用。她说这是她家族遗传的头痛病，过一会儿自然就会好。

到了下午，疼痛感消退了。

吴婆婆心想，这下应该好了吧。

到了晚上，疼痛感又猛烈地袭来，她痛得在床上打滚。

吴婆婆忍受不了这样的疼痛，见了司徒子之后将他痛骂了一通，责怪他不事先告知会有这么剧烈的疼痛。

司徒子惊讶道："不会吧！虽然我没有亲身体验过，但是我知道这种术法只会让你有一点儿胀痛，不会剧烈疼痛啊。你是不是没有完全按照我说的去做？中间是不是出了什么差错？"

吴婆婆想了想，想起头一天去新媳妇家的时候叫她婆婆弄鲫鱼汤给她喝，当时说完就有点后悔，怕鲫鱼汤真的将新媳妇的奶水催出来，怕这样会打破术法。头一次做这种鬼鬼祟祟的事情，她心里的愧疚、害怕和担心不比期待少。

吴婆婆将建议新媳妇喝鲫鱼汤的事情说给司徒子听了。

司徒子听完一拍大腿，说道："你这不是自作孽吗？你既然采了她的奶，她再喝鲫鱼汤，催奶的不是她，而是你了。"

吴婆婆差点扇自己几个耳光。

"忍过今天就好了。"司徒子又安慰她道。

可是接连过了几天，吴婆婆每天都要疼上一个多时辰，没有一点好转的迹象。

吴婆婆又去新媳妇家打听，结果得知新媳妇被她婆婆逼得天天喝鲫鱼汤。新媳妇说她都快变成猫了。

吴婆婆假装给新媳妇出主意道："要是鲫鱼汤有作用，第一次就有效了。现在天天喝都不见效，肯定是对你不起作用。但是婆婆的话又不能违背，你不如这样，偷偷把鲫鱼汤倒掉，就说自己喝完了，这不就一举两得了？”

新媳妇觉得吴婆婆说得有道理，于是以后每次都偷偷将鲫鱼汤倒掉。她婆婆见喝了快一个月也没有效果，就放弃了。

自从新媳妇开始倒鲫鱼汤，吴婆婆便再没有那么剧烈地疼痛过。

接着，她发现镜子里的自己容光焕发，红晕多了起来，除了眼角，其他地方的皱纹少了，嘴巴更加红润饱满，头发更加柔顺发亮，连指甲都比以前长得快了许多，隔两三天就要剪一回，不然就会不小心挠伤老头子或者司徒子。

这本应是值得高兴的事，可是吴婆婆高兴了几天之后就烦恼起来。因为长此以往，老头子会发现她没有像其他的姨太太那样快速地衰老，从而起疑心。

她将这种担忧说给司徒子听。

司徒子对她的事情不怎么上心。他说道："这有什么好担心的？这术法使用一次只能让你恢复一两年的青春而已，又不能保持一辈子！老爷子还没来得及发现，你就又开始衰老了。”

吴婆婆可不想继续衰老下去，她已经开始到处打听哪里有正在哺乳期的女人了。

她决定偷一些老头子的钱财之后跑掉。

吴婆婆对司徒子说道：“假如有一天我突然从这里消失了，老爷子叫你差人来找我，你一定要故意敷衍老爷子。倘若你真把我抓回来，我就把你的事都捅出来，跟你同归于尽。”吴婆婆知道，老头子要假装身体孱弱，继续骗其他的爱他钱财的年轻女孩来这炼丹炉一样的大宅子里，他是不会亲自去找她的，只能吩咐司徒子去做。假如她逃走了，来抓她的必定是司徒子。

在跟司徒子保持不清不白的关系期间，吴婆婆在温言细语你侬我侬的时候没少问出司徒子的底细。司徒子帮老头子管理家务事时手底下并不干净，除了吴婆婆，他也没少调戏之前进门的姨太太们。这些事情吴婆婆知道的比司徒子自己记得的还多。

因此，她以这些秘密作为抵押，换得自己的安全。

而司徒子无时无刻不担忧吴婆婆去老爷子那里告状，他巴不得将吴婆婆送走，免得后顾之忧。

于是，他们两人约定互相保密。司徒子不但不得抓她，还要保密不将法术的事情说与第三个人听，更不得提到吴婆婆的名字。吴婆婆则为司徒子保守其在老头子背后财色兼收的秘密。

司徒子还算有情有义，见吴婆婆积攒的钱不多，偷偷将以往暴毙的姨太太的财产转了许多给她，让她一辈子都用不完。

吴婆婆有了钱，便偷偷逃离了那个炼丹炉一样的大宅院。她不敢直接回到娘家，便在外面飘荡了二十多年，听到老头子跟第二十八个新娘拜堂的时候一命呜呼的消息，才启程回家。

老头子享年一百一十岁，可谓人瑞。

在迎娶第二十八个新娘之前，老头子已经感觉时日不多，他将一生所学传给了司徒子。

所以老头子跟第二十八个新娘拜堂的时候，司徒子并不在老头子身边。他已经离开了十步镇，带着从老头子这里揩油揩出来的钱去寻找属于自己的药材了。

吴婆婆说，司徒子身上常年带着几颗栗子大小的药丸，那是老头子用秘法做的。老头子感觉身体不行的时候，就会找司徒子要了药丸整个儿吞下，可以救急。所以，如果司徒子没那么快离开十步镇，说不定老头子在第二十八场婚礼上还不会死。

吴婆婆对姥爹说道：“多亏那白眼狼司徒子没让老头子再多活几个年头，我才能提前回到这里来。不过他能做出背叛师父的事，就肯定能做出背叛我的事。所以，你说他让你来这里找我，我一点儿也不意外。”

姥爹干咳一声掩饰道：“嗯。常听人说，教会徒弟饿死师父，听完你的经历，我可算见识了。”

吴婆婆离开采阴补阳的老头子后频繁地使用她的邪术，在外面飘荡的二十多年采了二十多个人的奶，听说老头子已死，回到老家之后，她又一直采到姥爹来找她。她说她也记不清采过多少次了。

她说她自知罪孽深重，可是爱美之心人皆有之，她抑制不住保持美貌的欲望，所以就控制不住伤害他人的举动。

姥爹听了她的述说，感慨万分。一个女人爱美爱到如此变态的程度，可悲可叹！

吴婆婆捏了捏自己的耳朵，略带羞涩地问姥爹：“你见着那个负心白眼狼司徒子了，给我说说他长得怎么样了？是还年轻呢，还是老态龙钟？头发白了没有？眼袋重不重？像他那种纵欲的人，肯定眼袋比水袋还明显。”说完，她笑了笑，似乎自己已经想到了司徒子眼下挂着两个沉甸甸的眼袋的模样。

姥爹没有见过司徒子，不知道该如何接吴婆婆的话。他不能胡诌说司徒子面容还年轻英俊，也不能说司徒子已经须发苍白。他看出来了，吴婆婆虽然一口一个白眼狼，其实心里还是想着司徒子的。她当初离开老头子的宅院也是迫不得已，说不定她一直保持美貌也是为了以后有一天会再次碰到司徒子。因此，如果姥爹说司徒子还年轻，或许会让吴婆婆的期待更加强烈，去害更多的人来保持她已经失去平衡的青春容颜。但如果说司徒子已经步履蹒跚，故意打击她的期待，姥爹又不忍心。

“我已经忘记他长什么样了。我们不过是一面之缘，没有过多来往。”姥爹做了一个模棱两可的回答。

吴婆婆表示理解地笑着点头，然后说道：“其实我知道他长什么样又有什么意义呢？老也好，年轻也好，我和他之间的事情已经是过往了。我这些年一直担心我的邪术被人发现，这几年却又希望被人发现。我听说做小偷做久了的人也会有这种奇怪的心态，怕别人发现是因为怕被抓住，怕被惩罚，怕被责骂；希望被人发现呢，是自知犯下的罪恶太多，心中的负担很重，自己制止不了，希望别人来制止吧。”

“可是我不知道怎么制止你。我虽然知道有采奶这么一回事，但是不知道怎么破解。”姥爹如实说道。知不知道这回事可以让对方不知道深浅，迷惑对方，但是不会破解就是不会破解，无法迷惑对方，迷惑也没有任何意义，总不能用假的破解方法来破解真的术法。

吴婆婆凄惨一笑，说道：“司徒子告诉了我这种损人利己的术法，却没有告诉我破解之法。但是自从我学会这个害人的术法之后，就开始寻找破解的方法。”

“你为什么要寻找破解之法呢？在我看来，应该是被你采奶的人才会削尖了脑袋去想破解的方法啊。”

吴婆婆说，这是类似小偷的心理，也类似武术家的心理。小偷在偷东西的过程中要想到怎么撬锁开门，各种各样的锁的机关都要弄清楚。因为对他来说，研究锁的机关就是破解被偷的方法。武术家在击打别人的过程中学习怎么伤害对方，但是同时也要想到别人怎么做才会破解他的攻击。

她说，她曾因为不知道破解采奶之术而睡不着觉。

后来，她终于遇上了另一个也会采奶之术的高人，她的睡眠质量才得以恢复。那个高人像她一样到处寻找哺乳期的猎物，术法的步骤跟吴婆婆一模一样，但比吴婆婆略胜一筹的是她会破解之法。

那个高人告诉吴婆婆，只要被采的人将采奶的人的生辰放在门槛前，用一条挑过重物的扁担压在上面，就可破解此术法。此法称为“还水”。

那个高人也曾像吴婆婆那样为破解之法无法睡眠，每次采奶之后，她都会心神不宁，草木皆兵。她总想着有人会破解她的术法，看到门前多了一把被人扔弃的剪刀，看到窗纸破了一个洞，看到别人对她一颦一笑，或者稍有怒言，她就想对方是不是识破了她的术法，是不是用剪刀或者其他的方式来破解她的术法。

她为此几乎要疯掉。

后来得知破解之法，她才从疯疯癫癫的状态转回常人状态。

那个高人说，以前常听说哪个武术家学习了什么武林秘籍之后走火入魔，那时候她不理解一个人拥有了那么令人羡慕的本领之后为什么还会疯掉，她自己经历一番之后终于恍然大悟。有些事情就是这样，你得经历过才能理解，没经历过的人再怎么参悟都参悟不了，怎么教也教不会。

出于同病相怜，那个高人毫无保留地将她得来的破解之法告诉了吴婆婆。

“我以为学了这个外人不知的术法会让我开心，让我的生活变得更满意。可是学过了才知道，这个术法附带而来的副作用让我备受折磨，简直将我的生活搅得一团糟。”吴婆婆感慨道，“可惜这些事情只有经历过才知道后悔，没经历之前就算听别人说种种不好，自己还是会着了魔一样地去乞求追寻。”

姥爹听着吴婆婆的人生感悟，不发一言。

等吴婆婆将所有的话说完之后，姥爹才说道：“说实话，我是看破了你的术法才来找你的。前些天你采了任婆婆儿媳的奶，她觉得事情异常，去画眉村找我，我到了任婆婆家发现了一些迹象，又问了可能的人，然后找到这里来。既然你都承认了，那么你能不能将你的生辰写给我？你将生辰写在红纸里包好，我不会偷看，也不会告诉别人这是破解之法。我将任婆婆这件事情处理一下便会离开，不过离开之前奉劝一句，以后不要再用这种术法害人了。一旦被人发现，虽然别人可能破解不了你的术法，但是会毁了你珍爱的面容。”

姥爹说的是大实话。普通人对付不了许多邪术，但是对付会邪术的人的方法可多了。

吴婆婆笑得更加凄切，嘴角的笑容如刀刻一般生硬。她做了一个深呼吸，说道：“我既然对你说了破解的方法，你以为我还想躲避吗？我不但要给任婆婆的儿媳还水，还要给以前所有被我采过的人还水。”

姥爹对吴婆婆的这番话表示惊讶，问道：“可是你怎么将你的生辰告诉所有被你采过的人呢？”

吴婆婆说道：“告诉我破解之法的高人还说过一句话，将采奶者的生辰放在她自家门前用扁担压上，则可将她所有的罪孽还水。”

“可是这样的话，你所有的积累都还了回去，肯定会对你自己造成非常严重的影响吧？”姥爹对她这个说法更加惊讶。

“当然。偷了东西并不是还回去就能了结的，还得吃官司坐牢。我也一样。”吴婆婆倒是显得坦然多了。

“只要你以后不再这么做就好了。再说了，你以前偷的现在还回去，人家的孩子已经过了吃奶的年龄，没用了。知错能改，善莫大焉。”姥爹劝道。

吴婆婆淡然一笑，说道：“马秀才，你先回去吧。我明天就会将任婆婆的儿媳的奶还回去，让你好给任婆婆一个交代。”说完，她推着姥爹往外走。

姥爹见她已经和盘托出，没有任何隐瞒，知道她不会骗自己，便从她家出来，去了任婆婆家，叫任婆婆第二天看看她儿媳会不会恢复，如果不能，再来画眉村找他。

任婆婆欢欢喜喜地送走姥爹。

第二天，吴婆婆将整个村的人叫到她家门前，说是有重要事情宣布。

那天吴婆婆涂脂画眉，盛装打扮，仿佛要出嫁的新娘一般。

村里的人不知道她要干什么，纷纷窃窃私语。大家早就对她的年龄与容貌的差距表示不可理解，也曾茶余饭后猜测过她到底怎么保持的，是不是有什么秘方或者秘法。有些爱美的姑娘没少登门拜访，只为打听保养的窍门，可是谁也没能得到想要的东西。

这天来凑热闹的不少是曾经登过她的门的姑娘，有些姑娘以为吴婆婆要公布她的保养秘法了。

那天姥爹没有去，后来所有发生的事情都是看热闹的人转述给姥爹听的。

但是姥爹那天早上起床的时候看到了难得的满天红霞，天空的云像被老农和水牛翻过的耕地一般一垄一垄的。地就是天，天就是地。姥爹心中一惊，想到了吴婆婆第一次采奶那天早晨看到的光景。

朝霞不出门，晚霞行千里。那天姥爹没有出门，在家里看易经看了一天。对于吴婆婆是不是会给任婆婆的儿媳“还水”，姥爹并不担心。

同一天对不同的人来说有非常大的区别。

吴婆婆的门口立着一根扁担，那不是普通的竹扁担，而是杨木扁担。杨木扁担比竹扁担要软，挑东西的时候肩膀没那么痛。按照后来发生的一切来看，吴婆婆选择杨木扁担或许是想让自己死得没那么痛苦，她或许希望在奔赴黄泉的路上不会被竹扁担压得太疼。

“你叫我们大家来，不会是来看你穿新衣服吧？”等在门口的有些人不耐烦了。

吴婆婆站在门里，从兜里掏出一张红纸来，红纸上面写了金色的字。她将红纸折叠了几次，然后放在门口外。

众人不知道她要干什么，但见了她那么虔诚的表情和一本正经的动作，都安静了下来，默默地看着她。

吴婆婆拿了杨木扁担，摸了摸杨木扁担的身子，说道："我爹在世时，说杨木扁担比竹扁担好，挑东西的时候滑溜溜的，像一条蛇一样，这样挑东西肩膀会非常舒服。我爹还说，人活一世，挑的东西都差不多，所以扁担很重要，一条孬的扁担会让你一辈子受苦，一条好的扁担至少会让你的肩膀没有那么苦。我这一辈子没有选好扁担，希望去那边之后能用上这杨木扁担。"说完，她将杨木扁担压在红纸上。

一阵风吹来，红纸上下颤动，像要从扁担下面逃出去，仿佛它害怕杨木扁担的镇压。

吴婆婆将她会邪术的事情说了出来，并将曾经采过的人名一一说出，然后道歉。

不等愤怒的人们冲进来，她先一步从门槛上跨了出去。

那根扁担的两边仿佛有几十年的时光跨度。站在外面的人们看到吴婆婆在跨过门槛的时候脸上的皱纹渐渐增多，眼窝更加深陷，嘴唇由朱红变得干枯，颧骨如要拱破皮肤一般从下面挺起，头发如撒了雪一般最后将头全部覆盖。

由于身子蜷缩得厉害了，刚才还很得体的衣服很快变得过于宽大。

仅仅是从门里跨到门外而已，可是门外这个吴婆婆已经是真真正正的婆婆了，刚才还站在里面的人仿佛突然藏了起来，做了一个变戏法的玩意儿。

原本要冲过来责备她的人吓得惊呆了。这个变戏法太恐怖，让他们不敢再靠近。

吴婆婆佝偻着身子咳嗽了两声，抬头看了看天上的红霞，眼睛里都是泪水。她颤巍巍地抬起手，似乎想去触摸天边的云霞。

“你给我的，我现在都还给你。”吴婆婆对着天边说了一句在别人听来觉得莫名其妙的话。

话一说完，便倒在了地上。

有几个好心人想上前扶起她，可是走到她跟前的时候闻到一股恶臭，让人差点将才吃不久的早饭吐出来。

其中一人掩住鼻子将她的衣服一扯，将她翻过身来，这才发现吴婆婆已经开始腐烂了，眼睛鼻子嘴巴已经变了形，七窍里流出脓水来，面目可怖。她扑倒的地方已经有了一个潮湿糜烂的人形水印子。

不一会儿，吴婆婆的皮肉全部化掉了，只剩一把骨头。吴婆婆将她一辈子偷来的东西全部还了出去。或许她早该去世了，早该在土里腐烂了，所以会在这么短的时间里老掉，然后死掉，然后腐烂。

在场的人全部被臭味熏得受不住，纷纷跑掉。带了小孩的大人急忙掩住小孩的眼睛。只有几个胆大的人用沾了水的布掩住鼻子，将吴婆婆收进了简易的木箱子里。后来有人在吴婆婆的家里发现许多钱，才买了上好的棺材来，将她从木箱子移到棺材里安葬。

姥爹得知此事，急忙赶到吴婆婆家，帮忙操办葬礼。他将那根杨木扁担和红纸与吴婆婆葬在一起。

在吴婆婆的葬礼上，出现了一个行踪可疑的人。

因为吴婆婆生前没有什么行走的亲戚，所以参加葬礼的基本都是村里或者附近的熟人，没有不认识的。因此，一旦出现一个陌生人，就非常引人注目。

那个行踪可疑的人就是陌生人。

姥爹在给吴婆婆念度亡经的时候一眼瞥到了他。他面容消瘦，皮肤苍白如纸，虽然看起来年纪轻轻，却有一副难以察觉的老气。

面对人的时候神采飞扬，精神饱满；背对人的时候垂头低眉，快快萎靡。

有些人家里贫寒，吃不饱肚子，喝不到油水。碰到别人家有红白喜事，本没有受邀请的不相干的人主动前来蹭吃蹭喝的情况并不鲜见少闻。有的不本分的人混在人堆里吃饭喝酒，主人看见了也不好明说，往往睁一只眼闭一只眼也就罢了。不管请客是因为喜事还是哀事，主人和客人吵起来总归不好。

因此，姥爹也没有说那个陌生人。只不过蹭吃蹭喝的人也大多相识，熟人熟事。敢一个人跑到外乡蹭吃蹭喝的还真是大胆。

那人跟着办丧事的人一起吃了一顿之后，竟然没有离去，而是在灵堂里坐了下来，默默地看着在灵堂里穿来穿去的忙碌人。

姥爹见状，走了过去。姥爹见他坐在一条长凳上，便与他共用一条长凳，挨着他坐下。

姥爹坐了一会儿，问那人道："这位兄弟，你既然来了，为什么不去磕个头哇？"

那人淡然一笑，说道："如果论起辈分来，我只有比她大没有比她小的，我当然不能去磕头。"

姥爹心里顿时有了几分底，但还假装不理解，继续问道："冒昧问一下，我看你年纪轻轻，不到三十岁，吴婆婆比你大一倍不止，为什么她的辈分只有比你小没有比你大呢？"

在这个地方，人们除了看年龄论辈分，还看派分论长幼辈分。同姓的人如果有家谱族谱，所有的人都有一个派分的，假如他们用"苑、吕、申、甫、谢、宗、杜、育"这八个字做派分用，那么申字派的人得管吕字派的人叫伯伯叔叔，叫苑字派的人叫爷爷，而吕字派的人叫苑字派的人伯伯叔叔。不管实际年龄大小，以此类推。

于是，姥爹又问那人：“莫非你在吴家的派分在吴婆婆前面？”

那人忙摇头说道：“不是，不是。我不姓吴，不用吴家的派分。我比她辈分不会小是因为……”后面的话他咽了回去。

“哦……我知道了。”姥爹说道。

那人不知道姥爹已经跟死去的吴婆婆聊过一些事，见姥爹一副醒悟的样子，便问道：“你知道了什么？”

“话都说到这个份儿上了，就不用我明说了吧？这里人多耳杂，被别人听到就不好了。”姥爹说道。

那人一愣，盯着姥爹看了许久，然后眯着眼睛问道：“她都跟你说过了？”

姥爹点点头。

“你就是司徒子吧。”姥爹看着他的眼睛。

他将眼睛闭上，微微颔首。

司徒子的面容比吴婆婆保养得好多了，除了脸部动作偶尔有点大，带出一些不自然的皱纹之外，几乎就是一张年轻人的脸。他头发乌黑茂密，也比吴婆婆好许多。但是他的神情和气质掩饰不了，那是只有经过时间的洗涤才能拥有的。

“请问高龄？”姥爹问道。

他闭着眼睛说道：“期颐。”

期颐是古话，就是一百岁的意思。

“如此说来，您确实比吴婆婆辈分大。”姥爹说道。

司徒子微微一笑。

“您一直暗中关注吴婆婆吧？”姥爹问道。如果不是这样，他不应该在吴婆婆的葬礼上出现。吴婆婆生前并不是多有名的人，死讯不可能一下子传到外面去。唯有一种可能，就是他在隐秘的角落偷偷关注着吴婆婆。

司徒子并不隐瞒，大大方方地点头。

“看来您对她还有情意。为什么不在她活着的时候来找她，偏偏要等她死了才来看她？”姥爹问道。

司徒子叹气道：“她既然跟你说过我，那你应该知道我是用邪术延年益寿的人。我要不停地换女人，怎么能打扰她呢？她不一样，采的是别的女人，她可以找一个好男人安安心心过日子。”

“可是她没有。”

司徒子沉默不语。

就在这时，谢小米来了灵堂。

司徒子看见谢小米，两眼发愣，好像看到了什么稀奇怪物一般。

谢小米被他盯着看了半天，有些不好意思了，走近姥爹问道：“马秀才，他是什么人哪？”

姥爹反问道：“你怎么找到这里来了？”

谢小米道:“我到了你家,听罗步斋说你来了这里,我便过来了。”

姥爹道：“你还是不适宜在外随便露脸。”姥爹轻咳了一声，站了起来拉着谢小米往外走，压低声音说道，“你知道吗，刚才你问的那个人就是吴婆婆说的那个司徒子。他好像看出你的问题来了。”

谢小米皱眉道：“难怪他刚才一直盯着我。”

“我只是惊奇你的容貌保持得这么好。”一个声音冷不丁地在姥爹和谢小米的背后响起。

转过头来，姥爹发现司徒子已经在身后了，不知道他什么时候突然走得这么近的，一点脚步声都没有。

司徒子对着谢小米恭恭敬敬地拱了手鞠了躬，声音不高但铿锵有力地道了声：“姥姥！”

谢小米朝姥爹看了一眼，笑道：“没想到他也叫我姥姥。”

司徒子笑道：“我略懂阴阳，常常招惹邪灵。我自知跟它们过不去就是自讨苦吃，所以见了比我强一点的就叫舅舅；见了更厉害的，就叫姥姥，以示恭敬，也表明自己不跟它们过不去。如果见了一些不如我的，就叫外甥，自己略涨志气。”

姥爹惊讶道：“真是巧了！我有一位名叫罗步斋的朋友，他也用这样的方式区分等级。”

“马秀才，这不是巧。我曾遇到一位走江湖的朋友，他传授我这个诀窍，叫我遇见厉害的就俯首称臣，叫人家舅舅姥姥祖宗，遇见不怎样的就叫外甥。我按照他的方法试了，果然奏效。或许那位走江湖的朋友跟你的罗姓朋友是同道中人。”

“原来如此。”姥爹说道。

吴婆婆的葬礼举行了七天七夜。她没有子孙儿女，所以请了专门给人哭丧的女人来灵堂号哭，增加悲伤气氛。幸好吴婆婆生前留下的积蓄较多，七天七夜的葬礼一点儿也不显得寒酸。之前是姥爹帮忙主持，后面是司徒子来主持。

在这七天里，司徒子和姥爹聊了许多各自的见识，相互交流。

不过司徒子所擅长的是诱惑女人的术法，他的生活经历也大半是这些。

姥爹心想，他那些手段在毛壳香囊面前可都是雕虫小技，幸好毛壳香囊不在这种人手里。

司徒子说，他心中最好的女人便是当年的吴婆婆。后面虽然经历了不少女人，其中不少比吴婆婆漂亮妩媚，比她身材好，但是在他眼里都是一味药，延年益寿的药。他说古诗有言“除却巫山不是云”，却感慨“除却吴氏都是药”。

得知姥爹会掐算后，司徒子非常感兴趣。他说他学过掐算，自认为比较精准，要和姥爹比试。

姥爹答应以后有机会的话较量一下，看看谁的掐算更准。

在吴婆婆葬礼的第七天，姥爹和司徒子随着道士和乡亲们要在吴婆婆曾经经常行走的地方走一圈，假扮吴婆婆女儿的女人捧着吴婆婆的灵牌，八个被称作“八大金刚”的壮汉抬着棺材。马上就要出葬上山了，所以最后一天要让她在熟悉的地方走最后一次，作为念想。

走到老河的桥上时，最前面的道士停了下来，说要在桥上念劝亡经。劝亡经是劝亡人不要再留恋人世，安安心心踏上黄泉路的经书。许多人去世后留恋人世间种种事情，不愿踏上黄泉路。可是阳寿已尽还不踏上黄泉路的话，亡人的魂灵容易在人间迷失，成为游魂。所以，道士会在这一天念劝亡经，驱使亡人的魂魄上路。

这天谢小米又来了，她先待在马家，见浩浩荡荡的送葬队伍走到了老河附近，便从马家出来凑热闹，在姥爹面前叽叽喳喳说个不停。她从来没有参与过送葬，所以觉得什么都很新鲜。

姥爹见道士摆出了一张小桌，桌上铺了一块红布，便对谢小米说道：“别闹了，你听听道士十杯酒劝亡人，这才是送葬的重点。”

谢小米立即闭了嘴，认真听道士念经。

道士事先准备了一壶酒，先斟满一杯，从桥上倒入老河，念道：“一杯美酒满满斟，我劝亡者早动身，莫在家里挨时辰。闲暇无事去江东，十树桃花九树红，有朝一日狂风起，花落水流枝头空，花谢来春还要发，人死不能再复生，亡人一去如灯灭，去到西天影无踪。”

道士又筛了一杯酒，照样倒入老河，念道：“二杯美酒满满筛，亡人一去不回来，前面上了八仙台。八仙台上造美酒，饮下美酒乐开怀，哑巴吃了能说话，瞎子吃了眼睁开，秃子吃了长头发，跛子吃了走路快，亡人吃了香美酒，好不逍遥和自在。”

谢小米忍不住问姥爹：“真的有八仙台的美酒吗？喝了后哑巴

真的能说话，瞎子能看见吗？”

姥爹点头道：“人死后重入轮回，下辈子不会再是瞎子或者哑巴，所以投胎之前肯定是能看见能说话的。要是哑巴下辈子还是哑巴，瞎子还是瞎子，那肯定是他做了什么万劫不复的恶事。”

姥爹说话的时候，道士斟上了第三杯酒，依旧撒入河中，然后念道：“三杯美酒满满筛，亡人哭得泪哀哀，前面到了望乡台。望向台上抬头望，望见儿孙哭哀哀，回头就把阎君拜，阎王不放亡人回，叫声子孙不要哭，亲朋也不要悲哀，多多烧些钱和纸，有钱好把路来开。”念罢，道士抓起一把纸钱扬了起来，落在桥上河中，如同秋风打落叶。

第四杯酒，道士念道：“四杯美酒斟两双，亡人一去不还乡，前面来到卖茶岗。卖茶岗上一老者，经常卖的迷魂汤，亡人喝下了迷魂汤，找不到阳间路在何方，亡人到了鬼门关，无头冤鬼把路拦，劝人在世莫作孽，免得冤鬼把身缠。”

谢小米问道：“这就是孟婆汤吧？”

姥爹点头：“喝了孟婆汤，就会忘记上辈子的事情，并且找不到回阳间的路了。除了这孟婆汤，人投胎转世还有胎中之谜，因为在娘胎里要待十个月，重新成人，其间也会忘记许多孟婆汤不能消除的前世之事。”

谢小米道：“找不到阳间的路，肯定会心慌吧？我不想忘记这辈子的事情，如果我到了那边，一定不喝孟婆汤。”

姥爹像教育一个小孩子一样教育谢小米道：“哪里是你想不喝就可以不喝的！”

“我从今天起就要想办法对付孟婆汤。”谢小米像小孩子一样嘟着嘴说道。

道士陆陆续续斟上了第五杯酒、第六杯酒、第七杯酒，分别倒掉，念道：“五杯美酒满盈盈，亡人哭得泪淋淋，前面来到饿狗村。饿狗村里出饿狗，龇牙咧嘴追亡魂，嘴巴长得血盆大，牙齿尖尖似钢钉，一双眼睛赛铜铃。亡人见了心也凉，怀里掏出打狗饼，轻轻丢在路当中，饿狗见饼就去吃，亡人这才脱了身。”

“六杯酒，斟六盏，亡人一去不回还，前面来到尖刀山。行善之人上刀山，金童玉女将你牵，作恶之人上刀山，牛头马面朝前掀，下下戳在刀尖上，浑身都是窟窿眼，阳间作恶阴间受，阴阳一理都一般。”

“七杯美酒斟七盏，亡人哭得泪不干，前面到了破钱山。打钱也不打个洞，里不方来外不圆，掏钱使来用不成，个个丢在破钱山，好钱打至子杆上，破钱打至破钱山，亲戚朋友送盘缠，没得银钱难过关。”

谢小米听得忍不住笑了，抓住姥爹的胳膊说道：“你听听，里不方来外不圆，不就是说活人没把纸钱做好吗？”

道士斟上第八杯第九杯，倒入河中，念道：“八杯美酒实在美，亡人喝得醺醺醉，阴曹地府好像是蟠桃会。劝人行善莫行恶，不孝顺老的就下油锅，不管你王孙贵公子，也不分二八女娇娥，作恶之人受折磨，行善之人平平过。”

“九杯美酒味道好，亡人一去不回朝，前面到了奈何桥。奈何桥不是桥，三寸宽万丈高，两头钉的是铁钉，中间又是鱼漂漂，金童玉女桥头站，牛头夜叉把住桥，行善之人桥上过，作恶之人打下桥，亡人桥上把手招，断了阳间路一条。”

谢小米问姥爹：“奈何桥真的是三寸宽万丈高吗？”

姥爹道：“我又没有死过，怎么知道奈何桥到底什么样！”

谢小米撇嘴道：“你叫我转世投胎得到属于自己的肉胎，这主意倒是不错，可是走奈何桥的时候会怕啊。”

此时道士已经倒上第十杯酒，念道："十杯美酒斟五双，亡人哭得泪汪汪，亡人上了卧龙岗。卧龙岗上把地选，儿女披麻送上山，三天以内送烟火，夜送烟火把坟暖，过了七七过周年，火烧灵屋冒青烟，再过三年孝一满，亡人转生离阴间。"

念完了劝亡经，道士端来一个盘子，盘子里是白米。他抓了一把白米朝棺材上撒去，喊了一声："起呵！"八大金刚便抬起棺材。他又抓了白米朝八大金刚的身上脑袋上撒，八大金刚摇摇晃晃地走起来，朝山上已经预备好的双金洞走去。

这次重新起棺之后，所有的女人都不能再送了，要转身回灵堂去，只有道士和八大金刚还有一些男人才能去山上。

那个假女儿假装舍不得吴婆婆走，拉住抬着棺材的粗木棍拼命地哭号。

"妈妈呀，你怎么舍得丢下我一个人在这世上啊！以后我日子怎么过啊！你让我随你一起去吧……"哭号的说辞声音大而感情少。

八大金刚便劝她松手。

旁边几个男人也劝慰一番。

那个假女儿太入戏，抓住了粗木棍不撒手，继续哭号。

挨她最近的一位金刚将她往旁边一推，差点让她摔个猪啃泥，他不耐烦地骂道："假装哭哭就得了，你以为真是你亲妈呀！"

假女儿一个趔趄，也恼怒了，反击道："我拿了她的钱就要哭得像，不然以后谁还请我啊？"

要不是旁边有人劝架，他们两人就要打起来。

司徒子走了过去，在假女儿的肩膀上轻轻一拍。假女儿转过头来，看到司徒子的眼睛便像点了穴似的不动了。

司徒子说："跟我走。"

假女儿便像他养乖了的宠物狗一般跟在他后面走，不再跟抬棺材的金刚吵架，低眉顺眼，特别听话。

司徒子指着桥边的草地说道：“坐下。”

假女儿便在潮湿的草地上坐下，温顺得像迷恋他的小情人一般。

司徒子让假女儿坐在老河边的草地上之后，回到姥爹身边，跟姥爹继续聊天。

姥爹瞥了一眼假女儿，问司徒子道：“你平时也用这种方法对付你想要的女人吗？”

谢小米脸一阵红，假装没听到，眼睛朝渐行渐远的送葬队伍看去，仿佛那些人要跟着吴婆婆一起走到那边去。

司徒子勉强笑道：“虽然可以用这种方法使我的邪术得逞，但是我很少用。平时我尽量做到两情相悦，哪怕只是暂时的两情相悦。我知道我这么做非常矛盾，本来就是把别人当药材，却还要什么两情相悦你情我愿。这就跟小偷做久了也有他的职业底线一样，什么穷人家的不偷，大善人的不偷。其实只要偷了，那就是偷了，没什么区别。”

姥爹笑道：“看来你跟吴婆婆还真是心有灵犀，她也总拿小偷来比喻自己，从小偷的角度来表明自己的心态。”

“是吗？”司徒子不太相信。

姥爹点头。

这时，一个画眉村的人走了过来，问姥爹道：“马秀才，我上午把家里的钥匙弄丢了，现在开不了门，麻烦你帮我算算我的钥匙落在哪里了。”

姥爹询问那人：“你什么时候丢的？”

那人说一个时辰之前。

姥爹便抬起手来，掐着手指算。不一会儿，姥爹指着一个方向说道：“你顺着这个方向去找吧。”

司徒子惊讶道："我也能算，但是只能说个大概。你居然能将具体方向指出来，真是令人惊讶！"

司徒子为了验证姥爹的掐算，他跟着那人朝姥爹指出的方向去找钥匙。果然走了一段路之后，那人在草丛里找到了他的钥匙。

司徒子不服气，回到老河后对姥爹说道："你上次答应跟我比较一下掐算水平的，今天我们就试试。"

姥爹说好，问他比什么。

司徒子原地转了一圈，指着不远处一个草垛，草垛下面躺着两条狗，一条黄色，一条黑色。两条狗都吐着舌头，东张西望。司徒子便说道："马秀才，你看，那个草垛下面有两条狗，一黄一黑。我们就掐算一下，算算待会儿哪条狗先起来，怎样？"

在这里送葬的人们见姥爹要和一个外乡人比较掐算水平，原本要散去的他们立即又聚了起来看热闹。

一位看客说道："哪条狗先起来，那得看那条狗的意思，这怎么能算到呢？"

另一位看客说道："是啊。幸亏狗听不懂人说话，如果能听懂人话，你说哪条先起来，我偏偏不起来；你说哪条后起来，我偏偏抢先起来。"

姥爹对那位看客说道："所有的预测术都会遇到你说的这种难题。很多人在事情预测出来之后，便会想着喜事更喜，凶事避开。这样的话，原来预测的东西便跟实际发生的不一样了。所以，预测应该尽量不让被预测的人知道，如果事先告知，逢凶化吉，那么预测者便会因为泄露天机而遭到反噬，伤害自身。而逃避者躲得了这一关，躲不了下一关，并且会使原本应有的惩罚加重。"

司徒子在旁连连点头，然后催促道："我们开始吧。"

于是，姥爹和司徒子都抬起了手，用大拇指去触碰其他四个手指的十二个指节。

不一会儿，姥爹将手一收，说道："我已经算好了。"

司徒子也将手收回，想了想，说道："我也算好了。"

姥爹问司徒子道："你算在什么上面？"

司徒子道："我算在火上。"

姥爹钦佩地一笑，说道："巧了，我也算在火上。"

看客们立即为司徒子抱不平，说道："马秀才，这不太公平。你让别人先说算在什么上，倘若你自己跟着说同样的，那别人不是吃亏了吗？为了公平起见，应该你们两人互相不知道对方算的什么，由中间人来询问你们的答案，然后做判断。"

姥爹摆手道："取乐而已，何必这么认真。不过虽然我们都掐在火上，但是预测的结果不一定相同。"

姥爹转头问司徒子："你既然算在火上，那你说说，是那条黄狗先起身呢，还是那条黑狗先起身？"

司徒子道："这还不简单？火是黄，既然起火，那就是黄色的狗先起身。"他自信满满。

"那你说黑狗会不会起身？"姥爹问道。

司徒子略带讽刺道："你是不是跟我一样算的是黄狗先起身？见没办法不一样了，又拿黑狗来说事儿？"

众人也说姥爹不厚道。

"我却算的是黑狗先起身，黄狗随后起身。"姥爹说道。

司徒子一愣，说道："你怎么算得这么仔细？"

由于姥爹预测的结果跟司徒子完全不一样，看客们便不再说姥爹作假舞弊，纷纷将目光转移到那个草垛下的两条狗身上。

姥爹却不去看那两条懒洋洋的狗。

在草垛后面不远的地方有一个稻草人。稻草人做得相对逼真，稻草人不但穿了衣服，戴了草帽，还用白纸给它画了一张脸。

姥爹觉得那个稻草人有点诡异，但是说不出到底哪里诡异。

不一会儿，草垛下的狗起身了。果然如姥爹所说，黑色的狗先站了起来，朝田埂上走去。紧接着黄色的狗起来了，跟在黑狗后面。

司徒子脸色一暗，一言不发。

看客们纷纷称赞姥爹的掐算厉害。

司徒子问姥爹："我们都掐在了火上。难道火不是黄色的吗？我到底哪里算错了？"

看客们见司徒子这么问，也纷纷询问姥爹，要姥爹给他们解释。

姥爹将目光从那个诡异的稻草人身上收了回来，给他们解释道："火当然是黄色的。但是别忘了，起火之前必先冒烟，烟是黑色的。所以是黑狗先起身，随后黄狗起身。"

众人啧啧称奇。

见司徒子脸上无光，姥爹安慰道："你的掐算已经很不错了，只是没有细心去想而已。能在随便选择的事物里算到它的动向，这是很多人做不到的。"

众人也说司徒子有能耐，能算在火上已经让他们惊讶了。

司徒子说道："我在闲暇时间研究掐算已经持续五十……呃……五年了，算法和口诀还有掐指我都已经达到了自己的极致，没办法再突破了。你才二十出头就已经远远超过了我，真是天才啊。"他差点露馅。如果别人听到一个二三十岁模样的人说他自己学掐算学了五十多年，肯定会被人们认为是吹牛。

司徒子说到"五十"的时候，姥爹也为他担心，幸好他立即扭转过来了。

姥爹说道："方法达到了极致，但是使用方法的人还没有到达相应的境界，自然很难有大的突破。在我看来，你刚才是取胜心太强了。或许平时你也是这样，才让你太专注于手头的事情，而忽略了观察身边的细节。你想从现在的水平再有所突破的话，只有从你内心出发了。有一颗从容、淡泊，与世无争却又纵观世界的心，你必定有大突破。”

司徒子拱手道：“哎，我活了这么多年，领悟还不如你。真是惭愧！”

旁人取笑道：“看你年纪跟马秀才差不多，怎么说出像长辈一样的话呢？你惭愧什么，马秀才十二岁就考上了秀才，他哥哥是进士，书香门第。要不是他哥哥遭遇意外，他现在说不定已经考上举人进士，在朝为官了呢。”

姥爹没再听他们的话，抬起头朝那个诡异的稻草人看去。

那个稻草人却不见了！

姥爹大吃一惊，莫非刚才看见的东西是幻觉吗？

姥爹拉住身边一个人指着草垛后面的方向，问道：“你刚才有没有看到那个草垛后面的稻草人？”

被拉住的人笑道：“马秀才，现在稻子都收进家里了，稻草都堆成草垛了，谁还会在田地里立一个稻草人来吓唬偷稻谷的麻雀呢？”

旁边一个人说道：“读书人从来都是读烂了四书五经，却五谷不分。”

姥爹这才想起现在早就过了收获的季节。稻草人是用来吓唬偷食稻谷的鸟雀的，这个季节自然不会还插在稻田里。

放眼看去，一望无际的水田里确实没有一个稻草人了。如果是在稻子还没有收割的时候，这里的每块水田边几乎都立着一个或精致或粗糙的稻草人。它们就像是稻田的守护神一样，让鸟雀不敢接近。可是稻田收割之后，它们就被稻田的主人们像垃圾一样抛弃了。

稻草至少会被收起来，码成草垛，或者藏进牛棚给牛做饲料，而稻草人则任其在田间水边腐烂。

这时，一个个子比较矮的中年妇女寻着问了过来。她见人便问：“请问哪位是马秀才？”由于聚集的人较多，她看不到别人指的到底是谁，只好循着别人指的方向继续问：“请问哪位是马秀才？”

女人走到与姥爹隔着两三个人的时候，姥爹主动走上前，说道：“我就是，请问您找我有什么事？”

中年妇女如在溺水的时候拉到了一只救援的手一般死死抓住姥爹，说道：“我是李家坳的人，我丈夫叫李俞根，专门打石头的。”

“哦哦，你找我有什么事？”姥爹连忙点头。

她晃着姥爹的手说道：“求求你救救我的儿子！”

姥爹忙问道：“你儿子怎么啦？”

李石匠的女人说道：“我儿子的魂被一个女的勾走了！”

旁边看司徒子和姥爹比试的人们还没有散去，其中一人笑道：“我只听说牛头马面可以勾走人的魂魄。一个女的能勾走你儿子的魂魄？我看是得了相思病吧！”

李石匠的女人立即反驳道：“不可能是相思病！相思病茶不吃饭不想，但饿急了还是能吃一两口吧？我儿子跟死了一样！”

谢小米听说有人得了相思病，立即凑了过来，兴冲冲地说道：“还有得相思病的？我以前听戏里唱过，还没真见过呢！你们谁带我去瞧瞧！我倒想看看得了相思病的人到底是什么样子。”她完全没顾及李石匠的女人听了这话之后的感受。

姥爹在背后推了推她的肩膀。她立即知道自己失言了，忙捂住嘴巴退到一边。

“是不是得了其他的什么病？”姥爹问道。

李石匠的女人用力地摇头，说道：“不可能，前些天他还好好的，以前也很少生病。”

“那你凭什么说他是被一个女的勾走了魂呢？”姥爹问道。

“前一阵子我就注意到了，一个陌生漂亮的女人经常跟他在一起，有时候坐在水边，有时候坐在田边。我不知道那个女人是哪里来的，以为他俩好上了，假装没看见。那个女人每天都会跟我儿子待一会儿。昨天一天没见那女人来找他，他晚上饭也不吃，躺到床上什么话都不说了。我叫他他不应，像傻了一样。今天早上我去叫他起床，他不但不起来，还不回答我，变得像泥菩萨一样了。”李石匠的女人说道。

“所以，你认为是那个陌生女人的把你儿子的魂魄勾走了？”姥爹问道。

李石匠的女人用力地点头。

姥爹抬起手来，像刚才跟司徒子比试一样掐了掐手指，然后眉毛一拧，说道：“李家坳不是太远。这样，带我去你家看看吧。”

李石匠的女人连忙说好。

谢小米吵闹着也要去，她非得看看得了相思病的人是什么样子。

姥爹执拗不过她，只好答应。刚好谢小米回梅溪桥也得走一段同样的路，就当是同路了。

司徒子抬起手来掐算了一下，摇头道：“凶多吉少。我向来趋吉避凶，遇到好事就凑过去，遇到凶事就远远躲开，这样对自己好。我劝你别去了。”

姥爹则说：“你的掐算真的不错，我也算到凶多吉少。如果是吉，我就不去了。她儿子迟早会好起来，用不着我去。现在是凶，我就得去看看到底是怎么回事。”

司徒子又劝道：“虽然说善有善报恶有恶报。但好人往往没有好结果。”

姥爹道：“那是因为没有做够。”

司徒子便不再说话。

谢小米听了姥爹的话，颇为动容。

于是司徒子和姥爹分道扬镳。司徒子回吴婆婆的家里，姥爹去李家坳。

才分开一会儿，姥爹又急步返回追上了司徒子。

司徒子高兴道：“你反悔了？”

姥爹摇头，说：“你回去的路上帮我一个忙，看看两边的水田里有没有倒掉的稻草人。”

司徒子迷惑道：“稻草人？”

姥爹点头，解释道：“我刚才好像看到了一个稻草人，有点怪异。”

司徒子连忙摆手说：“我都说过了，我趋吉避凶，不想接触这些。”

姥爹道：“帮我看看就行，不用你做什么。”

司徒子这才答应。

第七章 稻草人

姥爹和谢小米跟着李石匠的女人走了半个多时辰，终于走到了李家坳。李家坳四周是山，地处山坳中，地势极低。山上多古树，多草藤，多鸟兽。因此，李家坳的稻草人比其他村庄要多得多，也做得精致生动得多。

从山口往山坳里走，一路上姥爹和谢小米看到许多躺倒在地的稻草人，其情形就像刚刚经历过兵荒马乱的战场一般。这也增添了许多诡异的氛围，仿佛荒草丛里的稻草人随时会爬起来一样。

纵使谢小米是寄生在别人尸体上的寄生草，她也忍不住抓紧了姥爹的胳膊，眼睛不敢多往那些支离破碎的稻草人身上看。

到了李石匠的家里，女人直接将姥爹和谢小米往她儿子的房间引。

李石匠在外面帮人雕刻石头，经常很长一段时间吃住都在外面。李石匠的女人说，她希望这件事情不要让她男人知道，最好在她男人回来之前把孩子的魂魄找回来，免得她男人担心。

到了她儿子的房间，姥爹看到一个二十岁左右的男子躺在床上，面色苍白，气息微弱，眼睛紧闭，嘴巴微张。

乍一眼看去，他就像来李家坳的路上看到的被遗弃的稻草人一样。

姥爹眼前一阵恍惚，仿佛看到他的手是稻草做成的，脸是白纸画成的。姥爹被自己的想象吓了一跳。

姥爹走上前，摸了摸他的脉，撑开他的眼皮看了看瞳孔，又在他的鼻子前探了探鼻息。

女人紧张地看着姥爹做完这一切，心虚地问道："马秀才，我儿子到底怎么啦？还有没有救？"

姥爹摇头道："看你儿子脉象微弱，气若游丝，没有血色，应该是不行了。不过古话就有相思成疾的说法，我不能确定你儿子到底是想念他的心上人想成这样的，还是真如你所说被勾走了魂魄。从他表现的情况来看，这两种可能性都有。"

姥爹查看那个男子的时候，谢小米也在旁悄悄观看。她见姥爹说出不肯定的回答来，急忙说道："这有什么看不出来的？他的魂魄已经不在这里了！"

姥爹将她拉到一旁，责备道："你在这里搅和什么？你说你要来看看相思病是什么样，我就让你来了。如果你瞎搅和的话，我就不让你待在这里了。"

谢小米不以为然道："谁瞎搅和了？你说谁瞎搅和了？你忘记我是什么人啦？"她斜睨了床边的李石匠的女人一眼，怕她听出端倪。

姥爹恍然大悟。谢小米本来就是寄生在别人躯壳上的魂灵，她最擅长的就是这个。眼前这个男子是只剩一副空躯壳，还是魂魄俱在思念成疾，谢小米一眼就能看出来。

"你确定？"姥爹问道。

谢小米压低声音道："我确定。只要我从谢小姐的身体里出来，现在就可以附到他的身上去。有魂魄的躯壳我很难侵入，就如有主人的房子不会让外人随便占据一样。没有魂魄的躯壳我很容易进去，就如空房子在我面前，我想进去就可以进去，没有一点阻碍。”她瞥了一眼床上的人，继续说道：“现在他就像一座空房子。”

“这次带你来算是带对人了。”姥爹高兴道。

谢小米立即由深沉的样子变为调皮，朝姥爹做了一个鬼脸。

“你还能看出什么吗？”姥爹问道。

谢小米撇撇嘴，说：“其他的就全靠你了。”

姥爹低声道：“如果他现在正如你说的那样像一座空房子，那他现在处境很危险。幸好你现在有躯体，不然就会占据他的身体了。除了你之外，这周围说不清会不会有其他的失去皈依的魂灵，想乘虚而入。如果他的魂魄没有回来之前有别的魂灵抢先占据他的身体的话，我们即使找到他的魂魄，也恐怕难以赶走占据他躯壳的魂灵了。”

谢小米点头道：“是这样的。”

于是，姥爹叫李石匠的女人拿来一把香和一碗糯米，然后叫她出去。姥爹在床的四周撒上糯米，在床边插上点燃的香，这样可以护佑他的躯壳不被其他游魂占据。

谢小米虽然已经不再惧怕糯米，但是对这种东西还是非常厌恶，所以在姥爹做这些的时候躲了出去。

姥爹将糯米和香弄好，才从屋里出来，叫女人把事情经过说得更加仔细一些。

女人说，她早就注意到儿子的异常了。她的儿子名叫李晓成，今年十九岁。他的父亲本想叫他跟着学石匠的手艺活儿，可是李晓成自出生以来就身子较弱，做不了那种粗活儿，手拿了锤子在石头上敲不了几天就头晕眼花，大病一场。李石匠没有办法，只好放弃了子承父业的期望。

李晓成虽然对石头手艺天生排斥，但是这并不妨碍他使用那双灵巧的手来做其他手艺活儿。

他喜欢做稻草人。

他做出的稻草人简直跟真的一样，吓唬鸟雀的效果比别人做的要好得多。他遗传了父亲那双观察细致的眼睛，父亲将看到的刻在石头上，他将看到的运用在稻草人身上。稻草人手臂的粗细、腰身的大小，他都拿捏得非常准。给稻草人穿上衣服之后，简直就是一具活的尸体。由此，村里如果有人去世，也常有人来找他做稻草人替身。

这种稻草人替身不是用来吓唬偷吃粮食的鸟兽的，而是实实在在的亡者的替身。在吴婆婆的葬礼上，她的灵堂里也有一个稻草人替身，接受前来悼念的人的跪拜。不过吴婆婆的稻草人替身做得非常粗糙，简直就是将一堆稻草装在吴婆婆生前穿过的衣服和鞋子里。在吴婆婆的棺材上山之后，这个替身连同吴婆婆曾经用过的物什一起被烧掉了。

所以，稻草人替身的最终结果跟稻田里的稻草人殊途同归。在人们需要的时候存在，在人们不需要的时候抛弃。

而李晓成做成的稻草人替身就跟亡者一模一样。李晓成会根据亡者的身材来决定稻草人替身各个部位用草的量和方式，简直跟量体裁衣的裁缝一样。他虽然不能像他父亲一样将图像雕刻在石头上，但是能将它画在纸上，他画出的脸庞简直就是亡者的照片。

以至于有的人家在烧稻草人替身的时候不敢点火，害怕亡者真是被自己烧死的。

虽然他能将稻草人做成这样，但是他并没有从中赚到糊口的钱。稻草人替身平时很少用到，稻草人也只有在相应季节才使用，谁也不会花多少钱去置办这两种东西。所以，李石匠和他的女人一直为李晓成的未来忧心忡忡。

可是见李晓成沉迷于制作稻草人，他们夫妻俩也不好阻止，一是因为李晓成很享受做这种事，二是不知道他还能做其他的什么事情。

李晓成满了十六岁后，李石匠和他女人就开始为李晓成的婚事操心了。虽然李石匠的手艺为家里积累了一些钱财，日子也过得挺滋润，可是明眼的姑娘都知道李晓成并没有可以养家的手艺，嫁给他之后不知道他怎么来维持一个家庭的吃用。因此，媒人帮他相好的好几个姑娘都拒绝了他。

这让李晓成变得孤僻寡言，闷闷不乐，做稻草人的时候多了一份抑郁之气，没有以前那么高兴了。

李石匠便开始劝李晓成不要做稻草人了，不做石匠的活儿，也可以去学其他的，比如木匠、打井、瓦匠等。

李晓成却不听。

李石匠见他不听，难免要骂一些难听的话，不孝有三无后为大，要有后先要有家，要有家先要有女人之类的话也没少说。

李晓成被逼急了便吼道："没有女人嫁给我我也不怕，我自己做一个女人！"

之后一段时间里，李晓成专门做各种各样的稻草女人，那些稻草女人做得非常漂亮。不过一些别有用心的男人以此取笑他，说他有了一屋的女人。

李晓成听到他们这样取笑便会脸色突变。

有一次，李晓成发现自己精心制作的稻草女人全部不见了。

第二天早晨，他看到李家坳的水田里到处立着漂亮的稻草女人。原来是那帮故意取笑他的人偷了他屋里的稻草女人，插到水田里去驱赶鸟雀了。

李晓成发了狂，跟偷稻草女人的人打了一架，差点将那人打死。

李石匠没有帮助儿子，却将闯祸的儿子打了一顿，责骂儿子道："那些稻草女人能跟你说话吗？能给你做饭吗？能给你铺床吗？能给我生个胖孙子吗？它们什么都不是！你却因为它们跟人打架伤人？"

李石匠的女人说，她的儿子被父亲责打之后并没有放弃做稻草人，反而更加投入地制作稻草人，几乎到了癫狂的状态。

李石匠和他女人发现儿子做的稻草人越来越逼真，几乎跟真人一模一样了。

一天晚上，李石匠在干活的人家喝了一点小酒回来，走到家门口的时候看到两个漂亮的姑娘在门前嬉笑聊天。那两个漂亮姑娘见李石匠走了过来，立即闭住了嘴，忍住了笑，两眼直愣愣地看着李石匠。

李石匠听到其中一个姑娘悄悄对另外一个姑娘说道："你看，那不是李晓成的父亲吗？"

另外一个姑娘欣喜道："是啊是啊。"

李石匠觉得那两个姑娘面熟，但想不起她们是村里哪户人家的闺女。

推开门的时候，李石匠又听到她们悄悄说："要是能嫁给李晓成就好啦，他手那么巧，心那么细，嫁给他之后肯定会青春不老。"

另一个姑娘窃窃说道："就是呢。可是那么多姐妹偷偷喜欢他，谁知道他会选择哪一个啊？"

先前那个姑娘说："谁说他只能选一个？三房四妾的在大户人家难道还少见了吗？只要他愿意，我心甘情愿做他的偏房。"

李石匠听了这些话，心中一喜，背地里还有这么多姑娘喜欢我家儿子？看来他那不能养家糊口的手艺虽然令人头疼，但是也有人喜欢他这一点哪。

李石匠开了门，进了屋。

当时月亮已经挂在了树梢上，屋里有点光。

李石匠刚进屋就发现屋里坐着好几个漂亮的姑娘，比门口那两个还要漂亮。那樱桃小嘴、柳叶眉、葱根手指，都是李石匠只能在画上看到的。平日里哪里见过这样的美女？哪里见过这么多的美女？

李石匠心中疑惑。

那些美女叽叽喳喳的，声音不高不低。

李石匠问挨得最近的一个美女："请问一下，这是李石匠的家里吗？"他见了这个场面，第一时间以为自己喝多了酒头晕眼花走错了门。

那个美女眨眨眼，说道："是啊，这就是李石匠的家。"

李石匠见这个美女还是面熟，可是在心里将村里所有人家的闺女的容貌想了个遍，还是没有认出对面的美女是谁。

"你们在这里干什么啊？"李石匠揉了揉眼睛。

美女说道："托媒人做媒呢。"

李石匠大为惊讶："做什么媒？我怎么不知道？"

美女挥挥手，说道："哎呀，还能做什么媒？李晓成的媒呗！喜欢李晓成的姑娘太多了，一个一个地相亲相不来，所以大家都来这里排队了，让李晓成当着媒婆的面一个一个地看，看中谁就留下谁。"

李石匠心中一喜。莫非这几天我在外面砸石头，家里的儿子突然有出息了？原来门可罗雀，现在摩肩接踵，看来我儿子是出息了！想想以前，李石匠突然觉得对不住儿子。他喜欢制作稻草人，做父亲的就应该支持他，虽然这种爱好不能带来丰厚的收入，但是给他带来了无与伦比的快乐啊！再说了，石匠砸石头，木匠锯木头，瓦匠搅泥巴，铁匠打铁，三百六十行，行行出状元。儿子做稻草人，也是这一行的状元，难道就因为这东西不够赚钱就责骂他吗？

如果做稻草人能赚到钱，自己就不会打骂他儿子，说到底这不是他的错，而是不赚钱的错。

李石匠想来想去，越想越觉得儿子可怜，觉得儿子委屈。

那美女见李石匠几乎要哭出来，忙轻声问道："您哭什么呢？"

李石匠嘶哑着嗓子说道："我是怕我的儿子娶不了媳妇。"

他一边抹着眼泪一边往睡房里走。

李石匠见他的女人在床上酣睡，忙将她推醒，责怪道："你这是怎么了？以前给儿子谈媳妇的时候你着急得像猴子一样，现在人家的闺女们都挤到家里来了，你却呼呼地睡觉？你还有良心没有了？"

李石匠的女人被他推醒，咂嘴道："啧，你这人是怎么了？一身酒气！还让不让人睡觉了？明天我还要出去割猪草呢。洗脸水给你打好了，在洗脸盆里，你擦洗一下早点睡吧。"说完，李石匠的女人侧了身朝里面继续睡。

李石匠抓住被子，一把连被子带女人拖到床边，打了个酒嗝，说道："这个时候你怎么睡得着呢？儿子好不容易有这么多女人来找他，我们不帮忙过过眼？虽说个个长得都很标致，但是以后会不会做家务？会不会孝顺？快起来跟我去看看。媒婆都是拿了谁的钱就替谁说好话的，莫让儿子上了媒婆的当！"

"你说什么胡话呢？哪里有女人找他？哪里有媒婆？"李石匠的女人不耐烦地从床上坐了起来，头发蓬松。

"就在儿子的房门外啊！家门口还有两个！我看得清清楚楚！"李石匠说道。

李石匠的女人叹了一声，去了放脸盆的地方，将一条湿手巾从瓷脸盆里提了起来，连水也没有拧，就直接摁在了李石匠的脸上。

洗脸水是凉的。李石匠的脸一碰到湿漉漉的手巾就打了一个寒战，顿时清醒了不少。

“我看你是为儿子的婚事操心太多了，做梦都在给儿子说媳妇！”李石匠的女人将手巾拿下，扔回脸盆里。

月光从窗户照进屋里，落在脸盆上。脸盆里水波荡漾，仿佛这是一池水。

水波静下来后，一个半圆的月亮出现在脸盆里。

“能找的媒婆我都找过了，没有一个姑娘愿意进我们家的门。谁还会这么晚来找我们家儿子说媒？你是喝多了猫尿看花眼了吧？”李石匠的女人生气道。

李石匠这才有所醒悟，跺脚道：“对哦。我们好找歹找没人来，怎么可能突然来这么多姑娘呢？”

“就是嘛。”李石匠的女人叹气不已。

“可是我进门的时候看到她们了，还听到了她们说话。”李石匠说道。

“你肯定是看花了眼。”李石匠的女人拉着他走到外面去。

可是跨出睡房的门后，李石匠的女人愣住了。

眼前确确实实有好多姑娘挤在儿子的房门前，争先恐后，表情焦急。不时地有漂亮姑娘从儿子的房间出来，不时地有漂亮姑娘进去。姑娘们私底下窃窃讨论，大多表达了对李晓成的仰慕之情，生怕李晓成看不上自己。李石匠的女人听得分明。

“她们什么时候来的？”李石匠的女人一会儿惊一会儿喜，她转头问李石匠。

李石匠原本以为自己看错了，现在见她们还在，也欣喜不已，搓着手不知道该怎么办。

“快快快，我们进屋去帮儿子挑媳妇！”李石匠的女人急忙朝李晓成的房门走去。

房门前的人实在太多，李石匠的女人费了好大的劲儿才挤进屋里。

李石匠紧跟在他女人的身后。

进了屋，屋里宽松多了。屋里并排站着三个美女，美女面前坐着一个身穿黑衣的媒婆。媒婆的眼睛有点古怪，瞳孔是黄色的，还微微发亮。

李石匠的儿子李晓成则躺在床上，一声不吭。

李石匠的女人忙扯了李石匠的袖子说道：“你看，我早就猜到我们的儿子害羞，不肯说话。要是让这个媒婆把关的话，她肯定选给她钱最多的那个姑娘。我们得帮儿子选。”

李石匠连连点头。他顿时变得很紧张，仿佛是他要挑选这些姑娘一样。

一袭黑衣的媒婆见李石匠和他女人进来了，忙起身让座，恭恭敬敬说道：“哎呀，你们二老出来啦？你们看这三位姑娘怎样？我看了十多位了，觉得这中间的姑娘长相最好，性格最好。我准备定下来做你们二老的儿媳妇了。”

李石匠的女人立即将手一甩，说道：“后面还有这么多没看过的，现在定下来太早了吧？我来问问。”说着，她坐在了媒婆的位置上。

媒婆笑嘻嘻地点头，让李石匠的女人来做主。

李石匠则站在他女人的身后帮忙指点。

李石匠的女人对站在中间的姑娘问道：“家里兄弟姐妹几个啊？”

中间的姑娘果然长得非常标致。以前如果有这么漂亮的姑娘愿意嫁给她的儿子，她会喜得去祖坟山上去烧高香。别说这么标致的了，就是左右两边长相稍逊的姑娘，她也会喜得掉了大牙。

“家里还有一个弟弟。”那姑娘说道。

“哎呀。那不行！你们出去吧，换后面的进来！”李石匠的女人将手一挥。

背后的李石匠忙低声说道：“这个姑娘可以啦！你干吗要换？”

李石匠的女人扭头道：“你懂什么？她家里有个弟弟的话，她的父母就会只关照那个继承香火的弟弟，不但舍不得拿钱补贴女儿，还得女儿拿钱去补贴他们！”李石匠的女人很快就找到了当婆婆的感觉。

媒婆赔着笑挥挥手，让这三个姑娘出去，换了三个姑娘进来。

刚进来的三个姑娘比刚才出去的姑娘还要漂亮。

李石匠激动地指着左边那个姑娘凑在他女人的耳边说道：“那个姑娘真是漂亮，屁股也大，肯定能生会生。就定那个吧。”

李石匠对着躺在床上的儿子喊道：“你这个不争气的！都什么时候了，就知道睡觉！还在生我的气？”

李晓成一动不动。

李石匠以为儿子因为之前的事情不搭理他，他也懒得搭理儿子。一个接一个的美人，让他有了皇上选妃的感觉，当然，他不是皇上，他是太上皇。他一辈子只在石头上雕刻出这么漂亮的女人，那些女人都来自他的幻想，来自他的梦。其实很多人说他在石头上雕刻的美女惟妙惟肖，甚至让人想入非非。曾有一个富人要他用石头给他刻一个石头美人，供他玩耍，李石匠没有答应。他认为石头一旦有了形象，便同时有了灵魂。他不愿意自己亲手做出的美女被富人亵玩。

其实从这方面来说，李晓成在制作稻草人的时候继承了父亲的特长。

黄色瞳孔的媒婆见李石匠大声吼，忙阻止道：“现在天色已晚，别人家都睡下了，你这么喊的话会吵到邻居的。请你小声点吧。”

李石匠点头，专心辅助他女人帮儿子“选妃”。

李石匠的女人先问李石匠指过的姑娘：“你家里有兄弟姐妹吗？”

那个姑娘彬彬有礼地回答：“没有，我是独生一个。”

李石匠高兴不已，对他女人说道：“这就好了。她家里没有弟弟哥哥，家财都会用在她一个人身上。这总该合适了吧？”

李石匠的女人伸出手示意李石匠少说话，让她来。

“你家里上面有几口人？”李石匠的女人问道。

那个姑娘含笑回答：“上面有六口人。有爷爷奶奶和外公外婆，另外两边各有一个姥姥。”

李石匠的女人扭头对她男人说道：“你听到没有？上面有六口人！她已经这个年纪了，姥姥不久就会去世，要花一笔丧礼费。等到我们的儿子跟她结婚后，还有这么多老的要照顾，负担会比较重。过年过节还得送好几份礼！我们必须找一个上面老人不多的姑娘，为我们的儿子减轻负担。”

李石匠不同意她的看法，说道：“养老送终那是分内事，怎么可以因为她家里老人多就不答应婚事呢？难道你要我们的儿子娶一个家境不错还没爹没妈的姑娘？这也太苛刻了吧？”

李石匠的女人得意地笑道：“今非昔比，现在外面还有这么多姑娘呢！难道就没有更好的？我不信！”

问过其他两个姑娘，条件还不如先前那个，只好又换人。

一连看过了十多个姑娘，李石匠的女人终于选择了一个家中条件很不错，家里只有一个母亲在世的姑娘。

媒婆显然没了耐心，见她选择了一个姑娘后，生怕她反悔，拉着姑娘的手走到李石匠的女人身边，说道：“我看，要不今晚就让您的儿子跟这位姑娘同房吧？免得您后悔，也免得姑娘家里反悔。您觉得怎样？”

李石匠摇头道：“这恐怕不好吧。”

李石匠的女人立即打断她男人的说话，大声道：“有什么不好？这个姑娘是这些姑娘里最好的。早点跟我们晓成同房了，早点成为我们家的人，早点给我们生个大胖孙子！别说姑娘等不及，我都等不及了。同房吧！今晚就同房！”

李石匠道：“你总得问问儿子的意见吧？”

“问他的意见干什么？父母之命，媒妁之言。我们替他决定就是了。之前我们求爷爷告奶奶地找媒婆找媳妇，踏破了多少人家的门槛，可是哪有人搭理我们？今晚难得突然之间有这么多姑娘想嫁到我们李家来，万一她明天早上后悔了，怎么办？”

经过这一番提醒，李石匠也认为尘埃落定的好，拖拖拉拉的，难免后面又会生出变故来。他在之前给儿子求人的时候可是受够了。

“那就今晚！”李石匠拍腿道。

黄色瞳孔的媒婆喜形于色，忙将那个漂亮温顺的姑娘拉到李晓成的床边，叫姑娘钻进了李晓成的被窝。

李石匠夫妇高兴得不得了。

媒婆给那个姑娘盖好被子，捏了捏被角，回过来推李石匠夫妇出门。

李石匠不肯出去，看着床上的儿子说道：“媒婆，我儿子怎么还躺着不动呢？”

媒婆嘴角的笑拉得很长，仿佛翘起的两根胡须。媒婆说道：“他当然不会动啊。你们待在这里，他好意思吗？”

李石匠夫妇点头道：“媒婆说得是！”

走出门后，李石匠想起还没有送女方彩礼，忙拉住媒婆的手问道：“媒婆，我们还没有给女方送彩礼呢。什么时候我们去女方家里送彩礼比较好呢？”

后来李石匠说，他抓住媒婆的手时感觉不对劲，毛乎乎的。可是他低头去看媒婆的手，发现那是一双保养极好细皮嫩肉的手。

媒婆笑眯眯道：“都是一家人，要什么彩礼？”

李石匠忙说道：“彩礼还是要的，这是礼节。”

媒婆在堂屋门口看了看天空的月光，两只眼睛放光，就像李石匠家映照在月光下的洗脸盆里的水一样。“人情一把锯，你锯来我锯去，礼尚往来都是虚的。你儿子能娶她，她就满足了，不需要彩礼。”她看月光的眼神非常虔诚。

李石匠忍不住也瞄了一眼天空的月亮，月亮跟其他时候并没有区别。桂花树还是那棵桂花树，只是看不见砍树的吴刚。

“我走啦！”媒婆朝大门外走去。

李石匠忙挽留道：“为什么这么着急呢？如果不嫌寒酸的话，今晚就在我家住得了。”

李石匠的女人也忙出言挽留。

媒婆却不搭理他们，兀自朝门外走去，出门之后随手带上了门。

李石匠的女人忙催促李石匠：“都这么晚了，怎么能让人走呢？快去把她留下来！免得人家以后说我们李家待客不真心！”

李石匠急忙跟了过去。

打开大门后一看，月亮的银光铺满大地，地面如覆盖了一层薄薄的雪。这片“雪地”里没有媒婆的背影，也没有媒婆的脚印。

“跑得真快！”李石匠感叹道。

忽然，他的目光落在了稍远处的田埂上。那里似乎匍匐着两个人。李石匠走近一些，那两个东西似乎是两具尸体。他壮着胆子再靠近一些，用脚去踢了一下，那个东西翻了过来。

原来是两个废弃的稻草人，被他踢了一脚之后，里面的稻草从衣服下面露了出来。随即几十只在稻草人体内做了窝的小老鼠爬了出来，老鼠的毛还没有长全，不知道逃跑，只爬来爬去。

李石匠放下心来，回到屋里，闩上门。

随后，李石匠夫妇回到了自己的房间睡觉。

经历了这突如其来的喜事，两人哪有睡意？于是，他们在床头说了许多话，说到两人都实在困得不行了才睡去。

第二天一大早，李石匠的女人就从床上爬了起来，做好了早饭。

她想让儿子和昨晚来的新媳妇吃一顿美味的早餐，让新来的媳妇对这个家有个最初的好印象。

她炸了两大碗糯米团，撒上红糖，然后去儿子的房间叫他们起床。

到了儿子的房间，她见被子还是媒婆昨晚盖着的样子，心里有些不高兴。儿子和姑娘都是面朝里面侧身睡着的，她看不到他们的脸。她蹑手蹑脚走到床边，轻轻揭开被子的一角，发现姑娘身上的衣服还像昨晚一样穿着，昨晚和衣而睡。她更加不高兴了。

这不是她期待看到的。

但是儿子不主动，姑娘又矜持的话，做娘的再着急也没有用。

她又不想让儿子知道她偷偷看过，便放下被子，轻轻悄悄退回到房门口，咳嗽了一声，说道："晓成，起来吃饭了。"

李晓成咂咂嘴，睡意未消地哼哼道："妈……今天怎么这么早……"

要是在往日，她会走到床边掀开儿子的被子，叫他起床。但是今天不同，她不能这么做。

她站在门口重复道："晓成，起来吃饭！"声调比刚才稍高。

李晓成以前总会在她掀被子之后还赖一会儿床。可是今天李晓成不见母亲掀被子，反倒不习惯了。

李晓成扭头看他母亲，看看她为什么没掀被子。

可是扭头后没看到她母亲，反倒看到一张漂亮得晃眼的脸。

李石匠的女人以为儿子扭过来的头会露出一张笑脸。

可是她儿子歇斯底里地叫了起来！

这一声惊慌失措六神无主的叫喊，吵醒了还没起床的李石匠，也吵醒了左邻右舍好几户人家又轻又淡的晨梦。

李晓成在狂叫声中一脚将睡在他被窝里的姑娘踢下了床。

姑娘在地下打了几个滚，衣服散开来，露出了里面的橙黄色稻草。

李石匠的女人这才明白，睡在她儿子被窝里的不是女人，而是稻草人，而这个稻草人正是出自儿子李晓成之手。昨晚所有的把戏都是稻草人作的祟。

就在同时，一只黑色的野猫从窗台上一跃而下，黄色的瞳孔格外引人注意。

李石匠的女人想起昨晚媒婆的模样，这才知道那个媒婆原来是一只猫幻化而成。

“妈，是你把我的稻草人放到我被窝里的吗？”李晓成脸色煞白，仿佛是一张纸。乍一看，他也如一个稻草人一般。

李石匠的女人连忙将昨晚看到和发生的一切说了出来。

李晓成却不相信他妈妈的话。

被吵醒的李石匠急忙来到儿子的房间，为妻子作证。

李晓成还是不相信。他认为爸妈为了逼他结婚已经着了魔，故意将稻草人塞到他的被窝里，然后合伙来骗他。

李晓成起床之后，立即去了他放稻草人的储藏室。储藏间里以前做好的稻草人全部不见了，只有尚未完工的残缺稻草人留在原来的地方。李晓成以前将储藏间整理得井井有条，稻草码放在悬空的楼板上，纸张放在一个木箱里。现在却乱成一团糟，稻草撒得到处都是，纸张不但散乱，还有被踩的脚印。

李晓成跟家里大闹了一场，此后很少跟爸妈说话。

李石匠和他女人偷偷讨论，渐渐倾向于相信他们是受了儿子制作的稻草人的骗。他们觉得被稻草人耍了，不过他们认为自己被稻草人耍是因为他们太希望儿子找到媳妇，稻草人正是钻了这个空子。邪灵作祟往往都是因为人有空子可以钻，没有空子可以钻的人，邪灵是没有办法作祟的。

李石匠的女人以为儿子受此打击，会很长一段时间里不搭理女人，故意跟他们执拗生气。可是没过几天，她就发现儿子跟一个陌生女人交往了。

由于李晓成还在跟家里人斗气，所以从来没有在父母面前提起过这个女人，更不可能给父母介绍。他偷偷地跟那个陌生女人约会，在田间，在地头，在山中。那个陌生女人不定时地出现，有时候一大早就来了，有时候在中午，有时候傍晚才出现。

李石匠的女人觉得这是好事，所以没有去打扰他们。儿子尽量避开她，她也尽可能躲着儿子，成全儿子的好事。

这就造成李晓成突然倒下之后，李石匠的女人还对那个陌生女人一无所知。

李晓成和那个陌生女人交往了两三个月后，那个陌生女人突然消失了。

陌生女人消失的那天，李石匠的女人凭着直觉已经预感到了这一切。那天早上，她刚起床就听见外面有乌鸦在叫。她非常讨厌乌鸦，捡了石子朝那只乌鸦扔，想将它赶走。可是她扔得不准，吓不到它。

听了乌鸦叫之后，她就隐隐觉得要发生什么事，虽然什么都没有做，但还是提心吊胆的。做饭的时候怕烧太大火，结果饭煮得半生不熟。拿碗的时候感觉不自在，结果打破了三只饭碗。喝茶的时候心里慌慌的，结果呛了一口。

那天李晓成一直在那个储藏间做新的稻草女人。自从认识了那个陌生女人之后，李晓成的储物间就没有增加过一个新完工的完整的稻草女人。

李石匠的女人说，她知道儿子虽然天天依然待在储物间里，但是心思早已不如以前那样留在储物间里了。他手上的活儿是假忙，其实是在等待那个陌生女人的到来。他有时候从清晨等到中午，如果中午还没有来的话，他吃饭都不香，情绪也不太好。他有时候从清晨等到晚上，如果晚饭之前没有来的话，他会长吁短叹，甚至会将储物间里的稻草人扔出来，说他不知道怎么做稻草人了，说手的比例不对，脸的五官画不好之类的。

李石匠的女人知道，儿子生的不是稻草人的气，而是那个陌生女人的气。

其实她也会跟着儿子一起等待那个陌生女人。陌生女人清晨来了的话，她一整天都会非常开心，没有任何牵挂。陌生女人如果是中午来，上午她便常常心不在焉，绣出来的花颜色不对，缝补衣服的针脚歪歪咧咧。陌生女人如果是晚上来，她下午就会脚痒似的到处走动，不是在自家屋里走来走去，就必定去这家那家去聊家长里短。

只要那个陌生女人一出现，她这些症状就会消失。

可是那一天，她在屋里走来走去走了整整一个下午，也没有看见那个非常熟悉的陌生女人出现。

吃晚饭的时候，她忍不住端着碗去村头逛，期待碰到那个陌生女人，期待那个陌生女人刚好跟她相向而行。她不会跟那个女人打招呼，但是眼睛的余光会跟随那个女人。

可是期待落空了。

直到快睡觉了，那个陌生女人依然没有出现。

她见到儿子翘首期盼的样子，心里默默祈祷："你快出现吧，你快出现吧。"她比任何一个热恋中的恋人期盼另一半到来还要着急，这简直成了她和那个陌生女人之间的恋爱。

万家灯火的时候，她猜想那个陌生女人不会出现了。

万家灯火熄灭的时候，她还尽力多留了一会儿灯。她担心那个陌生女人深夜来，担心那个女人来了之后见屋里没有灯火就转身离开。

她还特意跑到村头，回头看自己家的灯火够不够亮，会不会被窗棂子挡住。她想象着自己是那个女人，看到灯火的时候是什么样的心情。

李石匠家里的灯亮了一晚上，可是没有等来期待到来的人。

李石匠的女人听到她儿子转辗难眠的声音。

第二天早上，李石匠的女人照常去儿子的房间叫他起来吃饭。可是喊了好几声之后，她还是没见儿子起来。自从上次儿子认为是他们将稻草人塞进被窝之后，她便不再去床边揭开儿子的被子。

李石匠的女人见儿子不起来，便隔着一层被子抓住儿子摇晃，叫他起来。

她想到了儿子第二天早上会不开心，或许眼圈很深，或许脸色难看，或许故意跟她吵架，她万万没有想到儿子会变成一具活尸。他除了还有微弱的气息，有体温之外，其他地方看不出还活着的迹象。

她将儿子拖起来靠墙坐着，儿子还是闭着眼睛，闭着嘴巴，像睡熟了一样。

她顿时慌了。李石匠不在家里，她只能靠自己处理。她狠心地给了儿子几个响亮的耳光，想打醒他。可是李晓成除了脸上出现了几个手指印之外没有其他反应。她又用凉水擦洗了儿子的脸和手，儿子还是没有睁开眼睛。

所有能想到的方法都试过一遍之后，她认定是那个陌生女人勾走了儿子的魂魄，而那个女人正是因为已经得手才不来这里了。

在前一天她的预感实现之后，她便坚信这一次的预感——儿子的魂魄被那个女人勾走了。

她早就听说过画眉村马秀才的名声，急忙来找姥爹求助。于是，发生了她在老河那里遇到姥爹的一幕。

她没想到姥爹会带一个美女一起来李家坳，更没有想到一只怪异的老鼠也跟着姥爹来到了她家里。

在她说到穿一身黑衣的媒婆时，一只老鼠在马秀才的脚下吱吱叫。

她正要打那只老鼠，马秀才却说那只老鼠是他的朋友。

"马秀才，你能帮我找回我儿子的魂魄吗？"说完整个过程之后，李石匠的女人乞求道。

姥爹为难道："你一不知道那个陌生女人姓甚名谁，二不知道她住在哪里，要找回你儿子的魂魄恐怕没有那么容易。"

谢小米说道："你不是掐算非常厉害吗？刚才不还跟吴婆婆那边的人比试了吗？现在你用同样的方式掐算一下，就把李晓成的魂魄当作是一只动物，算算他会走到哪里。这不就可以了吗？"

李石匠的女人急忙附和道："是呀，是呀。我听说人家东西丢了都会去找你掐算丢在哪里了。你就把我儿子的魂魄当作丢失的东西，算算我儿子的魂魄现在在哪里吧。"

姥爹对谢小米和李石匠的女人解释道："刚才掐算预测黄狗黑狗哪个先起来，那是因为狗不懂我们在说什么，不知道我们预测的是它们谁先起来。如果它们能听懂人话，故意跟你反着来，那掐算结果就没有任何意义了。至于丢了的东西，它是不会移动的，你算到它在哪里，它就在哪里，不会改变。而李晓成的魂魄如果真是那个陌生女人勾走的，她肯定知道你要找回去，所以会刻意躲避。这就跟狗能听懂人话，丢了的东西可以自己移动一样，就算不准了。”

“那怎么办？”李石匠的女人发愁道。

姥爹瞥了一眼脚边的竹溜子，说道：“我有一个办法，不过这要让我的竹溜子朋友冒非常大的风险。”

谢小米看着竹溜子，心中发怵，但是经过跟姥爹长期的接触后，她知道竹溜子不会随便接近她，所以没有以前那么害怕。

“要它冒什么风险？”谢小米虽然怕它，但还为它的安全担忧。

姥爹告诉她，他要用竹溜子引诱那只幻化成媒婆的黑色野猫出来，然后让黑色野猫将它逮住。黑色野猫逮住竹溜子之后，会将竹溜子捉到它藏身的地方去。这样的话，他就可以跟着找到黑色野猫的藏身之地。

“万一野猫不把它带到窝里去，逮住之后就吃掉呢？”谢小米还是担心。

姥爹道：“不会的，我有办法。”

当天傍晚，竹溜子果然将野猫引了出来。野猫轻易逮住了竹溜子，正准备下口去咬，突然改变了主意，用牙齿叼起竹溜子的脖颈，将它带到了树林里。

姥爹急忙用他的猫脚功夫追随。

走了大概三里地，姥爹跟着野猫到了一座山的半山腰。其实还没有到半山腰的时候，姥爹就发现这里到处都是散乱的稻草人。

姥爹心想，看来那晚逗李石匠夫妇的稻草人都到这里来了。

姥爹大概猜出了野猫为什么要戏弄李石匠夫妇，或许是因为野猫曾经偷吃的时候被他们夫妇驱赶过。

姥爹记得李石匠的女人说媒婆看着月光的时候眼神特别虔诚，那时就想，这个幻化成媒婆的野猫应该是拜了月的猫。姥爹以前游历鹜江大陆各地经过南方一个叫哲江的地方的时候，听说哲江的人只要看到黑猫朝着月亮跪拜就会将猫杀掉，怕他们变成妖魔，而画眉村这里的人并不知道这种说法。

走到猫窝处，姥爹看到了唯一一个完整的稻草人。这个稻草人要不是插在一根木头上，姥爹会将它错看成活人。这稻草人非常好看，四肢健全，五官精致，衣服华丽。不过在这荒山野岭，乍一看见这个东西确实有点瘆人。

姥爹料定这个稻草人就是勾走李晓成魂魄的女人了。

姥爹立即抓了几块石头朝那只野猫扔去，吓得野猫丢下竹溜子逃命去了。

于是，姥爹抱起稻草人，领着竹溜子回到了李石匠家里。

回来之后，姥爹将稻草人放在李晓成的床边。不一会儿，李晓成的眼皮颤动起来，接着呼吸越来越顺畅，胸口起伏幅度大了许多。

李石匠的女人惊喜不已，抓住姥爹的手不住地晃。

谢小米急忙说道："你快去弄点儿热水来让你儿子喝。"

李石匠的女人撒开了手，去弄了热水来，用小勺缓缓给她儿子喂了一些。

果然，李晓成喝了热水之后睁开了眼睛。他看了看他母亲，又看了看姥爹和谢小米，最后看了看床边的稻草人。他对稻草人说道："茅雨衫，你为什么要这样对我？"然后流下泪来。

李石匠的女人这才知道那个陌生女人名字叫作茅雨衫。

接着，李晓成将事情始末说了出来。

那天他在家里等了一整天都不见茅雨衫来，心中焦急。他到了半夜还不能入睡，心里念着茅雨衫的名字。

他知道母亲早已发现了他跟茅雨衫的事情，知道母亲隐而不说却偷偷关注着。他在床上翻来覆去的时候，知道母亲也无法入睡。

所幸接近子时的时候，他听到了母亲轻微的鼾声。

就在母亲的鼾声响起时，李晓成的窗外响起了窸窸窣窣的脚步声。

李晓成开始还以为是那只经常来他家里偷东西吃的野猫，爬起来要去驱赶。走到窗边才发现，原来弄出声响的不是野猫，而是他魂牵梦绕的茅雨衫。

茅雨衫见了李晓成，朝他轻轻招手，叫他出去。

以前茅雨衫清晨来，中午来，傍晚来，从没有将近子时的时候来过。李晓成有些犹豫，但是这点犹豫从心头一掠而过，如蜻蜓点水。

他来到了外面，惊喜地想要拥抱她。他以前没有大胆地拥抱过她，今晚或许是期待的心压抑太久，所以有些激动。

茅雨衫轻轻躲开他的拥抱，指着天上的明月，说道："你看，今晚的月色多好啊！"

李晓成抬头去看月亮，觉得今晚的月亮跟平时的月亮没有什么区别，并没有比其他时候好多少。

"曾几何时，花前月下。明年今日，海角天涯。"茅雨衫感慨道。

李晓成愣愣地看着她，不知道她为什么突然说出这些话来。

"我们走一走吧。"茅雨衫主动拉住李晓成的手。这让李晓成刚才拥抱成空的失落稍稍释怀。

两人便一起散步。以往他们走一小段便坐下来歇息，这晚茅雨衫却没有休息的意思，并且越走越远，越走越偏。她领着李晓成一直往山上走。

李晓成见她今晚行为怪异，并且走得太远，便担心地问道："我们这是要走到哪里去？这深更半夜的，不知道山上有什么东西呢，万一被蛇咬到就不好了。"

茅雨衫暧昧道："我今晚这么晚来，是因为有事情耽误了。我之所以说明年今日，海角天涯，是因为我要离开一段时间。因此……今晚我想在没人能看到的地方……将自己给你……”茅雨衫的眼皮垂了下去，声音也低得听不见了。

李晓成听得浑身发软，像喝多了酒一样。

茅雨衫便拉着他上了山。

山上更加昏暗。李晓成没有看到周围散乱的稻草人，只听到自己的心在扑通扑通地跳，只听到耳朵里在嗡嗡嗡地响。

到了一处荒草丛生树木较少的地方，茅雨衫站住了。她转过身来，眼神无比温柔地看着李晓成，然后将手伸到衣领处，将最上面的扣子解开来。接着，她的手往下移了两寸，解开了第二颗扣子……

李晓成呼吸急促起来，仿佛是被茅雨衫操控的木偶，又仿佛是被背后一股力量推动，他突然如饿狼一般朝茅雨衫扑去……

与此同时，他听到了稻草被重压而发出的嘶嘶声。这个声音太熟悉了，他不会听错。

难道茅雨衫早就在这里铺好了稻草，以方便今晚吗？李晓成想道。

他将手伸到了地上，没有摸到一根稻草。

这声音是从茅雨衫的体内发出来的。他大吃一惊，莫非茅雨衫是稻草人？

他脑袋里才冒出这个想法，就发现自己不能动弹了。

紧接着，他发现自己被什么人举了起来。他想扭头，可是扭不动。他想低头，可是脖子不能弯。他感觉浑身僵硬。

当他被什么人立起来之后，他看到了草丛里躺着的自己的身躯。他恐惧万分，努力地用眼睛的余光扫视四周。他看到了自己的双臂，双臂是僵直的，手臂上的衣服是茅雨衫刚才穿的。他惊恐地发现，自己成了稻草人，被什么人插在了这荒山野岭。

然后，一只黑毛黄瞳的猫窜了出来，咬住了他的衣领，将他朝山下拖去。

他就那样眼睁睁地看着一只野猫将自己的身躯拖走。他想叫喊，可是发不出声音。他想冲过去夺回身躯，可是连跟手指头都不能动弹。

他终于明白，茅雨衫原来是野猫所化，附在稻草人身上。她主动接近自己，跟自己暧昧了两三个月，就是为了今晚夺走他的魂魄，让他的魂魄附身到稻草人身上。

这个稻草人就是他曾经亲手制作的，并且就是母亲曾经偷偷塞到他被窝里的那个稻草人。到了这个时候，他才想起这些。而在此前，他的心被茅雨衫魅惑，记不清自己做过的稻草人是什么模样，也记不清被他踢出被窝的稻草人是什么模样。

在一片漆黑中，李晓成感到前所未有的绝望。一个稻草人要如何做才能引起别人的注意呢？从来就没有一个稻草人引起过人的注意，让人将它搬到避风避雨的地方去。它们的结局都是腐烂。

过了一会儿，月亮移动了，原来是阴影的地方有了月光照耀。李晓成看到荒草丛里躺着许许多多散乱不堪的稻草人。

那都是他曾经费了心血制作而成的稻草女人。他原以为是父母故意编造谎言搬走了所有稻草女人，此时才明白一切都是那只野猫作祟。原来自己一直错怪了他们。

以前看到散乱腐烂的稻草人，他会觉得可惜甚至同情，因为他喜欢稻草人。可是除了可惜和同情之外，他从来没有过其他感觉。

但是今晚看到散乱的稻草人，他仿佛看到被肢解的人一样既恐惧又恶心。他知道，这是他自己成了稻草人同类的缘故。他曾经听一个老人说过，如果一条狗在吃肉的时候不小心碰到了一块狗肉，那条狗就会突然蔫了。他觉得此时的自己就如一条不小心吃到狗肉的狗。

他不知道，那些散乱的稻草人是否曾经也有过他这种经历，是不是也曾被这只野猫欺骗，来到这座山上成了依附在稻草人身上的魂灵。

李晓成说，当他看见姥爹上山来的时候，他看到了希望。他发现姥爹的身上散发着微光，像是衣服底下有无数的萤火虫一样。他没有附身在稻草人身上之前从来没有见过能散发微光的人。

他看见姥爹朝他看了一眼。

这一眼让他心潮澎湃。因为他从姥爹的这一眼里看到了希望，他从姥爹的眼神里知道了姥爹已经发现了这个稻草人的不寻常。

他看见姥爹用石头赶走了野猫，然后走到他身边，将他扛回了家里。

回到家里后，他在床边看见了自己的身躯。他看见自己闭着眼睛如一具死尸，心中非常着急，不管三七二十一奋力朝自己的身躯扑去。他这一扑出去，就如从悬崖边扑向万丈深渊，眼前一片漆黑，只有无穷无尽的坠落感。

他恐惧不已，以为自己会一直这样坠落下去。

不知道过了多久，他感觉自己触了底。他缓缓睁开眼，就看见了床前守候的母亲和姥爹他们。

李石匠的女人问姥爹：“我们肯定得罪过那只野猫。我怕它偷吃我家厨房里的东西，见它一次打一次，可能它怀恨在心。但是它为什么要把我儿子的魂魄骗到山上去呢？它如果不把我儿子的魂魄骗到山上去，而是骗到更远或者更难找的地方，我儿子就会因为魂飞魄散而死，那不是更加解恨吗？”

姥爹想了想，回答道：“它不仅仅是为了解恨，还有它自己的考虑。它偷偷拜月了，吸收月光精华，但是又怕人发现，所以弄了稻草人，又将人的魂魄骗到稻草人身上，借用人的魂魄来掩盖它自己散发出来的气息。这样的话，一些捉妖捕怪的人便很难发现它。”

李石匠的女人道：“原来这样！”

姥爹救回李晓成的魂魄之后没有在李家坳多做逗留，他急急忙忙又回到了画眉村，然后去找司徒子。

一见着司徒子，姥爹便问：“你回来的路上看到稻草人没有？”

司徒子摇头说道：“没有。你怎么突然关注起稻草人了？”

姥爹便将李石匠家里的事情说给司徒子听。

司徒子听了，笑问道：“难道你认为这里还有附了魂魄的稻草人？”

姥爹点头。

司徒子道：“那又关你什么事？”

姥爹道：“如果有可能危害到这里的人，我就要预防。”

司徒子道：“你以为你对别人好，别人就会对你好吗？就会记得你的好吗？你对别人好一万次，但只要有一次别人认为你没有对他好，他就会因为这一次而忘记前面的一万次。我劝你还是好好关心自己吧。”

吴婆婆的丧礼办完之后，司徒子并没有离开这里，他在吴婆婆家里住了下来。因为吴婆婆无亲无故，房子空着也是空着，所以并没有人来驱赶司徒子。何况司徒子还有一些小钱，常常出手大方，深得本地人的喜爱。

一天，司徒子闲来无事，来到画眉村找姥爹谈论天文地理。刚好谢小米也在。

聊着聊着，司徒子突然对姥爹说道：“我掐算了一下，你最近要小心灾祸，晚上少出门，不然可能遇到无妄之灾。”

谢小米讥笑道：“那天算黄狗黑狗你不是出了糗吗？为什么还敢关公面前耍大刀？”

姥爹却为司徒子帮腔道："小米，话不能这么说。虽然他的掐算不如我，但是他看我比我看自己要准确，他掐算我比我掐算自己要灵验。这就跟你照镜子贴花黄一样，自己最难看清自己，镜子和别人比你更了解你自己。"然后，姥爹谢谢司徒子的提醒。

就在那天晚上，姥爹在门口看到了恐怖的一幕。

门槛外面有无数僵直的尸体跳来跳去！

在一刹那间，姥爹以为弱郎大王带着一批弱郎追到画眉村来了！

当时堂屋里只有姥爹一个人，其他人已经回屋休息了。他不敢大声呼救，怕吓到已经病倒在床的粮官父亲。

所幸姥爹从外地回来后的第一件事就是加高了家里的门槛，因此看到此番情景的时候没有惊慌失措。

姥爹以为那些尸体会从远处跳到近处，跳到门口来。可是它们似乎没有跳进屋里来的意图，它们只是在前面的地坪里跳来跳去。

姥爹看了一会儿，大胆地对着外面说道："朋友，既然来了，就进来坐一坐吧！聊个天喝个茶也好。"

姥爹这么说是为了不让父亲担心。这句话即使让父亲听到也没有关系，这句话可以让父亲以为姥爹的什么朋友来了。而对姥爹来说，这句话既是询问来者，也是给自己壮胆。

如果对方回答，姥爹就能知道对方底细。如果对方还答应进来，说明对方不怕高门槛，从而可以排除弱郎大王。如果对方不进来，说明对方畏惧高门槛，极有可能是弱郎大王，也不排除可能是其他怕高门槛的邪灵。

那些蹦跳的尸体听了姥爹的话后停止了蹦跳，静静地立在门前的地坪里。

姥爹心想，司徒子果然算得准。

这时，一只黑猫从尸体底下缓慢走了出来。

姥爹顿时放心不少。姥爹笑道："原来是你！上次李晓成的事情我还没有追究呢，你倒主动找上门来了！"姥爹这才明白，原来地坪里蹦跳的不是僵硬的尸体，而是稻草人！

每一个稻草人的身上都可能附有一个人的魂魄。

"喵呜……"野猫叫了一声。

姥爹哈哈大笑："这位朋友！你还没有学会说话吧？连人话都说不利索，还好意思到我这里来叫嚣？"

野猫见姥爹不惊反笑，还嘲笑它不会人话，修为不深，顿时嚣张气焰被压制。

"喵呜……"它愤愤地叫了一声，转身离去。

那些稻草人都跟在后面蹦蹦跳跳地离去了。

这时，屋里父亲费力地说道："我儿，你跟一只猫计较什么！"

姥爹一惊，原来父亲全都知道。

姥爹忙走到父亲的房间。

姥爹的父亲说道："它现在还是一只不会说话的猫就这么厉害了，如果到了会说人话的时候再来找你，看你如何应对！"

姥爹沉默不语。

姥爹的父亲叹气道："这也不怪你，要怪都怪我当初因为你哥哥的事情不让你读圣贤书，没考虑你的感受，你只好把时间都用在玄术之类的事情上。邪灵有时候就是这样，你不搭理它，它懒得搭理你。你有心去了解它，它反过来也会接近你。是我让你误入歧途了。"

姥爹忙说一些宽心的话。

姥爹的父亲咳嗽两声，说道："不过你不用怕猫，以后它来寻你的麻烦，你只要听爹的一句话用橘子皮对付它，它便不能近你的身。"

姥爹的父亲几天之后去世了。

他没能如愿看到姥爹成家，可是他经常看到谢小米来画眉村，一直以为谢小米以后会成为他的儿媳妇，所以临走之前没有太多遗憾。

姥爹父亲的葬礼办完之后大概半个月，一个女人在晴天里打着一把红色的纸伞来到画眉村，打听到姥爹的家在哪里，然后找到姥爹，要姥爹带她去姥爹父亲的坟头上拜祭。姥爹带她到祖坟山上去拜祭的时候，叫她不要撑开纸伞，怕山上的树枝或者刺藤刮破她的纸伞。可是她不听，非得打着。

她打着伞跟着姥爹上了山，伞游刃有余地在杂乱的树枝和藤刺之中行走，如一条活泼的小鱼在石头夹缝里行动自如。

到了祖坟地，如此熟悉山上情况的姥爹都难免身上两三处被隐藏在绿叶中的刺扎到，而那个女人的纸伞连一个小口子都没有。

那个女人在姥爹父亲的坟前站了许久，一句话没有说，一滴眼泪没有流，只是默默地站着。

站了大概两炷香的时候之后，她叫姥爹领她下山。

姥爹便在前面给她开路。虽然上山的时候发现她的伞没有损坏，但是姥爹下山的时候依然担心她的伞会被猫骨刺挂到。

走到快下山的时候，姥爹突然感觉后面没了走路的声音。

他回头一看，那个女人不见了。

姥爹忙返回山上去寻找，可是将整座山找遍了也没有找到那个打伞的女人。

回到父亲的坟墓前，姥爹看到紧挨着墓碑的泥土缝里长出了一朵鲜艳漂亮的蘑菇。看那蘑菇色彩鲜红炫目，跟一同上山的女人的伞简直一模一样。

当天晚上，姥爹半夜在沉睡中醒来，忽然看见窗边坐着一个人，那个人的背影非常熟悉。

“你是……”姥爹急忙坐了起来。

那人回过头来，竟然是姥爹的父亲。

亲人之间即使有生与死的差别，也不会因为突然遇见而感到恐惧。姥爹满眶眼泪，要抓父亲的手。

他父亲却将手一摆，示意他不要靠过来。

“你就在那里坐着，我毕竟是死人，你离我远一点。我说完几句话就走。”姥爹的父亲说道。

姥爹点头，忍不住问道：“我以为你会在死后第七天回到家里来，那晚彻夜没睡，可是不见你来。”

“我知道你会等我，那晚有点事情耽误了。因为我生前做了不少善事，为官也算正直，可是你哥哥出现那样的事情，我自己又寿命不长，所以那边为了表示对我的体恤，安排我去哲江的某个地方做城隍。”姥爹的父亲说道。

“哲江哪里？我以后好去看你。”姥爹急忙问道。

姥爹的父亲摇头道：“天机不可泄露。”

“你今晚来就是跟我告别的吗？”

姥爹的父亲微微一笑，说道：“孩子，每个人在去世之后都会跟亲人告别，这叫作游脚僵。”

“游脚僵？”

“是的。长辈虽然想念晚辈，但是又不忍心吓到晚辈，所以绝大部分人去世后回来都不会被发现。有些人半夜醒来恰巧看到亡故的人坐在床边或者站在屋里，以为是自己太过思念亡故的人，其实有时候不是这样的，那是亡者真真实实来过。我知道你会玄黄之术，不会害怕，所以故意坐在你床边等你醒过来说完话再走。”

姥爹愧疚道：“以前有不少人问过我，说看到亲人在熟悉的地方出现，并且跟他说话，不知道这是梦还是真实。那些人问我这到底预示着什么，我却回答说是思念亡人的心太切，导致幻觉的出现。看来我误导了不少人。”

姥爹的父亲宽慰道：“就算你今天开始知道这是游脚僵了，以后也绝不能告诉他们那些幻觉其实是真的。”

“为什么？”姥爹问道。

“如果知道是真的，活着的亲人便会哭得死去活来，甚至想尽办法让亡者留得更久一些或者就此留下来。亡者虽然在葬礼上经过了劝亡人经的开导，明白了生死之道，已经一心准备踏上黄泉路，可是再次经过亲人的哭泣和跪拜，亡者的死灰之心可能再被打动，从此舍不得离开人世。”姥爹的父亲说道。

姥爹沉默不语。他原本想叫罗步斋一起想办法将父亲的魂魄留住的，听父亲这么一说，只好打消了主意。

姥爹的父亲又道：“我死后才知道，那晚领着稻草人来吓唬你的野猫原来被我救过一命。我原来在李家坳征粮的时候救过一只落水的猫。那晚我听到你说话，知道你遇到了麻烦但是不想让病重的我知道，故意用询问朋友的口气跟野猫说话。那只猫来了之后才知道你是我的儿子，所以只发出猫叫，没有发出人声。我是它的救命恩人，它也不想打扰我。我死后它来我的坟前祭拜，说起了我救它的那段往事。它在我坟前忏悔，发誓以后不再作祟害人。所以，你以后遇着它就当没看见吧。”

姥爹恍然大悟。他在李晓成那里就听说这只野猫幻化成美女来诱惑人，那晚在门口没有听到它说话，却只发出猫叫，还以为它只有附在稻草人身上的时候才能说话。没想到它是避着它的救命恩人。

“它还说如果以后有需要它的地方，去李家坳找它就可以了。我觉得你这样总得罪邪灵精怪不太好，如果碰到比你厉害又比你心狠的，你就会吃亏。我想你多一个野猫这样的帮手也好，说不定什么时候能帮你化险为夷，于是我答应了它来转告你。”

姥爹立即想到请野猫的稻草人来帮助对付弱郎大王。活人活物对付弱郎大王总怕被摸顶，如果是稻草人的话，应该会好很多。不过姥爹不想在父亲面前提到弱郎大王，免得让他去了哲江之后还担心这边。

姥爹想起白天那个上山祭拜的打伞女人，本想问问父亲是不是像看见野猫祭拜一样看到过这个女人，可是话到了嘴边又觉得这样问不合适。

如果父亲想说，不用问就会说的。如果父亲不想说，肯定有他自己的考虑。姥爹心想。

姥爹的父亲见姥爹眼神闪烁，问道：“你还有什么想问的吗？”

姥爹摇摇头。

姥爹的父亲笑道：“既然你没有要问我的，那我问问你，你跟谢姑娘到底是怎么一回事？你在丽川给我回信的时候好像对她挺感兴趣的，后来去她家送彩礼却突然取消婚约了，可是取消婚约之后她常来找你，没有一点恨意，你也没有讨厌她的意思。我看不明白。”

姥爹便将谢小米的身世一五一十地说了出来。

姥爹的父亲略一思考，说道：“那你有没有想过叫她尽早脱离别人的身躯去投胎转世？”

“说过。”

“她同意吗？”

“她没有表明态度。”

姥爹的父亲轻叹一口气，说道：“如果她尽早投胎转世，获得属于她自己的凡胎的话，你们还是可以的……”

这时外面响起了脚步声。

姥爹的父亲急忙起身，伸手要摸姥爹，手刚抬起又放下，悲伤道：

“我还是没有习惯已死的生活，常常忘记自己是一具魂灵了。”

姥爹的眼泪顿时喷涌而出。

外面的脚步声越来越近，明显是朝姥爹房间走来的。姥爹的父亲像生前那样拍了拍衣服，甩了一下袖子，然后朝墙壁走去。

姥爹忍不住光着脚走下地面，想去拉住父亲。

可是父亲如同别人站在光下映出的影子一般扑在墙上。姥爹没抓到什么东西，手碰到了坚硬如铁的墙壁。那影子越缩越小，仿佛墙壁是放皮影戏的幕布，而父亲是被幕布后面的艺人拿走的皮影。

姥爹扑在墙上，可是他无法像他父亲一样穿墙而去。

咚咚咚……

这时外面响起了敲门声。

深夜来敲门，必定有重要的事情。姥爹连忙抹干眼泪去开门。

打开门来，姥爹看见一个没有头的人站在外面。那人身上穿着青色长袍，仿佛一位文质彬彬的私塾先生。

姥爹心想，父亲刚说完邪灵精怪或许会找上门来，没想到父亲前脚刚走，邪灵精怪后脚就跟进来了。

“请问你找谁？”姥爹稳定情绪说道。由于光着脚，姥爹觉得有点冷。

那个没有头的人听到姥爹说话，双腿往下微微一蹲。

这时候姥爹才发现这个人不是没有头，而是身材太高。可是它那个头着实恐怖，脸像是被晒化了似的要流下来，瘦长如马脸。

“打扰了，我找马粮官。”那个马脸人说道，虽然开口道歉，但是语气冷冰冰的，并没有半点因为打扰而内疚的意思。

姥爹道：“原来找我父亲，可是他前不久去世了。”

马脸人依旧冷冰冰说道：“我知道他去世了。”

“这位先生，你既然知道他去世了，为什么还要来找他呢？”

姥爹问道。这个人虽然没有什么善意，但看起来也没有什么恶意。姥爹不知道该驱赶它，还是开门让它进来。

马脸人说道：“我要带他去一个比较远的地方，现在还不启程的话，天亮之前就不能到了。”

“哲江？”姥爹惊讶道。

马脸人也微微惊讶，问道：“马粮官告诉你了？”

姥爹点头道：“嗯。可是他没有告诉我具体的地方，说天机不可泄露。”

马脸人神色缓和下来，说道：“幸亏没有告诉你具体的地方，不然我只好连你一块儿带走了。”

姥爹倒抽一口冷气。这时姥爹看到马脸人的青色长袍上有祥云暗纹。

马脸人见姥爹光着脚，难得地语气温和下来，说道：“小子，回屋里睡觉去吧，别着凉了。你父亲生前是个大善人，我在路上会好好照顾他的。”

姥爹急忙拱手作揖：“那就烦劳了，以后有机会必定报答！”

待姥爹作完揖抬起头来，马脸人已经不见了。

后来，姥爹去了哲江许多次，逢土地庙就拜，希望找到他父亲所在的地方。可是直到去世，他都没能找到那个土地庙。

或许姥爹找到过，可是不知道他父亲就在那里，从而错过了。

姥爹在哲江并不是一无所获，他在夯州遇到了一个名叫林唤之的人。姥爹和这个人性格相投，互相欣赏。姥爹离开哲江之后，他也离开了。但是从此之后，两人常有书信往来。所谓君子之交淡如水，此后二十多年的书信往来不过是聊聊人生和诗句而已。可是后来林唤之的一封书信让姥爹大吃一惊。

那封书信里没有别的内容，只有一首诗：

山雨不可晴，秋径没蒿莱。
大坪何兀兀，九老尤奇哉。
洞古潜蚊螭，风云时徘徊。
松翠自波涛，半空起层台。
此中有驯猿，时时清啸哀。
老僧唤之来，饲之以青梅。
相依两摩挲，情好如婴孩。
我叹天地间，万物何相催。
人与物无连，物与人何猜。

书信的末尾写着："三痴偶得，马兄雅正。"他常自称为三痴，后来名扬骛江大陆南北。

这首诗姥爹在修眉山的时候在迷海大师那里看见过，所以姥爹收到林唤之的书信后痴呆了好几日，闭门谢客了半个月。

谁也不知道他那半个月都想了些什么，悟到了些什么。

此后不久，谢小米告诉姥爹，她维持不住体内的腐烂尸气了，里面的五脏六腑已经全部化为臭水，走路的时候免不了发出咕嘟咕嘟的声音。谢家父母常以为她饿了，可是刚吃完饭也发出咕嘟咕嘟的声音。每次对着镜子梳妆的时候，一不小心就会将头发拽下来，鼻子也能摁进去，眼珠子开始浑浊，白黑不分。

谢家父母答应取消与马家的婚约之后并没闲着，他们仍然热心地去寻找自认为合适的乘龙快婿。谢小米害怕在那些公子少爷面前露出马脚，可又不得不见。

谢小米对姥爹说，终究纸包不住火，不如假装大病一场然后造成去世的假象，转世投胎。

姥爹也认为只好这样了。

在谢小米还没有考虑转世投胎之前，姥爹就开始帮她寻找转世投胎的机会了。他嘱咐罗步斋在外收账的时候打听一些投胎转世的奇闻逸事，从那些听起来荒诞不经的事情里甄选出可能靠谱的，然后去询问当事人，希望找到一些转世投胎的诀窍。

谢小米希望转世投胎之后不忘记这辈子的事情，不然千年修为会在转世投胎之后忘记，那就会成为一个真正的普通人，经历生老病死。如果转世投胎之后还能想起上辈子的事情，她就能依照上辈子的所遇和所悟继续修炼。

她也不愿再次遇到姥爹的时候形同路人。

为此，姥爹到处打听与转世有关的消息，期望从中获得一些启示。

可是凡是与姥爹谈论此事的人，没有一个不是打击他的。

第八章 大云山

姥爹听闻巴陵边境有一座山，名叫大云山。山上有一个老道长，据说他记得转世之事。

其实除了这个道长之外，早有不少人声称能记得前世之事。可是这个道长与其他人不同，他不但记得前世，还记得前世的前世。他说他记得自己活过了九十一次，前面四十多次他是蛇牛马羊，后面四十多次他才成为人。

特别是他前世的记忆得到了验证。

在五岁的时候，他就告诉爹妈，他不是他们的孩子。

他爹妈非常生气，将他打了一顿，怪他胡说八道。

他坚持说自己不是爹妈的孩子，而是邻县县城某某家的孩子。他不但记得那个县城里父母的名字，还记得跟他一起玩耍过的小伙伴的名字，更记得他前世的家附近的景色。

他爹妈吓了一跳，见他说得头头是道，心想一个小孩子不可能编出这么完美的谎言，决定带他去邻县县城去看一看。

到了邻县县城，他就像踏上了最为熟悉的道路一般行走自如，七弯八拐却顺顺利利地找到了他口中说的那户人家。他见了那户人家的人主动叫爹叫妈。

那户人家的人见了他，却不认得。

于是，他将前世生活经历的事情一一道来，以证明自己就是他们的孩子。

那户人家的人听完大惊失色，因为这个小孩说的都是以前真真切切发生过的事情。左邻右舍的人听说了这件怪事，纷纷聚集到这里来。这个小孩见了邻居们，一点儿也不生分，亲切地叫姨叫伯，和比他大的孩子打招呼，还能叫出那些孩子的名字，甚至是小名。

他的亲生爹妈一问，这才知道原来这户人家在六七年前有一个孩子去世了。他说的那些事情，恰恰是那个过世的孩子经历过的。

他要留在这里，可是县城的父母不敢相认。

亲生爹妈要带他走，他却不愿意走。

两家人商量之后决定让他两方轮流待一年。

于是，他这年在亲生爹妈这边住一年，次年在前世爹妈那边住一年，如此往复，直到他长到十五岁。

到了十五岁，他遇到了一位路过的道士。

他有很多转世的问题要询问道士，道士给他解答了一天一夜还没有解释完。

于是，他决定跟着道士出家，继续寻找转世谜团的答案。

那个路过的道士是大云山上一个道观里的修行者，他自然而然跟着上了大云山。大云山又叫耶姜山，自古就是道家洞天福地。

他跟着道士学了几年之后，突然记起了前世的前世之事。他想起前世的前世自己是一个大户人家的少爷，吃喝嫖赌样样精通，最后将家产折腾得一干二净，后来投河自杀了。为了验证自己的记忆，他特地下山去了记忆中的地方，找到当地的老人了解情况。因为他前世的前世投河自杀时年龄不大，前世重病去世时年纪更小，所以当地还有记忆力较好的老人记得那位大户人家少爷的名字和投河自杀的事情，与他的记忆不谋而合。

此事过后不久，他的记忆就像推倒的多米诺骨牌一般发生了连锁反应。他又记起了那位大户人家少爷的前世，接着记起了大户人家少爷前世的前世，以此类推，他记起了自己九十一世的事情。

他记得自己曾经是一头黄牛，经常累得半死还要受农夫的鞭打，痛苦不堪。他看见母黄牛的时候想去亲昵交配，却被另一头凶悍的公黄牛攻击，腹部被那头黄牛用牛角顶破，留下了一个窟窿。

他还记得自己曾经转世为猪，一天到晚在猪栏里吃了睡，睡了吃，虽然猪栏潮湿阴暗，但生活安逸得仿佛时间停止了一般。到了冬季他的日子就没有那么好过了，猪栏里到处漏风，晚上被冻得哀号。冬季最寒冷的时节刚过，他以为好日子要来临了，却见主人拎着刀走进猪栏，扯住他的耳朵往外拖，然后将锋利的刀子捅进了他的喉咙。他恐惧万分地号叫挣扎，可是渐渐失去了知觉。

他给别人讲起自己前四十多世时，时而快乐时而痛苦，再往前讲时，就只有痛苦了。他说畜生道实在难以忍受，到了人道才勉强好些。那些事情讲得惟妙惟肖，如数家珍，让人不得不信服。

姥爹听到这些传说之后，决定亲自去一趟大云山。

到了大云山之后，姥爹才知道山下的人们都管这个道长叫九一道长，记得九十一次轮回的意思。

九一道长并不像其他的高深道长一样闭关悟道，也没有一点高高在上的架势。他待人随和，语气亲切。用他的话来说，人虽然有穷有富，有高有低，有聪明有愚笨，但都身处人道之中，除了极个别寥若晨星的人可以跳出人道之外，几乎所有的人都在这人道的贪嗔痴里挣扎，死了生，生了死。

姥爹见到九一道长的时候，他正在一个小房间里打坐。

那个房间特别小，除了一张铺草的床，一张瘸脚的桌子，一把裂了的竹椅，再无其他。除了这些东西之外，可供人腾挪的地方不足十平方米。

窗户也非常小，只有箩筐口大小，所以屋里比较暗。

在昏暗的环境下，姥爹见瘦骨嶙峋的九一道长两眼闭合，两掌相叠，掌心向上，在床上盘腿而坐。脸上没有什么表情，即使有表情也被沟沟壑壑的皱纹遮盖住了。嘴巴皱得如晒干萎缩的红枣，红中带黑。两耳却出乎意料的大，且薄如风干的木耳。头发银白，稀疏且长，在头顶结为道士标准的发髻，由于头发太少，横插着的簪子眼看着就要滑下来，令人担心。结印的手指枯瘦如老藤，盘结在一起。

姥爹常见道骨仙风的道士，却没见过这种精瘦垂老的道士。这九一道长虽看起来不像有修为的高道，却也不像普通的凡人，而像没有生命的古董或根雕。

姥爹以为他在参禅或者悟道或者练功，便没有打扰他，默不作声地在竹椅上坐下，陪他一起打坐。

大概过了一炷香的时间，九一道长发出了长长的哼声，仿佛是口鼻不畅，需要用力地呼吸。

姥爹急忙站起来，看他是否需要帮助。

九一道长哼完却又入定了，仍旧如古董、根雕一般一动不动。

姥爹此前听人说了，九一道长每天都要入定几个时辰，从不偷懒，所以姥爹做好了准备。

于是，姥爹静下心来，学着九一道长的样子垂下眼皮，模仿他的手势双掌相叠，掌心向上。姥爹不知道入定的要领，但是知道入定需要心静气平，再说他也不是非得练就入定的功夫，所以装模作样地入起定来。

这一入定就出问题了。

懂得入定的人在入定之前必须动一个念头，告诉自己这次入定大概多久。有了这个念头之后，有一定入定功夫的人就会在固定的时间里自然而然地出定。如果入定前没有动这个念头，即没有把出定的时间输进去，又没有外人引出，自己是很难出定的，极易让人就此沉睡过去，甚至死亡。

姥爹闭上眼后不久，脑子开始变得昏昏沉沉。姥爹很快意识到不妙，想睁开眼，可是眼皮沉重得如同挂了两个秤砣，根本睁不开。他想呼喊，可是嘴巴也张不开。他想抬起手来拧自己一下，拧疼了就会醒，可是相叠的手仿佛托着千斤重的东西，动弹不得。

姥爹只好奋力睁眼。

挣扎了许久，眼皮突然一松，姥爹的眼睛睁开了。

可是睁开眼的姥爹发现自己已经不在九一道长的小屋里了。他发现自己站在一片青草地中，面对着耀眼的阳光，阳光晃得他睁开的眼睛又想闭上。姥爹感觉不能再次闭上眼睛，怕一闭上就回到刚才无法动弹的状态。

姥爹抬起手，手也能动了，用手掌挡住刺目的阳光。

紧接着，他全身都行动自如了。

他转身避开阳光，看了看四周，发现这里有一条哗哗作响的小河流，河边有一个小亭子。亭子顶上没有瓦，铺着一层草。那草跟九一道长床上铺的草一模一样，澄黄细长，显然是捋过一遍草叶的，只剩了笔直中空的主秆。如果不捋去草叶，铺在床上会像毛毛虫一样蜇人，铺在茅庐屋顶上容易发热腐烂。

姥爹朦朦胧胧中觉得这个小亭子和小河流似曾相识。

接着，姥爹的耳边传来一个苍老的声音。那声音说道："春夏秋冬是小范围循环。倘若你看过顶天雪山，看过奔腾河流，看过万川入海，看过雷云风电，便知道水从何处而来，在哪里汇合，在哪里流淌，在哪里归宿，又如何蒸腾成云，又如何云凝成雨。这小小一滴水的循环，便如人间轮回。这是大范围循环，也是九九归一的诀窍所在。"

末了，那声音又说："这些万物都遵循九九归一的道理。人在时间上如春夏秋冬小轮回，在运程上如由川入海大轮回。诸多轮回组合，便是单个人的人生。"

姥爹在心里默默念道："轮回？"

那声音紧接着说道："轮回也说不上轮回，通晓也说不上通晓。如面见镜子一般，在某个节点上，过去即是未来的映照，未来即是过去的重复发生。"

"迷海大师？"姥爹终于想起在修眉山遇到的情景。

这小河流和小亭子与迷海大师居住的环境非常相识，却小有区别。这小河流比姥爹之前见过的要弯曲一些，小亭子比之前见过的要破旧一些。

难道离开修眉山之后，迷海大师居住的地方发生变化了吗？姥爹心想。

不由自主地，姥爹走到了以前跟迷海大师讨论轮回的庵庐。这庵庐也比以前破旧，摆设稍稍不一样。

姥爹在庵庐的前后左右找了个遍，没有找到迷海大师的身影。

姥爹来到小河流旁，河里的水清澈见底。姥爹俯下身，看见水中居然有迷海大师的影子！

姥爹吓了一跳，急忙要下水，可是手一碰到水，迷海大师就不见了。

一会儿水波淡去，迷海大师又在水中出现了。

仔细一看，水中的哪是迷海大师？明明就是自己的倒影。倒影里的自己身穿朴素的僧衣，脚踏粗布僧靴，跟以前遇见的迷海大师确实有几分相似，但那张脸确确实实是自己的脸。

姥爹觉得这一幕不可理解，可是此处没有人可以询问。

姥爹心慌意乱，又想起修眉山离画眉村十万八千里，不知道如何回家。他在河边走来走去，不知该如何是好。

这时，一阵磬声响起，清越而悠扬。

听到磬声后的姥爹顿时心境平静下来，不再急躁。他循着磬声走去，心想有磬声的地方，必定有敲磬的人，询问敲磬的人，便能解开一切谜团。

循着磬声走去的方向正是以前他从迷海大师所居之处走向洗象池的方向，也是灵猴第二次牵引他的方向。

姥爹走了一段时间，果然像上次一样走到了洞口。

洞外有一个和尚正在敲击钵状的铜磬。姥爹一眼就看出那个和尚是迷海大师，但他比姥爹认识的迷海大师要年轻许多。

姥爹顿时醒悟了！

自己就是迷海大师口中的师父。之所以在庵庐和小亭子里找不到迷海大师，是因为迷海大师还没有进入这个洞中。

或许迷海大师与他的师父相遇，就是因为他在洞口敲磬，引起了洞中人的注意。

原来身穿僧衣僧鞋的自己，正是前世的自己。原来刚刚经历的事情，正是前世经历的事情！

“轮回也说不上轮回，通晓也说不上通晓。如面见镜子一般，在某个节点上，过去即是未来的映照，未来即是过去的重复发生。”姥爹顿悟了这句话的真正意义。

姥爹嘴唇颤动，神情激动地问那个敲磬的人道:“你可是迷海？”

迷海停了手不再敲击磬，眼睛看着姥爹，用一种怪异的带着回响的声音说道：“请你睁开眼来看看！”他坐在空旷处，不应该有回声。

姥爹惊讶道：“我的眼睛是睁开的呀。”

迷海再次说道：“请你再次睁开眼！”

姥爹似有所悟，急忙努力再次用力地瞪眼睛。

姥爹的眼睛终于睁开来。眼前敲磬的人并不是迷海，而是坐在铺了草的床上的九一道长。自己并没有在洞口，而是端坐在那张竹片裂开的椅子上。不过屋里光线暗淡，确实如在洞中一般。

那磬声也不是迷海敲出的，而是眼前这位干瘦如柴火的道长敲出来的。

“刚才是怎么一回事？”姥爹惊问道。他浑身疲乏，脑袋沉有千钧，如做了一个非常累人的梦。

九一道长嚅动干枣一般的嘴唇说道：“你入定太深，自己出不来，我便用磬声将你唤醒引出来。如果不把你唤醒引出来的话，你会一直像做梦一样延续下去，直到你饿死渴死。”

“多谢道长！”姥爹额头冒出冷汗。他不知道，如果九一道长没有将他唤醒过来，是不是他就会跟迷海和尚遇见，然后将迷海带进洞中。他不知道如果坐在这小屋里的自己因为不能出定而饿死渴死，洞中的前世是否还会延续。是不是今生的自己因此死亡，那么前世的经历也会戛然而止？是不是今生继续生活，前世才能顺利终结？姥爹觉得思绪纷乱如麻。

“不用谢。”九一道长放下了磬，挪下了床。干枯的稻草在他的挪移下窸窣响。

姥爹看看窗外，已经是傍晚时分！

“我刚才梦到了我的前世。”姥爹说道。

九一道长波澜不惊道：“我已经做了一百多次这样的梦。外面人知道我记得九十一世，九十一次生死，却不知道现在我早已超越了九十一次。我为此痛苦不堪，希望你不要陷入太深。”

姥爹道：“我这次来不是为了我自己的前世，而是为一个朋友的转世做准备而来。”

九一道长道：“能让你如此尽心尽力的朋友，一定不是一般的朋友吧？”

姥爹沉默良久。

九一道长走到姥爹身边，拍拍他的肩膀，示意他不用回答。道长说道：“自从记得九十一次前世的事情纷纷扬扬传播出去之后，我就没有一天好日子过。许许多多的真心追问或者仅为好奇的人来到这大云山，让我没有一点自由时间活动，搞得我心力交悴。后来，我只好假装什么都不知道，劝那些人离开大云山，还我清净。”

姥爹深有同感，说道：“我也是这样。因为懂得一点玄黄之术，曾帮人掐算，后来附近的人们凡事都要来找我掐上一掐，算上一算。大到人的生死，小到鸡毛蒜皮，事无巨细，烦不胜烦。不过那些人都是低头不见抬头见的邻里乡亲，拒绝推托不太好。”

因为类似的痛苦，九一道长将姥爹视为知己，叫他在道观住下。

姥爹一心想问到诀窍之后告诉谢小米，想早来早回。九一道长却劝他不要心急。姥爹见他如此热情，又承认自己糊弄前来求问的人，并打发他们走，心想留下他必定是决定了告诉他答案，于是在大云山住了四十一天，其间跟九一道长谈佛论道，打坐参禅。

在前面的四十天里，九一道长传授给姥爹入定出定的技巧诀窍，让他既能顺顺利利地入定，又能安安全全地出定。姥爹却没能再次进入修眉山的那个山洞里。

第四十一天早晨，九一道长早早地将姥爹叫了起来，领着他在大云山逛来逛去。

姥爹狐疑道："道长，您这么早叫我起来，难道就是为了散步？"

九一道长说道："经过这些天的谈天论地，我知道你才华不疏学识不浅，你知道得太多。我自始至终就在这大云山附近生活，足不出县，眼不过百里，读书也甚少，从才华和学识上来说，远不及你。但是，正因为你见多识广，博学多才，才让你忘记了本源，看不到本质。"

姥爹确实也有同感，于是沉默不语。他不是那种被人说几句便受不了的人。

九一道长见他不争辩，反而欣赏地点头道："要想让你的朋友转世之后仍旧记得今生之事，你让她记住你的容颜、记住你的性格、记住你的声音都是徒劳，你试图用尽各种方法来帮助她，也是徒劳。人本是渡世的舟，你叫她记住这舟的外形、特点、木质，想让她依照这些在来世找到你，无异于刻舟求剑。舟还是那条舟，剑却不在这里了。"

"那就是说，外力的辅助都是没有用的？"

"对。"

"那该如何做？"

"守心。"

姥爹捂住胸口，轻声道："心？"

九一道长将姥爹的手拿开，一脸笑意地说道："心不在这里。它在水田里，在杂物间，在大海，在命根，在这世间万物中。阿赖耶识区别于眼识、耳识、鼻识、舌识、身识、意识、末那识，却又是它们的综合，又是它们的种子。它可以如水田一样再次长出稻禾，可以如杂物间再次容纳他物，可以如大海接收万川，可以如命根延续万代。”

四十一天过去后，姥爹想留在大云山上，九一道长却不留他了。

姥爹只好回到画眉村。

回到画眉村的第二天，谢小米便来了马家老宅。姥爹将大云山的遭遇说给谢小米听。

谢小米听过之后，居然忍不住羞涩一笑，说：“我懂了。”

姥爹惊诧道：“我在那里待了四十一天都无法参悟，你居然听我说一遍九一道长的话就懂了？”

同在一室的罗步斋也眉头紧皱，用怀疑的目光看着谢小米。

谢小米提起姥爹常用的毛笔，在纸上写了一句话：“山有木兮木有枝。”然后离去。

罗步斋看了不懂，提着纸走到姥爹面前，让姥爹看。

姥爹看完，呆若木鸡。

罗步斋见姥爹如此，又从姥爹手里抢过那张纸，正面看了反面看，立着看了倒着看，想从中看出端倪来。罗步斋虽然会汉语，但是对古诗词了解有限，所以看了半天没有看出任何迹象。

姥爹知道，这句话的下一句是“心悦君兮君不知”。他也顿时明白了九一道长的话。九一道长的意思是，叫谢小米记住姥爹的面容，记住姥爹的住址，那都是外在的记忆，没有什么作用，关键在于谢小米是不是心在姥爹这里。只要心在这里，相貌、距离、声音，年龄等，都无法形成阻碍。

几天之后，梅溪桥的谢家派了人来，叫姥爹去一趟。

姥爹大为惊讶，因为以前都是谢小米自己来，从来没有派别人到画眉村来过。

姥爹问来者：“是谁叫你过来的？”

来者说道："当然是谢家的人哪！"

姥爹问道："是谢家父母还是谢小姐？"

"当然是谢家老爷。"来者说道。

姥爹心中一惊，赶紧叫罗步斋一同赶往梅溪桥。

到了谢家，谢家老爷急忙将姥爹往谢小米的屋里拉。姥爹心想，以前生怕我进去，现在却拉着我进去，真是此一时彼一时。

不过看谢家老爷心急如焚的样子，姥爹感觉事有不妙。

进了谢小米的闺房，一阵恶臭袭来，呛得姥爹和罗步斋连打几个喷嚏。

姥爹心中讶异，这种恶臭是人死亡前才释放的戾气。人在活着的时候吃五谷杂粮和蔬菜肉食，那些东西里除了有人需要的营养之外，也有各种毒素。人在活着的时候，这些外界进入体内的戾气被压制，不得释放。但是人真正死亡的那一刻，这些戾气再也闭守不住，从七窍和毛孔里泄露出来，发出难闻的气息。这阵戾气释放之后，人体便真正开始腐烂发臭了。

果不其然，姥爹在谢小米的床上看到了她的尸体。

谢家老爷痛苦地指着谢小米，泪眼婆娑地说道："昨天她从你家回来，就已经不行了。我想让她再见你一面，可是她不让，说什么以后还有见面的机会，不在乎是今生还是来世见面了。我不敢跟她较劲，便没差人去叫你来。今天早上见她滴水不进，气息奄奄，我才自作主张叫人去喊你来。我见她前几天还好好的，以为不至于这么快就咽气，心想你还能见她最后一面，没想到还是晚了……"说着说着，谢家老爷头靠着床泣不成声。

姥爹缓缓说道："原来您知道她是从我家回来的。"

谢家老爷极力抑制悲痛的情绪，说道："我何尝不知？只是不想让她知道而已。"

姥爹顿时想起以前谢小米说的话来，谢小米说谢家父母对于她刻意暴露寄生身份的举动视若无睹。这谢家父母或许已经明确知道谢小米的不对劲了，他们连这么重要的事情都可以假装不知，何况是这些小事？

想起这些，姥爹对谢家父母的付出感动不已。

姥爹想起谢小米前段时间说已经无法控制体内的尸气，急忙叫罗步斋扶着悲伤过度的谢家老爷出去休息。此时谢家老太太已经悲痛得躺在床上起不来了，幸好院里还有几个可以办事的下人。

姥爹急忙叫下人去准备丧事。

本来人死后必须由亲近的人将亡者擦洗一番才能入殓的。但是此时的谢小米已经尸气充盈，稍有不慎则可能伤害他人，姥爹只好私自决定省略这个程序。

在大云山的时候，九一道长曾经说过，他小时候每次闻到燃烧的檀香就会想起一些前世的片段，所以估摸檀香有帮助记忆前世的功能。

于是，姥爹问谢家下人家里有没有檀香。

下人却说没有。

姥爹无奈，于是掏出随身携带的毛壳香囊，放在谢小米的枕边，希望这毛壳香囊可以替代檀香发挥作用。另外，第一次跟谢小米见面的时候，姥爹就发现这毛壳香囊可以抵消尸气，此时放在这里，也可以起到对活人的保护作用。

很快，屋里弥漫了一种奇异的香气……

姥爹凑到谢小米的耳边，轻声念道："你本是一棵无依无靠的寄生草，出生于庚午年腊月初七午时，偶然机缘听到四首以寄生草为名的诗句，得以开悟灵智，走上修炼之道……"姥爹将谢小米的生平娓娓道来，希望借助毛壳香囊的香气，可以让她的魂魄记住。

罗步斋在旁听得真真切切。

待姥爹将自己知道的大概经历说完，罗步斋在旁提醒道："你应该多说说你跟她之间的事情。下辈子倘若她还记得你这些话，继续修行，但是她记不起你这个人，岂不是徒劳无功？"

姥爹却不再多说。

罗步斋不理解姥爹为什么不说。

后来罗步斋理解了姥爹的做法。他后来才知道，谢小米在世的前一天留下的那句诗叫作《越人歌》。全篇是："今夕何夕兮，搴舟中流。今日何日兮，得与王子同舟。蒙羞被好兮，不訾诟耻。心几烦而不绝兮，得知王子。山有木兮木有枝，心悦君兮君不知。"

罗步斋这才知道谢小米与越人有着同样的心思，也有着同样与生俱来的自卑。越人自卑是因为自己只是一个打桨的下人，认为配不上鄂君子。谢小米则觉得自己是寄生之草，又寄生在一具充满尸气的尸体上，也配不上身有功名的姥爹。因此，谢小米内心纠结一如越人。

姥爹自然比罗步斋更明白谢小米留下那句无头无尾的诗句是什么样的心情。他没有机会解开她的心结，又不愿意让她觉得自己卑微，于是没有在她的耳边说那些话。

"希望你忘记我，找到更好的归宿。"末了，姥爹补充道。

谢家父母双双因为悲痛病倒，家中又无子女可以托付，于是将谢小米的丧事交由姥爹来操办。

姥爹没有给谢小米置办棺材，而是弄来一对水缸，将谢小米装在水缸里，然后将对接的水缸口用水泥封上。他知道，毛壳香囊的香气无法将谢小米所有的尸气抵消，而无论什么木质的棺材都无法保证完全的密封性，如果将棺材在屋里停放七天，尸气必定会伤人。

但他如果将两口对接的水缸摆放在灵堂里，这也无法交代。

于是，姥爹请了李家坳的李晓成照着谢小米的样子做了一个堪比真人的稻草人，然后当着大家的面将稻草人放进柳木棺材之中。

李晓成一直对姥爹心怀感激，自然不会将真相泄露。

吹吹打打七天之后，姥爹将谢小米送上了山。

由于谢家富甲一方，家里发生的点点滴滴都能成为平民百姓茶余饭后的话题。梅溪桥的人大多知道姥爹和谢家小姐曾有婚约，后又取消，这次见姥爹亲自操办丧事，纷纷称赞姥爹有情有义，即使被女方毁约也不记仇，到头来还一丝不苟地对谢家小姐尽了丈夫的责任，对谢家老爷尽了姑爷的责任。

同时，梅溪桥的人们更加觉得谢家小姐魅力无穷，竟然能让一个男人做到这种程度。

传言加想象，姥爹和谢家小姐的故事被人们越传越神，几乎媲美牛郎织女。

自那之后，谢家老爷确确实实将姥爹视作亲姑爷，不当外人。

谢小米是不是顺利投胎转世，姥爹没有办法得知，没有踪迹可寻，唯一能做的，就是等待。这一等，就等了二十四年，两个生肖轮回。

在这二十四年里，姥爹时常去找九一道长，更时常翻阅关于转世轮回的佛经道经。

九一道长虽然是道士，但是从来不忌讳跟姥爹讨论佛理。在九一道长看来，佛道本是一家，虽然有差异，但也有很多相通之处。

有一次，姥爹问九一道长：“你既然懂得这么多佛理，为什么不做和尚，却做道士呢？”

九一道长笑道：“我确确实实曾经想做和尚，去好几个和尚庙求收留，可是都被拒绝了。”

“为什么要拒绝？”

“他们说我六根未尽，尘缘尚深。”

“你后来不是离开了父母吗？”

“他们认为我虽然离开了家，但是仍牵挂前世的亲人，所以没有了断尘缘。”九一道长说道。他站在大云山的最高处，俯视山下如蝼蚁般劳作的人们。

姥爹以为自己了解“没有了断尘缘”的意义，可是接下来九一道长的话让他茫然。

“其实今生我也在寻找那个人的影子，我找了四十多辈子，却如同镜中花，水中月。”九一道长目色凄然。

“镜中花？水中月？”

九一道长看着山下说道：“或许她就在我的周围，可是我触碰不到她。”说完，他的眼眶里居然噙满泪水。他这样失态，实在不符合他现在的身份。

姥爹再问细节，九一道长却连连摇头，不想多说。

那天姥爹从大云山沿着漫长的石阶缓缓走下，刚到山脚下，就被一个人从背后叫住。

“马秀才莫走！”那人喊道。

第九章 泽盛

姥爹回头来看，只见一个年纪四十左右的男人从一块大岩石后面钻了出来，他肩膀上扛着一个捞鱼的网兜。那人脸长目长，下巴上一撮山羊胡须，有点像骛江大陆以前某一位皇帝的画像。姥爹知道，从面相上来说这是帝王相，只可惜左脸颊上一颗显眼的黑痣破了相，毁了他的帝王命。那个捞鱼的网兜是黑线编织而成。

可是待那人走近来，姥爹发现那个网兜并不是黑线编织而成的，而是毛毛糙糙仿佛人的头发编织而成。

姥爹感觉他不是一般人，提高警惕地问道：“你是什么人？你怎么知道我是马秀才？”

那人嬉笑道：“马秀才这么有名，想知道还不简单？像我这种平庸之辈，不被马秀才知道那是再自然不过的。”他笑起来两眼几乎只剩一条细缝，同时嘴唇裂开，位置错乱的牙齿露了出来。

“你找我有什么事？请快点说，我着急赶路回家。”姥爹说道。

那人恭恭敬敬说道：“我是泽盛，字定茂，古尔多氏。”

姥爹听说他是古尔多氏，大吃一惊，这古尔多氏是皇族八大姓之一。

姥爹拱手施礼道：“原来是皇家亲戚，失礼了！”

不过姥爹心中也有疑问。这古尔多氏的人怎么跑到大云山这种地方来了？还偏偏找到自己？

听他自报家门，姥爹更觉得他那帝王相名副其实。

未料泽盛却说起了九一道长。他说道：“你想不想知道九一道长说的镜中花、水中月的意思？”他说话时神秘兮兮的，仿佛小偷偷了别人的东西找人销赃一般。

“道长不想细说，我就不便多问，也不应该深究。”姥爹说道。

“你就不想知道谢小米转世去了哪里吗？”泽盛将眼缝眯得更细。扛在肩膀上的网兜被风吹得轻轻摆动。

姥爹见他如此了解自己想要的东西，知道他是有备而来。如果心急询问，那就很可能着了他的道，进了他的套。于是，姥爹假装漠不关心道：“转世的事情老天自有安排，我只能尽人事，听天命。”

泽盛着急了，急忙跨出一大步，拦住姥爹的去路，将那个头发编织成的网兜举起来，说道：“你不相信我的话吗？古尔多氏的人从来不说谎话！”

姥爹心中一动，但还是径直往前，脚步不停。

泽盛连连后退，就是不让出路来，他一边后退一边说道：“马秀才，你知道人今生与前世的通道在哪里吗？在梦里！你今生所做的梦，或许床头醒来还记得，但大部分在醒来后即刻忘记，这是为什么？你今生有时候遇到的人或者遇到的场景觉得非常熟悉，但是你记不起到底在何时何地见过经历过，这是为什么？因为梦！因为前世的通道！”

姥爹站住了，像牛反刍一般咀嚼泽盛的话：“前世的通道？梦？”

泽盛见姥爹有被打动的迹象，急忙小鸡啄米一般连连点头，一脸期待地看着姥爹，说道：“嗯，嗯。前世的通道！九一道长如何记起前世的，我不知道，但是我另辟蹊径找到了独特的联系前世的方式。并且我擅长于寻找这种通道……哦，不……我擅长捕捉这种通道里的东西！”说完，他晃了晃那个奇怪的网兜。

那个网兜姥爹没弄明白到底是干什么用的，如果是捕鱼的，那头发编织的网线也太黑了，简直是提示鱼儿这里有危险；如果是捕鸟的，那网洞也太大了，鸟儿能从网洞里直接飞掉；如果是捕蝴蝶的，那网线也太粗了，简直可以直接将蝴蝶拍死。不过看那编织工艺非常细心，应该是有用处的。

“你的意思是你能通过别人的梦知道别人的前世？”姥爹问道，将信将疑。泽盛说的经常遇到某人或者某个场景的时候会觉得非常熟悉，但是记不起什么时候什么地方经历过，这种感觉姥爹也常有。在熙沧姥爹第一次进入那个破破烂烂的寺庙时就有过这种感觉，并且这种感觉非常强烈，如同故地重游。除此之外，上次在九一道长的昏暗小屋里入定，姥爹恍惚间回到了前世，又恍惚做了一个梦。因此，泽盛说梦是前世的通道确实有几分可信，但姥爹拿不定这个泽盛是不是真能借助梦境寻找前世的线索。

泽盛点头的时候信心满满，没有一点犹疑。那个奇怪的网兜也晃得厉害，好像它也信心十足。

“好吧，就算你可以通过人的梦寻找到他的前世，可梦都是今生的，找到过去的梦又有什么意义？像九一道长这样住在高山上避开人世恐怕是最可能的结果吧？再者，你知道我想了解谢小米的转世，我不管你通过什么手段得知这个信息的，但是谢小米已经去世了，你如何获得她的梦呢？”姥爹问道。

姥爹的忧虑自有他的道理。这泽盛虽然声称能通过别人的梦找到前世的痕迹，但是这个被寻找的人如果死了，已经没有梦境了，他又如何寻找呢？有米可做千种饭，无米巧妇也发愁。

泽盛得意地笑道：“谢小米虽然已经去世，但是总有投胎转世的时候吧？一旦她转世投胎成功，不就会像常人一样做梦了吗？只要她的阿赖耶识还在，她的心……嗯……我就能找出来。不过这比我以前做的要艰难很多，如同……大海捞针……不过还是有希望的。”

姥爹将泽盛重新打量一番，然后问道：“你既然是皇家近亲，又会这些玄怪之术，为什么会跑来找我？你总有个目的吧？”

泽盛沉默了片刻，然后说道：“为了名声！”

“名声？”姥爹更不懂他的意思了。

泽盛点头道：“是的。因为你的名气已经越来越大，我在京城的时候就听人说起了你。我从小就对异术痴迷，不愿意走上仕途，也不愿借家族背景经商赚钱，小时候尤其喜欢变戏法的表演，但是知道那都是障眼法之后，非常失望。所以，我一直在寻找真正的异术，而不是浅薄的骗人眼睛。”

姥爹感慨道：“看来你是真心喜欢玄黄之术。我原来醉心于读书，却被父亲制止，大把时间没有地方打发，才学了这些东西。不过你还是没有说实话，我现在名声并不大，比我有名声的人多了去了，你为什么偏偏找我呢？不过你不说自然有你的考虑，我强迫问的话，也只能问出其他无关的答案来。”

泽盛见姥爹这么说，急忙说道：“多谢马秀才体谅。”

“不管怎样，相见就是缘，何况你是从京城那么远的地方来的。如果你愿意，请和我一起去我的家乡画眉吧。我那里还有一个在这方面比较厉害的朋友，你们可以聊聊。”姥爹见他衣衫破旧，脸有菜色，知道他身上的钱已经花光了，在这里无依无靠，急需一个落脚的地方。

这正中了他的心思，泽盛欣喜鞠躬道："那真是太好了！这些日子我就靠偷一点大云山的供品吃，睡在到处漏风的道观里。"

"为什么不求道观里的道士收留呢？"姥爹问道。

泽盛叹道："道士喝粥都是清汤寡水的，怎么会收留我？不过我在山上这些日子并不是一无所获，我得知了不少九一道长的秘密呢。"

"哦？你知道九一道长的什么秘密？"姥爹心想，这泽盛在大云山逗留了这么长时间，肯定会知道一些大云山上的秘密。如果泽盛听到的是九一道长关于转世的秘密那就好了，说不定可以借鉴用来寻找转世的谢小米。

"嘘……"泽盛将食指放在嘴前，"这里不方便说，去你家再说吧。"

回到了画眉村之后，姥爹叫罗步斋给泽盛收拾了一个房间住下，又拿来一些衣物和日常需要用到的脸盆之类的东西。

姥爹又叫厨房的人给泽盛弄了许多菜，让他饱餐一顿。

因为一回家就有许多人找姥爹掐算或者预测，姥爹忙得忘记了询问九一道长的事情。而泽盛显然饿苦了，对着一桌佳肴美味狼吞虎咽，也顾不上说九一道长的事情了。

心思缜密的罗步斋找到姥爹，在他耳边悄声问道："他既然是古尔多氏的人，会不会是因为家族斗争逃出来的？如果他做过什么杀人放火的事情或者更加严重的事情才逃出来的，或许会连累我们。我看还是让他吃饱喝足，小住几日就打发他走吧。"

姥爹正在给人看相，摆摆手道："你先别管吧，我今晚去试试他的真本事。如果没有本事，只是吹嘘，可能就有罪案在身，找个理由躲在我们这里，这皇亲国戚的我们惹不起，到时候肯定要送他走。如果是真有本事，那就大可放心，这样的能人异士用不着找我们做靠山，但必定有其他目的。”

“好吧。”罗步斋见姥爹自有主张，便不再担心。他抬头看见那只竹溜子栖息在房梁上，打趣道，“它跟了你也会学会看相掐算了吗？都要成精了！”

到了晚上，姥爹送走了前来求助或者看热闹的人们，难得清净地吃过晚饭，然后来到泽盛的房间。

泽盛似乎知道姥爹要考验他，早就正襟危坐在那里等候姥爹了。

他见姥爹进门，不等姥爹发话，他就主动说道：“马秀才，今晚我就带你去看一看不一样的世界。我敢断言，你从来没有见过这样的夜晚。”

姥爹爽快道：“好！”

泽盛抬起手来，用拇指触碰各个指头，其方式跟姥爹掐算相仿，但稍有区别。泽盛将手收起，说道：“现在时间还太早，等天色稍晚，其他人都睡下了，我们再出门吧。”

姥爹点头答应。

于是，他们两人先泡上一壶茶慢慢品饮，聊一些天南海北的事情。泽盛聊到他家虽为皇族大姓，却从来很少参与争权。加上他从小就喜欢变戏法，从不认真读书，也不羡慕权势官位，所以同是古尔多氏的家族长者从未想过让他来临危受命重振家族。

姥爹不知道泽盛这么说是有意让他放心，还是泽盛的经历确实是这样。

姥爹也跟他说了一些家族的事情，说了曾经游历各个地方的事情。

当外面的万家灯火熄灭之后，泽盛说道：“现在差不多了，我带你去看看我的本领吧。我知道你对我还是不放心，如果你看过之后觉得我能帮到你，你再放心将事情交给我吧。”

姥爹听了这句话，反而因为之前对他质疑有些惭愧。

两人走出门，漫无目的地在村前的大道上游走。姥爹并没有见到他的任何神通。

过了一会儿，他们两人走到了老河的桥，那是吴婆婆送葬的时候道士念劝亡经的地方。姥爹还记得当初谢小米一边听道士念经，一边询问阴间的奈何桥和孟婆汤之类的事情。如今想来，仍然恍惚如昨。

姥爹心想，没想到当时还说着别人如何进入阴间，现在她已经去了。不知道她到了望乡台和奈何桥的时候，是不是也会想起曾经跟我听道士念劝亡经的情景。

姥爹对着老河的水伤怀了许久。

泽盛陪着他看了一会儿波光粼粼的河水，然后说道：“不知你是否知道，每个村里都有一处阴阳交汇的地方，阴间的人可以从那里进出，有的是水井，有的是山洞，有的是河边，有的是破屋。”

姥爹点头道：“阴间阳世确实有搭界的地方，但是从来不知道那个地方在哪里。我曾经翻阅过古文经典，想寻出些眉目，可是一直没有找到相关的记载。”

泽盛笑道：“其实每一个人口聚居的地方附近，都有类似鬼门关的阴阳交界处。你们这里的阴阳交界处，就在这桥上。”

姥爹一愣。

泽盛碰了碰姥爹的肩膀，说道：“你看，前面来了一个人。”

姥爹朝桥头前面看去，果然看到一个黑色的人影渐渐朝这边走过来。

这么晚了，还有谁出来？姥爹心想。

那个人影走近后，姥爹大吃一惊。来者不是别人，正是曾经被道士送到这里的吴婆婆!

吴婆婆见了姥爹，欣喜不已，忙问："最近可好?"

姥爹点头说："还好，还好。您在那边怎样?"

吴婆婆道："一切都好，就是有点阴冷，我还没有习惯。"

姥爹忙说司徒子住在她家的事情，吴婆婆却一切看开了一般，摆手道："生不能在一起，现在住在那里又有什么用?我这次来这里，就是想托你给司徒子带句话。"

"什么话?"

"我那宅子不吉利，是凶宅。他住在这里以后会遭遇厄运，有性命之忧。你帮我劝劝他，叫他早日离开吧。"吴婆婆说道。

"恐怕他不会听我的。"姥爹说道。

"听不听是他的事，你帮我转告了，我心里好受些。"吴婆婆瞥了一眼旁边的泽盛，继续说道，"多谢你带这位朋友来，我才能从那边过来一趟，说这些话。"

姥爹心中惊讶不已，泽盛果然有过人之处。

"不过我时间有限，要立刻回去，就不多说了。"吴婆婆刚来，转身就走。

姥爹忙伸手去拉吴婆婆，可是姥爹的手从她的身体里穿了过去，如伸入水中一般。

泽盛在旁道："你们阴阳两隔，你拉不到她的。"

姥爹急忙追了几步，问吴婆婆道："你在那边有没有遇到一个叫谢小米的姑娘?你曾经见过她的!你的葬礼她也来了，你应该记得她的!"

吴婆婆道："鹜江大陆每天去世的人那么多，去黄泉路上的人摩肩接踵，拥挤得很，她又不是跟我同一天去世的，我怎么可能遇见她呢?"

姥爹神色黯然。

吴婆婆原路返回，身影消失。

姥爹想追过去，却被泽盛拉住。

“马秀才，如果你追过去，就会跟着去了阴间，想回来可就难了！”泽盛警告道，“何况那边人多，你去了也不一定能找到她。也许她早已投胎转世到了阳间，那就更不可能找到她了。”

姥爹挣脱泽盛的手，继续往前。

泽盛大声道：“你身为一个平凡人，就算到了阴间找到她，你又如何保证跟她一起经历胎中之迷后还能认识她？”

姥爹站住了。

“所以，你只有在你的今生里等待她的来世。就如两人同行，一个人迷失了，另一个人要站在原地等她回来才有希望。倘若另一个人也迷失，两人回到一处的希望就更加渺茫。这样浅显的道理，想来马秀才早就想到过，为何今天如此莽撞呢？”泽盛赶到姥爹旁边说道。

姥爹确实考虑过这个问题。他在大云山的时候问过九一道长，问能否自己去阴间寻找。九一道长就用两个人一同行走，其中一人迷失的例子说明其中利害。

泽盛劝告的话跟九一道长相差无几，不知是他从九一道长那里偷听来的，还是他自己的想法。

泽盛又道：“何况我还有可能帮你将转世的谢小米找出来，如果她确实已经转世的话。”

“你如何找？”姥爹不再像在大云山脚下那样隐藏需求。

泽盛道：“马秀才，你不要着急。我先带你去看看晚间睡觉的人发出的光芒。”

姥爹曾经几次在吸食日月之光的时候短暂看到过人所发出的光

芒，现在听泽盛这么说，心想，莫非晚上人的光芒更加明显？

泽盛将那个奇怪的网兜在姥爹眼前一晃，念了几句听不清的咒语，然后说道："马秀才，请你闭上眼睛。"

姥爹闭上了眼睛，立即感觉到眼皮一凉，如同冬季的细雨飘在了眼皮上，有点凉，有点舒服。

泽盛既像说又像念："天地之间，天为阳，地为阴，天地交合，乃有生机。男女之间，男为阳，女为阴，男女交融，乃有肉胎。生死之间，生为阳，死为阴，生死交接，乃有暗光。"

说完，泽盛道："开眼！"

姥爹睁开眼睛，看到了无数飞舞的萤火虫如天空繁星，美丽之极。

姥爹伸手去抓，却什么都没有抓到。原来那些萤火虫在远处，并不在眼前。

再仔细一看，那些萤火虫是从家家户户的窗户里、烟囱里、瓦缝里飘出来的，越往下萤火虫越密集，越往上萤火虫越稀少。

"现在是萤火虫的季节吗？"姥爹看着那些萤火虫，呆呆地问道。

泽盛也朝那些萤火虫望去，嘴角浮现一丝笑意，说道："马秀才，这些都不是萤火虫，而是梦境的碎片。人们之所以醒来后许多梦被忘记，是因为这些荧光一样的碎片消失了。我靠捕捞这些梦境的碎片，得知他们在做什么梦，知道他们的梦里有什么。"

一两只萤火虫飞到姥爹面前，姥爹伸手一抓，手掌中毫无感觉。姥爹以为抓空了，伸开手来，却发现掌心中两个萤火虫尾巴一样的东西忽明忽暗。但是很快那两个"萤火虫的尾巴"暗淡下来，最后熄灭。柴火熄灭后留有灰烬，这萤火熄灭后，手掌里没有留下任何痕迹。

"然后通过梦境研究他们的前世吗？可是梦有很多种，有些是前世的，有些不是，你如何区分？"姥爹问道。

泽盛朝萤火多的地方走去，边走边说道："前世之梦飘散消失的速度比其他梦要快许多，我用这个捕梦网将那些飘得快消失得快的碎片捕捉，就能知道他们在前世发生过什么。"

姥爹跟上他，问道："你这个东西是捕梦网？我看是毛发做成的，为什么毛发做的这个东西可以捕捉别人的梦呢？"

泽盛道："毛发是人身上死去的部分，既无阴阳之气，又常与人体接触，所以适合捕捉从人体发出却不能接触人体的梦境碎片。"

说话间，两人来到一户人家门前，泽盛将捕梦网举起，从窗户上空捞了一下，然后立即放到眼前观看。

姥爹看看那些零零碎碎的萤火，说道："怎么从这些碎片看到这个人的前世呢？"

泽盛将捕梦网轻轻一抖，那些萤火聚集到了一起，然后融合，变成了跟他的捕梦网同样大小的"镜子"。"镜子"里出现了一条老水牛，老水牛正在拉犁，哼哧哼哧的样子。老水牛背后的山水居然就是画眉村的山水，姥爹再熟悉不过。

"这地方就是这里呀。"姥爹惊奇道。

"如此说来，这个人的前世是一条辛苦的水牛，并且就是画眉村的水牛。他在这里老去，然后投生在这里。"泽盛说道。

那个"镜子"不过显现几秒钟，很快就暗淡下去，然后消失不见。

泽盛又将捕梦网举起，这次没有寻着飘散速度快的碎片下手，而是对着窗户下方慢慢挪移的萤火轻轻一捞，如水中捕鱼一般。这些碎片不是前世的。

他将捕梦网轻轻一抖，那些萤火又融合在了一起，形成了一个镜面。

镜面里，一个小孩在蹦蹦跳跳，背景就是眼前这个房子。

泽盛指着那个小孩的脑袋说道："马秀才，你看，这个孩子的后脑勺上两个旋，这就是牛转世的象征。”

姥爹刚看到那个小孩脑后的两个发旋，镜面就消失了，消失的速度比上一次稍慢。

在遇到泽盛之前，姥爹确实听说过前世会在今生留下一些印记的说法。前世为牛的人，今生头发上会有两个相对的旋，因为牛背是有对旋的。前世为蛇的人，今生很可能皮肤上会留一些蛇鳞形状的印记。前世为鱼鳖的人，今生长相也有几分像鱼鳖。前世为豺狼的人，今生长相也有几分像豺狼。前世为羊马的人，今生性情温和，手脚勤快，喜欢吃素。前世为虎豹的人，今生脾气暴躁，容易行凶作恶，甚至杀人，因为他们前世就是肉食动物。

姥爹和他离开这户人家，随意走到下一家。

这家冒出的萤火比前一家更多，乍一看如屋里发了火一般。无数的萤火从四面八方冒出。

泽盛还是在窗户前停下，用捕梦网在窗户上方一捞，然后放到眼前观看。

镜面上出现了许多的人，里面的人身穿军衣，手里拿着武器叫喊着，挥舞着。站在最中央的一个人哆哆嗦嗦，左顾右盼，气势最弱。忽然，不知从哪里射来一支箭，正好从这个恐惧的人胸口插入。这个哆哆嗦嗦的人看着胸口的箭，吓得脸变了形，他知道自己就要死了，可是毫无办法。

还没看见他是如何倒下如何死去的，镜面的光就熄灭了，什么也看不到了。

泽盛说道：“这个人前世是一个怕死的小兵，在战场上被敌人的箭射死的。”

说完，他又在窗户下方捞起慢慢飘游的荧光，放到眼前来看。

镜面上一个人站在池塘前搓澡，在他的胸口位置有一颗明显的黑痣。

泽盛指着那颗显眼的黑痣说道："马秀才，你看，这颗黑痣就是他前世被箭射杀的标志。一般的黑痣没有这么大，但是箭的伤口比较大，所以他的黑痣大得比较奇怪，说不定他今生还常有胸口忽然疼痛一下的毛病。"

姥爹惊奇不已。

泽盛扛着捕梦网走向下一家。

这次他们在姥爹熟知的一户人家门前站定。这户人家的户主曾经跟姥爹在一个私塾读书，比姥爹大几岁。因为这人实在没什么读书的天赋，所以很快便被他父亲从私塾里拽了回去，跟着他父亲学打铁。在姥爹出外游历的时候，他成了一个非常优秀的铁匠。

姥爹小时候曾跟着私塾里的同窗们一起去老河游泳，就是在游泳的时候，姥爹和其他同窗发现这人身上腿上有大片大片的红色印记，十分可怖。那时候他们还不知道这叫作胎记，见这人皮肤这样，便给这人取了一个外号，叫作"火龙"，意思是像被火缠绕的龙。也有不厚道的小伙伴偷偷叫这人"烧猪"，后来他得知别人背地里这么叫他，跟同窗们打了一架。

姥爹想看看火龙上辈子到底是条火龙，还是一头烤猪。

"看看这户人家的户主前世是什么吧。"姥爹充满期待地说。

泽盛点头，在窗户前停下，用捕梦网轻轻去捞窗户上方的萤火。

这次，他们在镜面上看到了茫茫大火。镜面上除了火什么都没有，直到镜面暗淡熄灭。

"他上辈子是被烧死的？"姥爹想起那些胎记，于是猜测道。

"可能是烧死的，也可能这只是他对前世发了一场大火的记忆罢了。"泽盛一边说，一边又在窗户下方捞了一下。

镜面上什么都没有。

泽盛又捞了一下。

镜面上是一个女人在鲜花丛中捕捉蝴蝶。这是一个女人做的少女梦。

泽盛失望道："今晚他没有做今生的梦，第二次捞起的碎片应该是他媳妇做的梦。"他将捕梦网翻了过来，似乎要将无用的碎片倒掉，虽然那些碎片不用倒就消失了。

姥爹却连连点头，似有所悟道："我知道了，他上辈子遭遇了严重的火灾，所以这辈子身上的皮肤有大片大片红色胎记。我小时候看到过。"

泽盛赞同道："这就能说通了，很多印记都是前世留下的。"

泽盛说，他经过这么多年捕捉梦境的经历，发现人的胎记与前世有很大关联。他认为灵魂在之前的身体里，对曾经经历过的创伤和重大伤害都有非常清楚的记忆，灵魂带着这些记忆进入新的身体，把这些记忆以胎记的形式记录在新的身体上。

姥爹极力回想谢小米是否遭受过创伤或者重大伤害，是不是转世之后也会带着独特的印记。

可是想了好久，姥爹也想不起足够让谢小米在下一世留下痕迹的事情。姥爹此时才悔恨谢小米在世时没有多了解她一些。

泽盛晃了晃那个捕梦网，说道："马秀才，你不要忧虑。只要谢小米的阿赖耶识在梦境里体现，被我捕捉到，我就能将转世的她找出来。找出来之后，你跟她说起她前世经历的一些细节，很可能由此引发她的阿赖耶识发芽生长，从而记起前世的大部分甚至所有事情。到时候她就能记起你，记起修炼的事情。"

"泽盛，谢谢你的好意。可是想要找到谢小米无异于大海捞针，正如吴婆婆说的，鹜江大陆每天有这么多人出生，我们不知道谢小米具体的出生年月日，不知道她会在哪个地方转世，那搜索的范围太广了。”姥爹望着漫天飞舞的萤火，神情落寞。那不是希望之火，而是希望燃烧之后的火焰，连一丝灰烬都不会留下的火焰。

世间万物就在这样的火焰下燃烧，在人们看不见感觉不到的时候燃烧。

姥爹忽然感悟到万事皆空的道理。这萤火之下的画眉村就如正在燃烧的庞然大物。这里的人、畜、房屋、树木、土地、池塘、石头都在燃烧。所有能看到的、能听见的、能摸到的、能嗅到的，都是这个世上的幻象，都会转眼即逝。所谓过去，所谓现在，所谓将来，都在这萤火中燃烧毁灭，不留一丝痕迹。

这里曾经生活过许许多多的人，许许多多的畜，还有房屋、树木、土地、池塘、石头，都在时间的流逝中死亡、倒塌、干枯、风化，一如被烧掉的干柴。现在正在被烧，以后还将烧掉。

具象的东西都无法永久，唯有记忆在其中一直流转，不生不灭。

泽盛将捕梦网收起，插在背后。他仍然充满信心，说道：“就算出生的人太多，地方也太分散，我们要找她无异于大海捞针。但是许多高人转世之前会留下一些信息，活着的人可以根据他们去世之前留下的信息获知高人转世的情况。”

经过他的点拨，姥爹想起在熙沧的时候听说的一些事情来。高人转世之前大多会留下一些偈语或者字画之类的东西，暗示自己将在哪里转世。可是姥爹对这些事情只是略有涉及，知道的并不多也不深。

姥爹暗自忖度，如果自己对谢小米的转世表现得过于急切，泽盛说不定也会因此故意为难，借此要挟。毕竟泽盛的来头太大，不得不提防。

种种考虑之下，姥爹停住了脚步，说道：“今晚太晚了，我们还是先回去休息吧，此事来日方长，不用急在一时。”

泽盛还不太熟悉马家老宅的格局，姥爹先送泽盛回了屋。

姥爹从泽盛的屋里出来，外面的萤火已经全部消失。

没有泽盛的辅助，姥爹无法看到梦境碎片。

世界，还是原来的世界。虽然看起来不一样，但是它跟刚才看到的世界并没有区别。生的照样生，死的照样死，消散的照样消散。过去，现在，未来，依然都是飘忽不定。世界在燃烧变化，人们在记起又遗忘。似乎一切都是过眼云烟，可人人都有想留住想让它永恒的东西。

姥爹先回了自己的房间，然后注意到泽盛没有跟来，便偷偷溜出，直奔罗步斋的睡房而去。

竹溜子本在姥爹房间的房梁上睡觉，见姥爹来了又走，急忙从房梁上溜了下来，跟在姥爹后面奔跑。

姥爹去大云山数日未回，竹溜子的烟瘾犯了却没有姥爹的烟可吸，早已难以忍耐。姥爹今日回来后却忙着给人掐算预测，也没有吸烟，竹溜子只好继续忍耐。它以为晚上姥爹会在屋里悠然地点起烟来吞云吐雾的，结果姥爹又早早去找泽盛去了，还是没有抽烟。竹溜子失望之极，只好继续忍耐，希望姥爹回屋睡觉之前抽烟解乏。可是才盼到姥爹回来，他立即又走，竹溜子如何不急？

姥爹早已看出竹溜子烟瘾已犯，他进门的时候，竹溜子就躲在头顶的房梁上东瞄西瞄，馋相毕露。如果它修炼得跟李家坳的拜月野猫一样能说人话了，指不定会对姥爹喊一声：“你到底什么时候抽烟？给个准信啊！”

姥爹心有不忍，停下来，看了看竹溜子。

竹溜子两颗细小漆黑的眼珠子也盯着姥爹。

姥爹回到屋里，拿了烟杆烟袋，然后再向罗步斋的房间奔去。

竹溜子兴奋不已，一溜烟从姥爹后面窜到姥爹前面去了。姥爹还没来得及敲门，竹溜子就撞了罗步斋的门好几下。

“你也太着急啦！你应该学会忍耐。”姥爹对着急不可耐的竹溜子说道。

罗步斋听到敲门声，立即起来开门。

开门见是姥爹，又见他拿着一杆烟枪一个烟袋，他迷惑道：“这么晚来找我，就是为了到我这里抽烟吗？”

姥爹指了指从罗步斋脚下穿过的竹溜子，说道：“抽烟是为它，我来找你是另有重要的事情想问。”

“那个古尔多氏的人怎样？”罗步斋一边关门一边问道。

姥爹没回答他，先在椅子上坐下，然后将烟点起，吸了一口，缓缓吐出。

竹溜子早已麻利地顺着墙角爬到了屋顶，又爬上了房梁，只等腾空而上的烟雾了。烟雾一到，它便忙将脑袋伸进烟雾中吸气。

“他确实有些神通，”姥爹说道，“不过今晚我来找你不是为了说他，再说你比我还不了解他，问你也是白问。”

“你是要问谢小米转世的事情？”罗步斋越来越了解姥爹的心思。

姥爹点头道：“是的，刚才泽盛的话点拨了我。我记得熙沧有转世这一说，有的高人在转世之前会留下一些预言或者其他暗示的东西，以便他的追随者找到他的转世。你是阿爸许，又离那里近，应该知道其中细节吧？”

罗步斋道：“你的意思是，谢小米也可能留下类似的信息？”

“不能确定，但值得一试。”姥爹道。

罗步斋坐了下来，说道：“以前在萝卜寨的时候，确实了解过这样的转世方式。大多数高人会提前做出转世的遗嘱，或口头传授或文字记述，提示出自己理想的转世方位，有的甚至会指出具体的地点、来世的生身父母名字。这种神秘的带有预见性的遗嘱叫作预言。”

罗步斋继续说道：“预言有多种内容和方式。有的是梦示，比如他说梦中见到一处风光美妙的地方，不久他去世了，后人就要根据梦示之地去寻访；有的是口传，他说他向往什么地方，或什么地方曾遗留他的足迹，后人也必须遵照这个旨意去办理；有的则书写为文字。”

姥爹问道：“谢小米有没有可能留下暗示？”

罗步斋摇头道：“她有没有想过留下暗示，我不知道。但是熙沧那边后来许许多多的预言转世已经有了许多造假的，让人怀疑。”

“你的意思是预言转世这件事本身就不太靠谱了，所以谢小米不会以这种方式给我们暗示，是吗？”

罗步斋点点头。

“如果她凭着千年修为的灵通知道了自己将在哪里转世，为什么不直接告诉你，而要留一个似真似假的预言作为暗示呢？”罗步斋反问道。

姥爹将问题再次反问回去：“那些高人知道自己的转世在哪里，为什么也不直接告诉信众和追随者，而要留下暗示呢？”

罗步斋无言以答。

姥爹看着眼前的烟雾，说道：“或许他们的转世就像这些烟雾一样，虽然有一个方向和形状，但是你不能确切地知道它待会儿到底会飘向哪里。”

罗步斋看了看房梁上的竹溜子，说道：“当然是往上飘，飘到竹溜子所在的位置。”

“如果这时从门缝里吹进来一阵风呢？”

罗步斋道：“那当然会被吹歪吹散。”

姥爹点头道：“所谓天机不可泄露。如果高人们直接说出自己转世的地方，那就是泄露天机。天机泄露之后，天机很可能会被改变。改变天机的力量来自高人们的话，改变烟雾去向的力量来自透过门缝的风。天机就是烟雾，高人的话就是透过门缝吹进来的风。所以，高人们只能用这些暗含玄机的话来引导信众和追随者，这样既可以让别人通过努力找到他的转世，又可以避免直接泄露天机。”

罗步斋感叹道：“我以前没有像你这样想这么远。现在听来，确实很有道理。”

姥爹拍了一下桌子，说道：“你明天陪我去梅溪桥一趟。我们一起去问问谢家老爷，看看谢小米临死前有没有说过什么话或者留过什么东西。如果有的话，那些话或者特意留下的东西可以作为我们寻找她转世的依据。”

“好！”

第二天，姥爹便带着罗步斋一起去了梅溪桥。

姥爹将谢家人上上下下问了个遍，没有人记得谢小姐去世前留下过什么话，或者给过什么暗示。

就在姥爹他们即将离开的时候，一个六七岁的小女孩跑了出来，说她在谢小姐去世前帮谢小姐做过一件事。

那个小女孩是谢家下人的女儿，因为年幼不懂事，且长期在乡下老家住，常被人忽略。

谢家老爷将她叫到跟前，摸摸她的头，亲切地说道：“小芽，你可不许说谎话哦。”

小芽点头道：“我没有说谎。”

谢家老爷道：“那你说说看，你帮谢小姐做过什么事？”

小芽道：“那天晚上我到处乱跑，无意间撞进了谢小姐的房间。

谢小姐躺在床上跟我说，小芽，你帮我做一件事吧，不要告诉别人。我说，小姐，您要我做什么？谢小姐说，我的床底下有好多猫，总是叫个不停，让我睡不好。你帮我把这些烦人的猫赶到后面的山上去，好吗？我说，好的，小姐。”

“那你帮她赶了猫吗？”姥爹忍不住插嘴道。

小芽点点头，说：“帮她赶了。那些猫吵得小姐睡不好，我当然要帮她赶走啦。不过我没想到小姐的床底下有那么多猫，一群一群的。”

谢家老爷微微惊讶，问道：“你数了没有，总共多少只猫？”

小芽摇摇头：“我没有数，太多了，我数不过来。”

谢家老爷侧头看了一眼管家，问道：“我们谢家大院里有这么多猫？”

管家连忙弯腰答道：“老爷，小孩子乱说话，我们大院里总共才三十多只猫，后来还走失了不少，剩下十只左右。那些猫都是吓老鼠用的。如果像小芽说的那样一群一群的猫，咱们院里的老鼠也不够它们吃呀。”

旁边一个女佣可能是小芽的母亲，她走过来拉住小芽的胳膊，给了她一个耳光，骂道：“你说什么胡话？老爷让你在这里玩在这里吃就是大恩大德了，你敢撒谎骗人，我就打歪你的嘴！”说完，她又给了小芽一个耳光。她打了小芽的那只手在微微颤抖。

她心疼女儿，但又怕女儿惹谢家老爷生气。

小芽嘴角流出一丝血，但还咬牙道：“我没有骗人！我就是看到了一群一群的猫嘛！”

管家道：“那你带我们去后山看看，看看那里是不是有很多野猫。”

姥爹想起谢小米将尸气化为黑猫的情景来，连忙劝道：“我相信她没有骗人。”

姥爹猜想谢小米是将许多溢出的尸气凝聚成形，然后叫人将尸气驱赶到后山去了，她担心太多无法控制的尸气伤害谢家的人。那天姥爹拿出了毛壳香囊来抵消尸气的时候就注意到了，当时尸气并不是特别多，原来是她早就将部分尸气转移了。

谢小米叫陌生而又年幼的小芽驱赶尸气，应该是考虑到了她的话别人不会相信，这样做相对保密。

“我那天来这里，确实在谢小姐的床底下看到了很多猫毛。”姥爹只好用谎言来弥补小芽的真话。

真话假话，很多时候并不被人信以为真或者疑以为假，真假常常颠倒，好人被冤枉，坏人被保护。这是因为大家都只相信自己愿意相信的，真假倒不足轻重了。

众人见姥爹这么说，便都相信了小芽的话，更相信谢家院里确实存在过许多野猫。

刚才还颐指气使的管家立即低了头，给谢家老爷道歉：“对不起，老爷，是我办事不力，是我疏忽了。”

谢家老爷挥手道：“不怪你。”说完，他瞥了姥爹一眼，似乎明白姥爹的心思。

姥爹走近小芽，将她嘴角的血丝擦掉，温和地说道：“除了叫你赶走猫，小姐还叫你做过什么没有，或者说过什么没有？”

小芽摇头，说：“没有了。”

姥爹叹气，只好告别谢家老爷，离开谢家。

回到画眉村后，姥爹坐在书房里，半天不说话。

竹溜子躺在姥爹的书架上，半醒半寐。

罗步斋走来走去，不停念叨道：“看来谢小米没有留下任何暗示了，这可怎么办？这可怎么办？”

竹溜子睁开眼，从书架上跳了下来，落在姥爹的书桌上。

罗步斋大吃一惊，慌忙将桌上已经研好墨汁的砚台拿开，生怕竹溜子蘸了墨汁后将桌上的白纸弄脏。

姥爹见竹溜子行为异常，紧盯着竹溜子。

竹溜子从一张卷纸上跑过，卷纸顺着它翻滚，结果摊开来。

“它真是要成精了，它要学你写字吗？”罗步斋说道。

罗步斋跟姥爹说过，竹溜子似乎在观察姥爹，模仿姥爹，要学姥爹的一切本领。不过，由于自身的限制，它学不了姥爹。

姥爹朝那张纸上看去，只见上面已经有了一行字，字迹娟秀漂亮，却又内敛含蓄，一如当初写字人的模样和性格。那行字共有七个——山有木兮木有枝。

姥爹顿时灵光一闪，惊喜非常道：“对了！对了！如果她回了谢家没有最后的预言暗示的话，这句话就极有可能是她留下的预言暗示！山有木兮木有枝！山有木兮木有枝！山有木兮木有枝！山有木兮木有枝！”姥爹激动得嘴唇颤抖，将那句话一连说了好多遍。

罗步斋急忙拿起那张纸，却远远没有姥爹那么惊喜激动。他说道：“这句话里有什么玄机吗？”

姥爹已经听不到罗步斋说话了，他不停地念着那句话：“山有木兮木有枝！山有木兮木有枝！山有木兮木有枝！”

在此后的几天里，姥爹嘴里一直念叨这句话，像入了魔怔。

那几天里，泽盛白天睡觉，晚上出去，似乎在忙一件非常重要的事。

罗步斋则被繁杂的账务缠身，天天在家里将算盘扒拉得噼里啪啦地响。

罗步斋以为姥爹过几天会好过来，可是几天过去后，他见姥爹仍然失了魂魄一般，便去了谢家求助。

谢家老爷交给罗步斋一个血丝玉镯子，叫他拿给姥爹。

罗步斋知道那是谢小米生前戴在手腕上的宝物，惊讶于谢家老爷的大方之外，给谢家老爷道了上百声谢谢。

果不其然，姥爹见到谢小米的镯子之后立即停止了魔怔一般的念叨，捧着镯子看了许久。

可是很快姥爹又如入了魔怔一般天天捧着那个镯子看。他不但用眼睛看，还放在灯下看，放在纸上面看，放在水里看，又或者放在桌上远远地看，再或者凑近了几乎要碰到鼻子地看。

罗步斋开始还以为姥爹真能从中看出些什么来，或者里面有什么隐藏的小字，或者里面有小米的魂魄，或者血丝里蕴含了什么玄机。于是，他也跟着姥爹左看右看，近看远看。可是看得眼睛酸胀了，既没有看到里面有什么字，也没有看到里面有飘动的类似魂魄的东西，更没有看到任何玄机。

一天早晨，姥爹捧着谢小米的镯子站在柔和的阳光下看。看了半天，他又将镯子捏在手里，提起来对着阳光看。

这时，一条过滤后的绿色之光落在了姥爹的脸上，其中一部分刚好落在姥爹的嘴角。

姥爹感觉嘴角有一丝甜意，如蜜一般，又没有蜜那么浓；如糖一般，又比糖要甜；如水流过嘴角一般，又比水要轻；如风吹过嘴角一般，又比风要重。姥爹忍不住伸出舌头往嘴角一舔，那种神秘又沁人心扉的甜味就进了嘴里。

姥爹立即感觉到舌苔如同树林里的树木一般被风吹动，畅快淋漓，舒坦之至。那甜味就像风一样吹进了舌苔里，没有质感，没有形状，只有淡淡的甜。

刹那间，姥爹的世界如同沉浸在深邃的海底。空气都变成了水，风就是水中的激流暗涌，周围的房屋就是水下宫殿。他的口腔立即被海水灌满，让他无法呼吸，一呼吸就会呛水。阳光顿时更加柔和，多了许多散光，如在水下看到阳光折射散射，带有晕圈。

姥爹感觉到耳边响起嗡嗡嗡的声音，像是什么庞然大物在水底移动，又像是暗流。

姥爹屏住了呼吸，等待这种感觉消失。

可是这种感觉没有消失。

姥爹终于忍耐不住了，轻轻一吸，立即呛得两眼流泪。他连吞了好几口。

不过这一呛一吞，那种幻象就消失了。

姥爹感觉什么也没有喝到，但是嘴里喉咙里还有甜味存在。

这是姥爹第一次吸食阳光的时候遇到这种被呛的情况。

姥爹并不觉得意外。这玉镯子是谢小米积累了千年修为的东西，那就是积累了千年的阳光。平时吸食阳光，都是自然之光，而这是千倍于自然的光，一时承受不了那是情理之中的事。也难怪刚才仿佛坠入深海之中，这玉镯子里蕴藏的能量就如大海一般无边无际。

姥爹决定再试试。他将血丝玉镯子举起来，再次对准阳光，然后将过滤的绿光有意识地对着自己的嘴巴。

很快，如同沉浸在深邃海底的感觉再次袭来，耳边的嗡嗡声又响起。

这次姥爹不急不躁，屏住了呼吸，然后嘴唇做轻微的吮吸动作，将海水慢慢吸入口中，咽进肚子里。这次的饱腹感比以往所有的都要强烈，并且更为舒坦惬意。

吮吸几次后，姥爹感觉忍不住要呼吸了，于是将玉镯子往下一收，让过路的绿光离开嘴唇。

周围的海水立即如退潮一般降下，姥爹重新回到了空气中。

姥爹以为自己又像上次那样能看到人身上的热气，可是不远处有农人扛着锄头经过的时候，姥爹并没有看到任何热气。

但是姥爹发现这个世界变了样，如同被洗刷过的雨后世界，清晰了许多，有种焕然一新的感觉。

第十章 戏子

姥爹刚要仔细观察一下周围，看看自己的眼睛还有什么其他的变化，这时候前面走来了一个人，隔老远那人就喊："马秀才呀，你要救救我啊！我不想去地下陪他们哪！你快帮我想想办法吧！"

姥爹一眼认出那人是洪家段的洪喜得。

看到洪喜得恐惧的样子，姥爹还以为谁要杀他。

"马秀才啊，看在我们小时候一起玩得那么好的分上，你发发善心救救我吧！我不想这么早就去那边啊！我上有老……下还没有小，死了不甘心哪！"洪喜得跪了下来大哭道。

姥爹忙先将玉镯子收好，拉着洪喜得的手往上提。

"怎么啦？你年纪跟我差不多，怎么会死呢？"姥爹说道。

这时，罗步斋出现了，他朝姥爹这边走来。以前他很少起这么早，可能刚才听到了姥爹的喊声，赶紧出来看看出了什么事。

走到面前的时候，姥爹发现罗步斋还没有洗漱，果然是被他吵醒的。

罗步斋先看了看姥爹，眼神里充满了惊讶。他先对姥爹说了一句：“你身上到底发生了什么事情？你都快成姥姥了！”不过有了上次发现姥爹突变的经历，罗步斋惊讶之后很快就变得平静。他不等姥爹回答，就转头问洪喜得：“喜得，你这是干什么？中了邪啦？”

有外人在，自然是先处理外人的事。至于这位屡次让人惊讶的马秀才到底遭遇了什么，罗步斋觉得可以办完重要的事情再问。

罗步斋做了姥爹的账房先生后，没少去洪家段。因此，罗步斋也认得洪喜得。

洪喜得见了罗步斋，又急忙扯住罗步斋的长袍，央求道：“罗先生，你跟马秀才交情好，帮我求求他，求他救我一命吧！”

罗步斋做了账房先生后多了几分打算盘的心思，平静地对洪喜得说道：“喜得，如果你是在外面欠了赌债，别人要你的命，那马秀才也救不了你。我在洪家段没少听到你爱赌博的传闻，这是其一。其二，如果你是在外面碰了哪户人家的媳妇或者小妾，人家要你的命，马秀才也救不了你。除了赌博之外，你的色心我也有所耳闻。其三，如果是跟赌徒争执，跟小媳妇或者小妾的家人发生矛盾，你因此伤了别人，别人要找你报仇的话，马秀才也不能帮你。鹜江大陆有鹜江大陆的法度。除了这三样，其他的马秀才都会帮你。”

姥爹点头，他早就知道洪喜得这个人爱赌又好色。如果他真是因为这两样惹了麻烦，那就是自找的。

洪喜得慌忙辩解道：“罗先生说得对，如果是因为欠了赌债或者欠了风流债，别说让你们救我，我自己也没有脸来求你们。”说到这里，洪喜得顿了一顿，好像对自己说的话不太自信。

姥爹和罗步斋对视一眼，挥袖要走。

洪喜得急忙拖住两人，仓皇大声道：“虽然我是有赌瘾有色心，但……但这次的事情算不得赌债和风流债！”

姥爹到底还是心善，听他这么说，又问道：“算不得赌债和风流债，那到底是怎么一回事？”

洪喜得央求道：“马秀才，你让我到你屋里去细细说来吧！一时半会儿我也说不清！请你相信我，这次我虽然起了赌心，起了色心，但不至于让我去死啊！”

罗步斋听得云里雾里，不懂洪喜得说的到底是什么意思。出于警惕，罗步斋劝姥爹道：“别管他吧，他都不肯说清楚。”

姥爹却让洪喜得进了屋，给他泡了一杯茶，然后坐在他对面，说道：“喜得，你先喝口茶，然后将你的事情从头到尾说清楚。你说完之后，如果罗先生说应该救，我就尽力；如果罗先生说你是自作孽，就别怪我不帮你。如何？”

洪喜得急忙点头：“多谢马秀才！”

罗步斋道：“还没答应呢，不用着急道谢。”

洪喜得又胡乱点头。

“说吧。”姥爹说道。

洪喜得喝了一口茶，然后将他的遭遇说了出来。

他说他昨晚在镇上的赌馆小赌了一把，赢了一点小钱，于是回去之前在酒馆喝了一点小酒，然后哼着小曲儿往洪家段走。

当时天色已晚，但赌馆离家不算远，所以他一点儿也不着急。

他一边走一边掏出赢的钱来数，数了一遍又一遍，越数越高兴，心想这次足够他跑两回窑子了。

他将钱数了七遍之后，就感觉到不对劲了。按走路的时间来算，他应该到洪家段的村口了，可是他抬头一看，前面连洪家段的影子都没有！

洪家段的地势跟画眉村不一样。画眉村周围是山，洪家段却是这个地区难得的小平原，耕种比其他地方要方便许多，视野也比其他地方要开阔很多。

因此，此时就算没有走到村口，洪家段的房子也应该能看到了。

可他眼前一片平原，一间房子都没有看到。

他顿时有些心慌了。这么熟悉的路，走了千万遍，闭着眼睛也能走回家，怎么今天说迷路就迷路了呢？他看了看前面，不清楚哪一条路是通向哪里的。他看了看后面，来时的路有好几条岔路，不知道哪一条能走回去。

如果在平时，洪家段的路上应该有三三两两的行人，可是此时周围连个鬼影子都没有。他没有办法找人问路。

他将心一横，干脆继续往前走，他记得自己从赌馆出来是一直往前走的，觉得大方向应该不会错。他希望碰到一个可以问路的人，问出洪家段的方向。

走了两三里地，前面终于出现了两个脚步匆匆的人。

还没等他上去问路，那两个脚步匆匆的人反而问起他来了。

“喂，这位兄弟，你知道哪里在唱花鼓戏吗？”其中一人问道。

他摇头。

“你不可能不知道吧？这花鼓戏里的女戏子个个漂亮得跟仙女似的呢！是不是？”

另外一人立即色眯眯地说道：“就是，就是！”

他心想，我怎么就不可能不知道呢？

那人又说：“据说可以一边看戏一边玩骰子，玩完骰子还可以跟女戏子风流一下，哈哈哈，好多人都去了呢。你不是去那里的吗？”

就在这时，他听到隐隐约约有锣钹声传来，好像还有戏子咿咿呀呀的唱词声。

他心想，如果有这样的好事，为什么不跟他们一起去看看？

这声音也被那两人听到了。他们其中一个指着声音传来的方向欣喜道："听到了，听到了！声音是从南边传来的，应该就在前面不远了。"

说完，那两人急忙朝声音传来的方向走，走了几步，回头来对他说道："你不一起去吗？"

他正求之不得，立即忘了迷路的事，急忙三步并作两步追了上去，说道："去啊，当然去！我们一起走！"

他们三人走了一段路，果然看见前方有个木头搭起来的戏台。戏台虽然简易，却披红挂绿，装饰得有模有样，戏台旁边放了一个大木牌子，木牌子上贴着红纸，红纸上写着正在演的戏曲名。可是那戏曲名写得非常潦草，看不明白到底写的什么。

戏台上有两个非常俊美的女戏子扭扭捏捏地唱戏。两个女戏子中间有一个老头子扮相的男人，那男人一会儿拖住这边的美女，一会儿拖住那边的美女，不知道正在演什么桥段，嘴里唱着糊里糊涂听不清的词儿。

当时天色昏暗，好在戏台前面的横梁上挂了几个大红灯笼，戏台上的人才能勉强看清楚。台下毫无秩序，这儿一堆那儿一堆地坐着各种各样的人。他发现这里居然没一个认识的人。

在这个地方，唱戏可以算是一件大事，一般穷苦人家可请不起戏班子，只有大户人家并且是出手大方的才会在红白喜事的时候请戏班子来。也是因为如此，有听戏的机会，周围二三十里的人恐怕都不会错过。老人小孩早早吃完晚饭就会带着自家的小椅子小凳子小马扎跑到唱戏的地方来找个位置坐下，来晚了就没有好位置。年轻人有的则会爬到树上去听。

哪怕到了晚上，听戏的人也不会在戏曲没有闭幕之前散场。

所以他走进人群的时候特意打量了一下身边的人，看能不能碰到一两个熟人，待会儿散场了一起同路回去也好。

可是没有。

正如先前遇到的那两个人所说，戏台下面果然有好几张赌桌，不过这些赌徒比赌场里的要文雅多了，不大声吆喝，不骂娘。一个人将骰子摇好，大家将钱压在桌子的各方，然后起开盖着骰子的茶盅，大家该进的进钱，该出的出钱。既过了赌瘾，又看了花鼓戏。

除了赌博的、看戏的、演戏的，还有几个精明的小贩在人群里穿来穿去，卖各种小吃。

小贩也不吆喝，免得打扰别人看戏，这跟他以前看到的小贩真有天壤之别。

因此，他总觉得奇怪。这些人都太配合了，太有礼貌了，太遵守秩序了，这打牌的、贩货的，简直是演戏的一样。

他在一张赌桌旁坐下，见那摇骰子的人手法不太熟练，猜想其中没有什么猫腻，便加入其中，压起钱来。

结果并不出乎他的意料，有输有赢。或许因为今天的手气还在，好在是赢多输少。

他赌博无数次，经验丰富，知道在一个陌生赌局里如果大赢大输，百分之八九十就是有诈，必须及时收手。在这里小小赢了一些，他放下心来，全心投入其中，暂时忘了其他，只希望再多赢一点。

玩了不知道多少局后，旁边的赌友碰碰他的胳膊，问道：“你饿不饿？要不要吃点东西？”

被人这么一问，他果然觉得有些饿了，肚子里咕咕叫起来，便问道：“有什么东西可吃啊？我确实有些饿了。”

赌友指着旁边的小贩，说道：“别的吃的也没有，就一点小葱拌豆腐，垫垫肚子嘛。”

那个小贩立即盛出一碗豆腐来，撒了一些小葱在上面，然后用勺子随便搅和一下，递给他。

他付了钱，急忙吃起来。

他吃了一碗又一碗，赌了一局又一局。

时间越来越晚，他已经顾不得要回去了。

到了深夜，他也不知道是什么时辰了，戏台上突然安静了下来。旁边有人说戏演完了，他心里挂念着那几个女戏子，急忙朝戏台方向去看。

戏台上已经空空如也，只有顶上的几个大红灯笼被风吹得摇摇晃晃。

“戏子呢？”他问旁边的人。

旁边的人说道：“下来了。”

他再次朝戏台方向看去，果然几个女戏子如仙女般翩翩而来。其中一个朝他走来，挽住他的胳膊，暧昧道：“这位公子，我在戏台上见你看我的时候都流出口水了。”

她既然这么说，他便顺水推舟了。

他说道：“是呀，媚死个人呢！我的心思都不在牌桌上了，要不是今天手气横竖都是好，恐怕今晚我连裤子都要输在这里了。”

女戏子将散发香气的身子往他身上蹭，一边蹭一边说道：“常言道，输至无裤翁，打牌真里手。你要真把裤子都输掉了，那才是厉害呢！”在这边的方言里，“里手”是行家的意思。这本是方言谚语里嘲笑赌徒的句子，却被她用来奉承别人。

他也不管人家是真奉承还是真讽刺，一把搂住女戏子水蛇一样的腰肢，阴不阴阳不阳地说道：“我打牌还真没有输钱输到裤子都脱掉的程度，还真不太里手。”他的手忍不住在女人的身上摸来摸去。这女人的身体有点冷，他认为是晚上露水太重的缘故，没有放在心上。

他担心的倒是这里是一片平原，除了一个孤零零的戏台之外，在没有其他房屋，甚至没有可以隐匿的地方。

女戏子见他四处张望，知道了他的心思，便拉住他的手往戏台方向走。

他急忙将赌资收起来，跟着她去。

如果在赌馆里，赢了钱不等大伙散场就跑，其他输钱的人会阻拦，非得拖到散场才行。他就是因为这个才回来这么晚的。

这里的人也不例外，几个人拦住了他。

不过他们不是非得留下他，而是说："今晚赢了钱，明晚不可以不来啊！"

他一口应允："来！来！不来我不得好死！"他心里盼着来这里，所以发誓的时候没有丝毫犹豫。

"有你这句话就可以了。"他们让开一条路来。

他喜滋滋地跟着女戏子往前走。

女戏子带着他绕到戏台后面，戏台后面居然有几个简易的帐篷。

他大喜过望，但还算理智，进帐篷前先问道："我不知道你们这里的价钱，你先说好，我怕带的钱不够。"他心想，这唱戏的肯定要比窑子里的贵。窑子里的女人别说唱戏了，连个小曲儿都不会。人有差别，价钱也有差别。再说了，这周围没有一个认识的人，如果事后女戏子漫天乱要价，不给就围堵的话，那就哑巴吃黄连了。

女戏子羞涩一笑，像水蛇一样缠住他，软绵绵又勒得他几乎喘不过气。她将朱唇凑到他耳边，说道："我喜欢的是你的人，不是你的钱，只要你答应以后天天晚上来找我，我不要你的钱。"

他心中的干柴立即被她点燃，急忙将女戏子推倒在帐篷里。

他将衣服脱完，发现没有地方可以放。

女戏子抓住他的衣服往外一甩，甩在旁边一个帐篷的顶上，然后咯咯地笑，笑得花枝乱颤。

这更是给他燃烧的烈火上浇了一层油，他顾不得衣服了，两手朝女戏子身上的最后一点肚兜扯去……

女戏子却突然停止了迎合，死死抓住他的手，一脸认真地说道："你答应了我的，明晚还要来，天天晚上都要来。"

煮熟的鸭子已经在锅里了，他哪里还忍得住？他不假思索道："当然来！"

女戏子又说道："如果你不来的话，我做了厉鬼也不会放过你的！"

他连连点头道："我答应你！我的心肝啊，到了这个时候了，你怎么还说这个？"

女戏子终于放开他的手。

第二天清晨，他从昨夜残留的疲倦中醒来，发现自己睡在一片坟地里。身上一丝不着，旁边一个凸起的坟头上挂着他昨夜脱掉的衣裤。坟头有二三十个，大部分坟头上面有一叠纸钱，纸钱上面压着石头。他忙跑到旁边的坟头上拿回衣服，从兜里掏出昨晚赢来的钱一看，除了出赌馆后数过的钱之外，其他的钱都是纸钱！

他记得昨晚吃了好几碗小葱拌豆腐，不知道那些东西是什么幻化的。他闻到一股臭味，忙伸手一摸嘴角，居然是小草沾牛粪。牛粪外面硬，里面软，就如豆腐一般。他顿时一阵恶心反胃，干呕不止。

回想一下昨晚的情景，他吓得两股战战，急忙穿上衣裤，连家也不敢回，直接奔画眉村而去。

他知道自己是被一帮邪灵给耍了。耍了是小事，可是昨晚答应了今晚还要来，这就是大事了。他可不想今晚再来吃小草沾牛粪，何况再来一次说不定就回不去了。

“马秀才，你可一定要救救我啊。我答应了他们，如果今晚我不过去的话，他们肯定会来找我。今晚不来，以后指不定什么时候会来！”洪喜得的眼珠里有血丝，是昨晚熬夜赌博又纵欲之后的结果。

姥爹看了一眼罗步斋，问道：“罗先生，你说这事我救得还是救不得？”

罗步斋微笑道：“虽然喜得还是犯了赌瘾和色心，但毕竟是邪灵作祟，投其所好，防不胜防，所以算不得我说的那三项。”

姥爹说道：“这么说来，就是可以救？”

洪喜得脸上的笑还没有泛开，罗步斋又说道：“救是可以救，救不救得了还不一定。”

洪喜得脸上的笑立即凝住了，脸皮上像结了一层薄冰。

罗步斋道：“这显然是一群邪灵看准了喜得的弱点，做好了准备要他的性命，要救下来恐怕非常难。”

“我跟它们无冤无仇，它们为什么要来找我？”洪喜得惊慌道。

“对，以前你和它们是没有任何瓜葛，但是现在你赢了它们的钱，必须继续跟它们赌。你还欠下了风流债，如果你不去，就是跟它们有冤有仇了。”罗步斋说道。

姥爹敲了敲桌子，说道：“这样吧，今晚你还是去一趟，对人要言而有信，对邪灵也是。你既然答应了，那今晚不能不去。不去就是失信，它们会更加不高兴。”

洪喜得吓得瘫软，额头冒汗道：“马秀才，我这要是去的话，那就是肉包子打狗，有去无回啊！”

姥爹道：“不用担心，我陪你去。”

罗步斋一惊，说道：“你陪他去？这可使不得！那不是一个两个邪灵，是一个邪灵团伙！你去不是把自己置身于险境吗？”

洪喜得则如抓住一棵救命稻草，说道：“那可以啊！有你在，我就不怕！”

罗步斋说道：“你们不知道，这不是一般的坟地。我在外收账的时候听人说，前不久有个外地来的戏团遭遇了流寇，一个戏团的人全部被杀，女的临死前全被玷污。那流寇没有自己的地盘，跑到哪儿就祸害到哪儿，没有带走一个活人。戏团人的尸体被抛弃在野外，没有人收尸。后来附近的百姓怕尸体腐烂产生疟疾，传染乡里的人，这才勉强挖了坑将他们胡乱埋葬。我估计喜得遇到的就是这个戏团。你们两人去，简直是羊入虎口。要不这样，我叫三四十个人，今晚跟你们一起去，人多势众。他们就不能随欲而为。”

洪喜得急忙补充道：“这主意不错！”

姥爹摇头道：“他们本都是可怜的人，用这种方法恐怕不妥。还是我跟喜得去吧，不要叫别人了，你也别去。”

不等罗步斋和洪喜得插话，姥爹对洪喜得说道：“先这么定了，你先出去吧，我和罗先生还有点收账的事情要说。”

洪喜得巴不得不给罗步斋说话的机会，怕他又加阻拦，于是急忙出了门。

姥爹见洪喜得走了，低声说道：“我觉得那个泽盛还是不可靠，你晚上睡觉的时候耳朵机灵一点，如果听到外面有什么动静，一定要及时起来。”姥爹干咳了一声，又说，“睡觉的时候容易遭人害。”

说完，姥爹从书架上抽出一个木枕头，递给罗步斋，说道：“这是猫耳枕，我以前跟一个师父学猫脚功夫的时候，师父告诉我说，猫脚功夫大多是小偷学的，要防猫脚功夫，就靠这猫耳枕。外面人脚步虽轻，但是如果头枕着这个猫耳枕的话，听起来就如跺脚一般响，能把你吵醒。唯一的不好就是，如果老鼠之类的小东西在不远处跑过，也是咚咚咚地响。”

罗步斋收下猫耳枕，仍旧担心姥爹，说道：“你真的要去那个荒坟地？”

“我去会一会它们吧，万一里面有的邪灵会遇见谢小米呢？自己不能过去，托别人留心帮忙找一找也好。”姥爹叹道，神色颓然。

罗步斋知道之前姥爹想过亲自赴死去找已经踏上黄泉路的谢小米，众亲戚好友好劝歹劝，晓之以情，动之以理，都没有作用。幸好后来大云山的九一道长说了两人同行一人迷路一人等待的道理，姥爹才打消主意。

不让他亲自去找，那是合情合理，托付邪灵帮忙寻找，再阻挠就不合情理了。罗步斋点头道：“好吧，你要注意保护自己就是。可惜我在这边没有以前那些邪灵朋友了，帮不到你什么。”

姥爹从怀中掏出一张折叠的纸，交给罗步斋，说道：“你能帮到我很多呢。你总在外面跑，见的人多，帮我把这个东西给一些能人异士看看，看看能不能找出一点线索。我总感觉答案就在眼前，可就是说不出来。”

罗步斋将纸拆开。纸上是七个字，“山有木兮木有枝”。

“就在眼前，可是说不出来？这是什么感觉？”罗步斋喃喃道。

姥爹伸出一个手指，在罗步斋眼前晃了晃，问道：“我的指纹是箩还是旋？”

罗步斋看了看，回答道：“箩。”

姥爹将手伸到即将接触罗步斋额头的地方，换了一个手指，问道：“这个手指是箩还是旋？”

罗步斋摇头：“看不清。”

姥爹道：“这就是就在眼前，可是说不出来的感觉。人能看远，却不一定能看近，太近反而看不见。所以我要你找别人帮我看看，或许当局者迷旁观者清。我看不清的，别人或许能看清。”

罗步斋将纸收起，后来按照姥爹的吩咐给许多人看过，可是没有人能从中看出冰山一角。最后还是姥爹自己突然领悟的，可惜领悟的时候，沧海已经变成桑田。

（第一部完。）

图书在版编目（CIP）数据

画眉奇缘. 1 / 童亮著.-- 南京：江苏凤凰文艺出版社，2019.5

ISBN 978-7-5594-3565-1

Ⅰ. ①画… Ⅱ. ①童… Ⅲ. ①长篇小说- 中国- 当代Ⅳ. ①I247.5

中国版本图书馆CIP数据核字(2019)第064469号

画眉奇缘.1

童亮 著

责任编辑	白　涵　刘洲原
特约编辑	魏　佳
装帧制作	小　T
责任印制	刘　巍
出版发行	江苏凤凰文艺出版社
地　　址	南京市中央路165号，邮编21009
网　　址	http://www.jswenyi.com
印　　刷	三河市国新印装有限公司
开　　本	880×1230毫米 1/32
印　　张	10.5
字　　数	249千字
版　　次	2019年5月第1版　2020年8月第2次印刷
书　　号	ISBN 978-7-5594-3565-1
定　　价	42.00元